安徽省教师教育专业核心课程规划教材

教师职业规范与专业发展

JIAOSHI ZHIYE GUIFAN YU ZHUANYE FAZHAN

王家云　辛治洋　主编

安徽师范大学出版社
·芜湖·

内容提要

本书为安徽省教师教育专业核心课程规划教材之一，主要阐述了教育政策、教育法律法规、教师职业道德、教师专业发展、教育研究方法等五方面内容，对新时期教师应遵守的职业规范进行解读，为培养“德艺双馨”的优秀教师提供相关的教育研究方法。本书可作为师范院校教师教育类公共课教材或继续教育教材。

图书在版编目(CIP)数据

教师职业规范与专业发展/王家云，辛治洋主编. —芜湖：安徽师范大学出版社，2016.9

(安徽省教师教育专业核心课程规划教材)

ISBN 978-7-5676-2455-9

Ⅰ.①教… Ⅱ.①王… ②辛… Ⅲ.①师资培养－师范大学－教材 Ⅳ.①G451.2

中国版本图书馆CIP数据核字(2016)第076709号

责任编辑：吴毛顺　舒贵波

装帧设计：任　彤

教师职业规范与专业发展

王家云　辛治洋　主编

出版发行：安徽师范大学出版社

芜湖市九华南路189号安徽师范大学花津校区　邮政编码：241002

网　址：http://www.ahnupress.com/

发行部：0553-3883578　5910327　5910310(传真)　E-mail:asdcbsfxb@126.com

印　刷：安徽芜湖新华印务有限责任公司

版　次：2016年9月第1版

印　次：2016年9月第1次印刷

规　格：787 mm×1092 mm　1/16

印　张：13.375

字　数：216千

书　号：ISBN 978-7-5676-2455-9

定　价：40.00元

本丛书为：

1. 安徽省“振兴计划”重大教学改革研究项目“安徽省教师教育专业教育类课程内容标准和教材建设研究”（项目编号：2013zdjy188）建设成果
2. 安徽省教师教育协同创新中心课程资源开发成果

总　序

百年大计,教育为本;教育大计,教师为本。随着我国基础教育改革的不断深入,社会对教育的要求越来越高,教师教育改革日益受到人们的广泛关注并开始进入实质性的改革阶段。为贯彻落实《国家中长期教育改革和发展规划纲要(2010—2020 年)》,深化教师教育改革,规范和引导教师教育课程与教学,培养造就高素质专业化教师队伍,教育部于 2011 年下发《关于大力推进教师教育课程改革的意见》,就推进教师教育课程改革和实施《教师教育课程标准(试行)》提出意见,要求创新教师教育课程理念、优化教师教育课程结构、改革课程教学内容、改进教学方法和手段、加强教师养成教育、强化教育实践环节。《教师教育课程标准(试行)》明确指出,教师教育课程标准体现国家对教师教育机构设置教师教育课程的基本要求,此标准是制定教师教育课程方案、开发教材与课程资源、开展教学与评价,以及认定教师资格的重要依据。同年,教育部师范教育司、教育部考试中心颁布《中小学和幼儿园教师资格考试标准(试行)》,指出中小学和幼儿园教师资格考试标准是教师职业准入的国家标准,是从事中小学和幼儿园教师职业的最基本要求,是进行中小学和幼儿园教师资格考试的基本依据。2012 年,教育部颁布《教师专业标准(试行)》并指出,教师是履行教育工作职责的专业人员,需要经过严格的培养与培训,具有良好的职业道德,掌握系统的专业知识和专业技能。《教师专业标准(试行)》是国家对合格教师的基本专业要求,是教师开展教育、教学活动的基本规范,是引领教师专业发展的基本准则,是开展教师培养、准入、培训、考核等工作的重要依据。三大“标准”的颁布,意味着传统的教师教育课程设置、课程体系以及课程内容,已经不适应教师教育改革的发展要求,难以满足基础教育改革对教师素质的新要求。

在这种背景下，安徽省高等院校教师教育合作委员会为贯彻落实教师教育改革的新要求与新精神，推进我省教师教育专业课程建设，开始着手筹划安徽省教师教育专业课程建设与教材编写工作。在安徽省高等院校教师教育合作委员会的组织与协调下，此项工作于2014年10月正式启动。安徽师范大学、淮北师范大学、安庆师范学院、阜阳师范学院、合肥师范学院、淮南师范学院六所师范院校，立足于教师教育的协同与创新理念，组织研制安徽省教师教育课程体系并协同进行课程开发。在继承传统教师教育课程设置优点的基础上，根据教师专业发展的需要以及《教师教育课程标准（试行）》关于教师教育课程设置的基本理念和指导思想，六所师范院校在前期研究和充分讨论的基础上，确定了"中学教育基础""心理学""小学教育基础""小学生心理发展与教育教程""现代教育技术""学校心理健康教育""教师职业技能训练教程""教师职业规范与专业发展""教育实习""陶行知教育思想与实践"等十门课程，作为教师教育专业基础课程，并基于设置的课程开发相应的教材。

此次教师教育课程设置及教材开发的基本指导思想是：在保持传统教师教育课程框架的基础上，对课程内容采用模块化设计，同时各学校根据自身教师教育办学特色，有选择性地设置相关课程模块，满足学生多样化的学习需求。同时，课程设置与教材开发不仅考虑到师范生毕业后入职入编的需要，也考虑到为师范生将来专业的持续发展奠定坚实的基础；不仅考虑到师范生通过相关课程的学习能够获得对基础教育最基本的认识，也考虑到师范生通过专业教育后能够很快地胜任中小学教育教学工作。这是一个包含多重意图的课程设计思想。试图将多重意图反映在一种课程体系中，这样的设想不免有理想化的色彩，其是否合理，能否通过课程实施而成为现实，有待实践的检验。

遵循教育部三大"标准"的理念和精神，从传统的教师教育课程转向创新的教师教育课程，其中还有许多工作要做，有许多问题要解决。我们的努力只是这个转向的一个微不足道的方面。希望我们的努力能够为这个转向注入新的元素。

安徽省教师教育课程建设和教材编写委员会

2015年12月

前　言

2011年10月,《教师教育课程标准(试行)》颁发之后,我们便有联合省内高校教育学、心理学等教师编写系列教材的想法。一方面是对《教师教育课程标准(试行)》颁发的回应,即编写一套符合教师教育内容标准要求的教师教育专业学习用书,帮助学习者完善其教师教育素养;另一方面我们希望通过教材编写的过程,深入学习,交流探讨职前、职后教师教育素养提升的理论和实践问题,为搭建和使用区域内教师教育课程教学平台奠定基础。现在看来,我们的愿望基本实现了。

接到本书的编写任务后,编写组成员经过认真研究,确立了教育政策、教育法规、教师职业道德、教师专业发展和教育研究方法等五个模块。由于我国教师专业标准对从业者的职业理念与师德有明确要求,因此,我们理解的教师职业规范即从业者应明了的教育政策法规、教师职业道德、教师专业发展要求以及教育科学研究范式等。教师学习掌握这些规范,既是依法执教、立德树人的需要,也是专业发展的要求。

一般意义上,教师专业发展是教师作为专业人员,在专业理念与师德、专业知识、专业能力等方面不断发展和完善的过程,即从新手教师到专家型教师的发展变化过程。教师专业发展,从形式上看,存在从低级到高级的不同发展阶段;从内容和要求上看,不同阶段有不同的发展任务和要求。但是,促进教师专业发展的有效机制是基本相同的,即"理论学习—实践教育—学习理论—教育实践"的螺旋式上升过程。

教师的理论学习主要指教师职前、职后对接触到的职业规范、学科知识、学科教学知识、通识知识的学习,这些知识总体上属于"给教师的知识",以书本知识为主,通过读书、上课、听讲座等途径获得,这些知识构筑了一个人成为教师的奠基性素养。教师的实践教育主要指教师参加的教育教学设计、实施、评价等实践类活动，以见习、实习、观摩或非参与性实践为主，其目的在于了解实践现状，丰富感性知识，这些知识为一个人成为教师提供了一定量的感性经验基础。教师学习理论主要指教师在参加教育教学以及管理实践过程中，在发现问题并希望解决问题时，为了释疑解惑，或者为了找到解决问题的理论根据，而进行的知识学习。这种学习的主体内容与解决实际问题高度相关，契合教育科学研究的基本程序，充分运用了教育科学研究的方法和策略。这些实践性知识属于"教师的知识"范畴，是教师专业发展的核心知识。教师的教育实践是指教师在教育理论、教师专业标准、学科课程标准以及教学其他资源的规范引导下，在改进实践教育的基础上进行教育实践探索或反思，主要通过教育教学设计、实施、评价等研究性活动达到教育教学目标。"新教师—合格教师（胜任教学）—教学能手（原创教学）—学科专家（发展教学）"的专业发展正是这个机制持续不断发挥作用的结果。

该书在编写过程中，始终强调三个特点：一是实用性、实践性、可操作性，针对中小学教育实践中的具体问题，遵循"用得上、用得好"原则，为学习者提供解决问题的范例或建议；二是基础性与发展性相结合，教育政策法规、教师职业道德规范、教育研究范式等内容既是对教师提出的基础性要求，又是对教师发展的专业引领，包括规范在内都蕴含着教师专业发展的方向、目标、方法、策略、可能路径等内容；三是可读性、可交互性，语言平实、具体、客观、简洁、有亲和力，话语组织尽量避免了抽象的理论阐释，突出案例教学，或以案例为线索呈现内容，合理处理正文、信息窗、网络资源扩展的关系，通过搭建课程教学资源共享平台，实现师生互动交流。

该书是团队合作的产物，参与本书撰写的都是长期从事该领域教学和研究的高校教师，所呈现的内容也是他们多年来教学和研究的成果。其撰写分工如下：第一章教育政策及其解读，由安徽师范大学教科院李宜江教授执笔；第二章教育法律法规及其解读，由淮北师范大学教育学院惠圣副教授执笔；第三章教师职业道德，由淮北师范大学教育学院宋学红副教授执笔；前言和第四章教师专业发展，由淮北师范大学教育学院王家云教授执笔；第五章教育研究方法，由安徽师范大学教科院辛治洋教授执笔。全书由王家云负责统稿。

另外，要特别感谢安徽省高师联盟教师教育专业核心课程规划教材编委会的认可，感谢安徽师范大学出版社的大力支持！

编　者

2016 年 3 月 12 日

目　录

第一章　教育政策及其解读

学习目标

掌握教育政策的涵义，理解教育政策的作用。掌握教育政策制定的一般步骤；掌握教育政策执行的基本步骤；了解教育政策执行偏差的表现，理解教育政策执行出现偏差的原因，熟悉教育政策执行偏差的纠正策略。掌握中小学教师政策，理解义务教育均衡发展政策，熟悉“十二五”时期重要教育政策性文件的主要内容。

一、教育政策

教育政策是一种典型的公共政策。教育政策的制定需要民主化、科学化。教育政策的执行是一种广泛的社会行为，需要公众的积极回应与参与。政策素养是教育工作者从事教育事业的重要素养之一。我们所从事的教育事业，从一定程度上看，正是在一种由各种政策所构筑的环境中成长与发展的。既然教育工作如此紧密地与教育政策发生着联系，那么，对教育政策问题的关注与思索就应该成为教育工作者应有的品格与责任。

（一）教育政策的涵义与作用

1. 教育政策的涵义

政策，从广义上讲，是政策法规的总和；从狭义上讲，是不包括法律条文在内的行政决定。但不管是哪个意义上的政策，在国家政治和社会生活中的重要性，都是毋庸置疑的①。毛泽东同志有一句名言:“政策和策略是党的生命。”没有什么语言能够比这句话更好地说明政策的重要性了。

政策的真正定义是什么？问这样的问题是没有意义的。目前有代表性的八种定义没有一个能回答这个问题。所有的定义都是一种建构,没有能称为明确现实的事物。只要政策的提议者能为他(们)的特殊目的找出一个合理的依据,那么,这样的政策定义就必须被承认②。因此,要给政策下一个公认的定义是很困难的,而且也不是必需的,因为政策总是与解决特定的问题密切相关,定义的多元性恰好反映问题的复杂性。

教育政策是政策的一个组成部分,是政府在一定时期为实现一定教育目的而制定的关于教育事务的行动准则。教育政策包括政策对象、政策目标和实现政策的手段三个构成要素。这三个构成要素是教育政策方案完整性的体现,尤其作为行动准则的教育政策,对象、目标和手段是三位一体的,缺一不可。

2. 教育政策的作用

为什么要有教育政策？最直接的回答是要解决教育问题。政策总与解决问题是分不开的,它由问题产生,又为解决问题而定,就像有的学者所认为的:社会问题是构成政策本质的元素形式,是政策科学理论体系的逻辑起点。当教育系统内部之间或教育系统内部与外部其他系统之间由于种种原因而出现不协调状态时,就会产生种种教育问题。这些问题需要各种解决策略,于是就出现了教育政策。所以,教育政策主要是政府为解决特定教育问题而制定的行动目标、行动计划和行动手段。教育政策在解决教育问题中所起的作用可以概括为:导向作用、调控作用、协调作用、制约作用、管理作用和分配作用(见表1-1)。

---

①袁振国.教育政策学[M].南京:江苏教育出版社,2001:1.

②袁振国.教育政策学[M].南京:江苏教育出版社,2001:263.

表 1－1　教育政策的作用

功能	要解决的问题(举例)	政策方案
导向作用	教育培养什么样的人	教育目的:培养德、智、体等方面全面发展的社会主义事业的建设者和接班人
调控作用	义务教育如何发展	义务教育均衡发展,且稳步推进,如 2012 年区域内初步均衡,2020 年区域内基本均衡
协调作用	教育与经济发展的关系	教育要适度地优先发展,教育经费的投入实现“三个增长”①
制约作用	保护少年儿童合法权益	严禁使用童工
管理作用	教育事权的隶属	基础教育由地方负责,义务教育管理以县为主
分配作用	教育经费的保障	教育经费预算单列,建立农村义务教育经费保障新机制

(二)教育政策的制定与执行

1. 教育政策制定的一般步骤

教育政策制定一般可分成五个步骤,即问题的识别、问题进入议事日程、政策目标的确认、政策方案的设计和选择、政策的合法化②。

(1)问题的识别

在制定任何教育政策之前,要仔细考虑面对的究竟是什么问题,如果不存在什么问题,就没有必要制定政策。在确定问题的过程中,经常考虑的要素有:为什么会有这个问题?谁关心这个问题?他们为什么要关心?他们的代表面有多广?问题的性质到底是什么?常常发生的情况是,越深入分析考察这些问题,你会发现所需要注意的方面就越多。教育界有一些长期以来困扰人的问题,如择校生问题、减负问题、义务教育均衡发展问题、教师有偿家教问题等,每一个类似的问题,可以说从问题的分析、确定,到政策的设计,都是非常困难的,因为其牵涉因素太多,短时间内很难圆满解决。当然,并不是所有问题都是政策问题,只有当其被教

①“三个增长”指:各级人民政府教育财政拨款的增长应当高于财政经常性收入的增长,并使按在校学生人数平均的教育费用逐步增长,保证教师工资和学生人均公用经费逐步增长。

②吴志宏,陈韶峰,汤林春. 教育政策与教育法规[M]. 上海:华东师范大学出版社,2003:41－53.

育决策部门所考虑时,才有可能上升为教育政策问题。

(2)问题进入议事日程

现实中常会出现这样一种现象,即有些问题很早就被提出,但却迟迟不能引起政府的兴趣,上不了官方的议事日程,更不用说成为政府的政策;而另一些问题,一经提出很快就能引起政府的重视,并制定出了相应的政策。这其中究竟是什么在起作用?问题如何引起有关部门的注意?他们如何抉择?政府的议事日程如何确定?这些问题给我们的启发是:政策研究仅仅关注分析政策问题还不够,还要分析如何使政策问题进入政府的议事日程。否则,问题可能从一开始就遭遇坎坷命运,甚至永远也成为不了政策。

(3)政策目标的确认

当问题进入议事日程之后,决策者并不是立即设计政策方案,而是先确定政策目标。政策目标实际上体现了决策者的政治倾向及价值偏好,同时也反映了他对这一问题认识的程度。他会思考:为什么要解决这一问题,解决到什么程度,解决了对谁有利,解决了会引起什么后果,不解决又会引起什么后果,是一揽子解决还是分步解决,等等。在思考这些问题时,决策者脑海中价值判断与事实判断相互交织,但显然前者成为影响后面决策方案选择的关键因素,任何决策者都不愿将与自己价值标准相冲突的问题带进政策的领域。

(4)政策方案的设计和选择

方案设计是政策制定过程中最重要的环节。政策问题被提上政府的议事日程,大致的政策目标也确定了,接下来要做的就是设计政策方案了。这时候要做的事包括:对原来的政策问题做更细致的界定;对问题的原因进行更精确的分析;确认行动的原则;考虑有可能采取的各种基本措施;将可能采取的各种措施综合起来,形成一个初步的方案;对方案进行可行性论证;选择最终的方案;等等。

(5)政策的合法化

教育政策制定出来后,并不意味着政策制定过程已经完成,还有一个政策合法化的过程。政策合法化是指经政策规划得到的政策方案上升为法律或获得合法地位的过程。它由国家有关的政权机关依据法定权限和程序所实施的一系列立法活动与审查活动所构成①。政策合法化的主要内容包括政策内容合法、决策

①张今马.政策科学导论[M].北京:中国人民大学出版社,1992:23.

过程合法和政策本身的法律化。

2. 教育政策执行的基本步骤

教育政策执行的过程可分为政策理解、制定执行计划、组织落实、政策宣传、具体实施、监督检查、政策执行计划的调整、执行总结和巩固提高等阶段①。

(1)政策理解

当某级政府和教育行政部门接到贯彻执行某项教育政策的通知或指令时,就意味着执行的过程即将开始,此时政策执行者首要的工作是理解政策。政策理解的目的,不仅要深刻理解政策的目标、精神、含义、内容等细节,还需要政策执行者对政策形成认同与共识。若没有政策执行机构及其成员对教育政策深刻而正确的认识,没有他们对政策的认同与共识,若执行者对政策有错误的认识和理解,或各有看法、相互矛盾,那么要使教育政策能得到积极、正确、顺利的贯彻执行,就很困难。

(2)制定执行计划

一项教育政策方案,往往只是提出确定目标和实现目标的基本原则和大致轮廓,是比较抽象的。为了有效地实施政策,还必须在这些比较原则的政策指导下,再结合具体实际情况,对总体目标进行分解,编制出具体的执行工作计划,明确任务的范围,合理地组织人力、物力、财力,制订实施步骤,安排进度,规定期限,将政策进一步具体化。

(3)组织落实

组织落实就是为政策执行建立一定的工作部门和机构。组织落实得如何,直接关系到政策目标的实现程度。一些常规性的教育政策,在执行时可以通过原有的执行机构加以落实,但一些非常规性的或以前从未涉及的教育政策,可以组建专门的工作机构。

(4)政策宣传

教育政策的执行机构确定下来后,一项非常重要的工作就是组织对政策的宣传、学习和说明,要通过各种有影响力的渠道和方式,向政策执行人员、目标群体和社会各方面宣传政策的目标、内容、要求及政策的合法性、必要性等方面的信息,以取得他们对政策的理解、认同和支持,减少对政策的误解和抵触,逐步形成

①袁振国. 教育政策学[M]. 南京:江苏教育出版社,2001:308 - 320.

有利于政策执行的社会舆论环境。

(5)政策和计划的具体实施

政策和计划的具体实施,是各执行组织的机制运作、发挥组织功能的过程。这一过程的健康运作,需要有合格的领导和工作人员,也需要投入其他必要的政策资源。执行人员的素质水平对具体实施过程的成效有重要影响。

(6)监督检查

监督检查是政策实施过程的保障环节,其主要任务是:督促没有采取积极措施的执行组织迅速行动起来,避免拖延执行;及时发现偏离政策目标和违背政策目标的行为及问题,对责任者进行适当的处理;通过对执行情况获取的反馈信息,检查政策和执行计划本身是否存在问题。

(7)政策执行计划的调整

在实施教育政策的过程中,常常会出现很多意想不到的问题。这些问题的出现,有些是原有政策本身的缺陷所造成,有些则是因为对情况估计不足。为保证政策目标的顺利实现,我们必须对政策作出必要的调整、修改和完善,以便有效地解决各种新出现的问题。

(8)政策执行的总结

政策执行的总结是原教育政策和执行计划调整、后续政策执行以及新教育政策制定和执行的重要基础。该项工作做得好,后续的其他工作就能在更高的认识水平和经验基础上进行。

(9)政策执行的巩固提高

在政策执行的巩固提高阶段,有两点很重要:第一,要有防范意识,继续加强监督检查,防止各种不符合政策目标要求现象发生;第二,要有发展和改革意识,不断深化改革,提高教育发展水平和质量水平。

需要指出的是,上述教育政策执行的九个阶段的工作并不能一劳永逸,在实际的政策执行中,它们需要不断改善,直至政策成熟。

3. 教育政策执行的偏差与纠正①

教育政策的执行不可能是一帆风顺的,常常会出现各种偏差,偏离了原来的政策目标,从而影响政策执行的效果。教育政策执行偏差主要有以下五种表现形

①袁振国. 教育政策学[M]. 南京:江苏教育出版社,2001. 321 -335.

式:①政策完全偏离。即完全没有执行政策,或者与政策背道而驰。②政策表面化。即政策只是在执行过程中被宣传一通,而未被进一步转化为操作性的具体措施,政策问题依然存在,甚至更加严重。③政策扩大化。即政策在执行过程中被不恰当地附加了内容,从而使政策的调控对象、范围、力度以及目标超越了原定的政策要求。④政策缺损。即一项完整的政策在实施时只有部分被贯彻,其余则被抛弃一旁,使政策内容残缺不全。⑤政策替换。即政策在执行过程中被换入表面上与原政策一致,而事实上背离原政策精神的内容。

产生上述种种偏差现象的原因是多方面的,主要可以归结为以下几种:①政策本身的缺陷。如政策制定目标过高,过于理想化。②政策宣传不够。执行机构和人员未充分重视宣传工作,致使公众对新政策不理解,不信任,怀有疑虑。③政策配套不到位或受到其他政策的牵制。④政策执行机构和人员的问题。政策制定者和政策执行者的利益并不总是一致的,它们之间常常发生利益冲突。利益冲突的结果,使得执行机构和人员有意无意在执行过程中的效果大打折扣,以维护自身利益。针对产生种种教育政策偏差的原因,可以采取的解决对策包括:①强化教育政策制定的科学性。完善政策制定的过程,力求政策方案周详、严密、具体,符合现实情况,具有操作的条件。②加大政策宣传力度,使政策得到公众的充分理解。③增强公共政策之间的协调性,研究在一种公共政策的改变导致另一种公共政策受损的情况下,如何对后者进行适当的弥补。④政策执行人员要增强全局意识,局部利益服从集体利益。在不损害全局利益的前提下,适当照顾地区的利益。⑤建立健全政策执行的监督系统。

二、教育政策解读

(一)中小学教师政策解读

中小学教师政策是一个政党或国家为了建设一支数量充足、质量高而又充满活力的中小学教师队伍,而对中小学教师的培养、资格、聘任、流动等问题作出的战略性的准则与规定。

1. **教师资格政策**①

教师资格是国家对专门从事教育教学工作人员的基本要求，是公民获得教师职位的前提条件。教师资格制度是国家对教师实行的一种法定的职业许可制度，它规定了教师资格的基本条件、教师资格认定程序等。《中华人民共和国教师法》第十条指出："国家实行教师资格制度。中国公民凡遵守宪法和法律，热爱教育事业，具有良好的思想品德，具备本法规定的学历或者经国家教师资格考试合格，有教育教学能力，经认定合格的，可以取得教师资格。"这从法律的角度首次确认了教师的专业地位，并首次以法律条文的形式确定了以教师资格证书制度作为我国的教师职业许可制度。《中华人民共和国教师法》是实施教师资格制度的法律基础。该法第二章、第三章分别从教师的权利与义务、教师的资格和任用等方面对中小学教师资格制度作出详尽规定。

2000 年 9 月 23 日，中华人民共和国教育部令第 10 号颁布《〈教师资格条例〉实施办法》，包括总则、资格认定条件、资格认定申请、资格认定、资格证书管理和附则等部分，对教师资格认定的相关问题作出详细的说明与操作规定。其中第五条确定，"依法受理教师资格认定申请的县级以上地方人民政府教育行政部门，为教师资格认定机构。"《〈教师资格条例〉实施办法》的正式启动，标志着我国教师资格制度进入实施阶段。

2013 年 8 月 15 日，教育部印发了《中小学教师资格考试暂行办法》《中小学教师资格定期注册暂行办法》（教师〔2013〕9 号）。从此，我国中小学教师资格考试制度更加规范、严格，师范专业学生毕业即能获得教师资格的情形成为历史，实现 5 年定期注册认证制度，打破了教师资格终身制。

根据《中小学教师资格考试暂行办法》的规定，教师资格考试实行全国统一考试。考试坚持育人导向、能力导向、实践导向和专业化导向，坚持科学、公平、安全、规范的原则。教师资格考试包括笔试和面试两部分。笔试主要考查申请人从事教师职业所应具备的教育理念、职业道德、法律法规知识、科学文化素养、阅读理解、语言表达、逻辑推理和信息处理等基本能力；教育教学、学生指导和班级管理的基本知识；拟任教学科领域的基本知识，教学设计实施评价的知识和方法，运用所学知识分析和解决教育教学实际问题的能力。

---

①杜晓利. 教师政策[M]. 上海：上海教育出版社，2012：24－44.

幼儿园教师资格考试笔试科目为《综合素质》和《保教知识与能力》，小学教师资格考试笔试科目为《综合素质》和《教育教学知识与能力》，初级中学、普通高级中学教师和中等职业学校文化课教师资格考试笔试科目为《综合素质》《教育知识与能力》和《学科知识与教学能力》，中等职业学校专业课教师和实习指导教师资格考试笔试科目为《综合素质》《教育知识与能力》和《专业知识与教学能力》。

面试主要考查申请人的职业认知、心理素质、仪表仪态、言语表达、思维品质等教师基本素养和教学设计、教学实施、教学评价等教学基本技能。面试采取结构化面试、情景模拟等方式，通过抽题、备课（活动设计）、回答规定问题、试讲（演示）、答辩（陈述）、评分等环节进行。

笔试单科成绩有效期为 2 年。笔试和面试均合格者由教育部考试中心（教育部教师资格考试中心）颁发教师资格考试合格证明。教师资格考试合格证明有效期为 3 年。教师资格考试合格证明是考生申请认定教师资格的必备条件。

根据《中小学教师资格定期注册暂行办法》，教师资格定期注册是对教师入职后从教资格的定期核查。中小学教师资格实行 5 年一周期的定期注册。定期注册不合格或逾期不注册的人员，不得从事教育教学工作。满足下列条件的，定期注册合格：（一）遵守国家法律法规和《中小学教师职业道德规范》，达到省级教育行政部门规定的师德考核评价标准，有良好的师德表现；（二）每年年度考核合格以上等次；（三）每个注册有效期内完成不少于国家规定的 360 个培训学时或省级教育行政部门规定的等量学分；（四）身心健康，胜任教育教学工作；（五）省级教育行政部门规定的其他条件。

2. 教师职务政策

这里的教师职务，是指教师的专业技术职务，不包括教师根据需要担任的某个行政或社会团体职务。此处，教师职务与教师职称同义。

《中华人民共和国义务教育法》第三十条规定：教师应当取得国家规定的教师资格。国家建立统一的义务教育教师职务制度。教师职务分为初级职务、中级职务和高级职务。但是，目前该教师职务制度还处在试点阶段，尚未全面实施。在这之前的教师职务政策中，小学教师和初中教师是不同的职务系列，小学教师高级职务系列只相当于中级职称。也就是说，在小学教师职务系列中，没有高级职称岗位。实践中只能通过跨学段破格评的方式解决这个问题。比如某小学教师达到了高级职称的水平,可以依据程序和规定评为中学高级教师,即小教系列中学高级教师,俗称“小中高”。

《国务院关于加强教师队伍建设的意见》(国发〔2012〕41号)指出:要加快推进教师职务(职称)制度改革。分类推进教师职务(职称)制度改革,完善符合各类教师职业特点的职务(职称)评价标准。建立统一的中小学教师职务(职称)系列,探索在职业学校设置正高级教师职务(职称)。研究完善符合村小学和教学点实际的职务(职称)评定标准,职务(职称)晋升向村小学和教学点专任教师倾斜。城镇中小学教师在评聘高级职务(职称)时,要有一年以上在农村学校或薄弱学校任教经历。支持符合条件的职业学校和高等学校兼职教师申报相应系列教师专业技术职务。

3. 教师教育政策

教师教育政策是教育政策的重要组成部分,是党和国家在一定时期内,为实现一定的师资培养目的,解决教师教育中存在的问题而制定的教师培养、培训方面的行动准则。教师教育政策包含教师的职前培养、入职教育及在职(职后)培训方面的内容。

我国新一轮加强和改革教师教育的政策,从2010年《国家中长期教育改革和发展规划纲要(2010—2020年)》开始确立,2012年国务院《关于加强教师队伍建设的意见》将其系统化,教育部、国家发展改革委、财政部《关于深化教师教育改革的意见》将其具体化和可操作化。同年,教育部将师范司与其他相关司局职能整合成立教师工作司。目前,教师教育政策推动主要从以下几个方面展开:

一是标准引领。出台中小学、幼儿园、职业学校《教师专业标准》《教师教育课程标准》。

二是职前培养课程改革。出台《关于大力推进教师教育课程改革的意见》(教师〔2011〕6号),要求科学设置师范教育类专业公共基础课程、学科专业课程和教师教育课程,学科理论与教育实践紧密结合,教育实践课程不少于一个学期。

三是职后培训实施“国培计划”。从2010年启动到2012年共投入26亿元,课程结构和培训方式都发生了变化,比职前教育大大领先了一步。

四是建立教师资格考试和教师资格定期注册制度。推进中小学新任教师统一公开招聘改革,建立“国标、省考、县聘、校用”的教师管理制度;以师范类专业毕业生逐步纳入国家教师资格考试范围为契机,开展师范类专业综合改革试点,优化课程结构,强化教师教育课程,落实师范生到中小学(幼儿园)教育实践不少于一个学期制度。

4. 教师聘任政策①

实行教师聘任制是我国由计划经济体制向市场经济体制转变的过程中,在中小学采取的一项人事制度改革的重大措施,也是我国中小学教师人事制度改革的核心内容,是教师任用方式的一种制度创新。教师聘任制,是指聘任双方在平等自愿的前提下,由学校或者教育行政部门根据教育教学需要设置工作岗位,聘请有资格的公民担任相应教师职务的一项教师任用制度。中小学校实施教师聘任制是我国中小学教师任用制度上的一项重大突破。实行教师聘任制的目的是为了切实转变传统的教师任用机制,建立一种新型的公开、平等、竞争、择优的教师任用与管理机制,以确保不断提高我国基础教育的质量。

《中华人民共和国教师法》第十七条规定:"学校和其他教育机构应当逐步实行教师聘任制。教师的聘任应当遵循双方地位平等的原则,由学校和教师签订聘任合同,明确规定双方的权利、义务和责任。实施教师聘任制的步骤、办法由国务院教育行政部门规定。"《中华人民共和国教师法》明确了教师聘任制的原则、形式和权利与义务,为实施教师聘任制奠定了法律基础。据此,全国各中小学开始了学校内部人事制度的改革,尝试推行中小学教师聘任制。

2001 年 12 月 30 日,教育部印发的《中小学教师队伍建设"十五"计划》中对大力推进中小学人事制度改革,依法转变教师任用制度提出了以下要求:①推行中小学教师聘任制。中小学要按照"按需设岗、公开招聘、平等竞争、择优聘任、严格考核、合同管理"的原则,实行教师聘任制度。学校可以结合教师资格制度的实施,面向社会招聘教师,经县级以上教育行政部门审批后聘任。实行教职工告诫制度,对聘任期内不能履行聘用合同的人员首先进行告诫,要求限期改正,告诫期满仍不能达到合同要求的予以解聘。②依法实施教师职务制度。学校在上级教育主管部门核定的教师职务结构比例内,科学、合理地设置教师职务岗位,强化聘任,加强聘后管理和履职考核,实现教师职务聘任和岗位聘任的统一。进一步改善中小学教师职务结构比例,改变中小学教师中高级职务比例偏低的状况。教师职务聘任由县级以上教育行政部门组织实施。③建立人员流动服务体系。教育

---

①杜晓利. 教师政策[M]. 上海:上海教育出版社,2012:68-88.

行政部门可设立教育系统人才交流中心，开展政策咨询、转岗培训、教育系统人事代理、人事托管等服务工作，并与政府人事部门合理流动。鼓励落聘人员进入人才市场，面向社会跨行业流动，支持落聘人员自谋职业。④完善与聘任制度相适应的激励机制。坚持财政统一发放教师工资的制度，保证教师工资按时足额发放。研究改革中小学教师工资制度，逐步建立与聘任制度相适应，能够体现教职工岗位职责、工作绩效和实际贡献的工资保障和激励机制。实行向骨干教师倾斜的分配政策，有条件的地区和学校可以对在教学、管理等方面作出显著成绩和突出贡献的人员，给予优厚的工资待遇。⑤建立和完善教师考核、督察制度，提高教师工作管理水平。逐步建立教师督导制度和社会监督机制，引导、激励教师履行职业道德规范，确立正确的教育观念，不断提升实施素质教育的能力，教书育人，积极进取。依照《中华人民共和国教师法》的规定和素质教育的要求，制定科学、有效、可行的评估考核办法和考核指标体系，把考核结果作为聘任、奖惩的重要依据。

《中小学教师队伍建设"十五"计划》明确了中小学教师的聘任权力在县级以上教育行政部门。文件指出，"县级以上教育行政部门作为政府主管教师工作的职能部门，依法履行中小学教师的资格认定、招聘录用、职务评聘、培养培训、流动调配和考核督察等管理职能。""中小学教师与职工（包括临时代课人员）必须在核定的编制控制数内由县级以上教育行政部门批准聘用，乡（镇）、村无权聘用或者辞退教师。未经县级以上教育行政部门批准，任何部门、单位和个人不得以任何名义随意聘用、辞退或者调动教师。"

2003年9月16日人事部发布的《关于深化中小学人事制度改革的实施意见》提出，深化中小学人事制度改革的总体目标是：以实行聘用（聘任）制和岗位管理为重点，以合理配置人才资源，优化中小学教职工结构，全面提高教育质量和管理水平为核心，加快用人制度和分配制度改革，建立符合中小学特点的人事管理运行机制，建设一支高素质专业化的中小学教师队伍和管理人员队伍。主要任务是：加强编制管理，调整优化中小学教职工队伍结构；进一步完善校长负责制，改进和完善校长选拔任用制度；实行教职工聘用（聘任）制；完善中小学教职工工资保障机制，建立健全分配激励机制；促进人才合理流动。

该文件第十二条规定："全面推行中小学教职工聘用（聘任）制度。根据《国务院办公厅转发人事部关于在事业单位试行人员聘用制度意见的通知》精神，按需设岗、公开招聘、平等竞争、择优聘用，在平等自愿、协商一致的基础上，由学校与教职工签订聘用（聘任）合同，明确聘期内的岗位职责、工作目标、任务以及相应待遇。”第十三条规定：“完善教师职务聘任制度。中小学校在核定的教师职务结构比例内科学合理地设置教师职务岗位，经批准可适当提高农村中小学教师中、高级职务的比例。要按照一岗一聘的原则，进一步强化教师职务聘任，严格聘任程序。”

在新的时代背景下，国内一些地方正在积极探索对中小学教师以县为单位实行“无校籍管理”，由县级教育行政部门统筹管理，学校根据需要按期聘用，促进教师资源优化、均衡配置，建立健全中小学教师职业准入和管理制度。

（二）义务教育均衡发展政策解读

1. 改革开放以来义务教育发展政策的演进历程①

改革开放以来，我国义务教育发展历经非均衡发展、非均衡向均衡发展过渡和均衡发展三个政策阶段。在这一进程中，义务教育均衡发展政策的动力机制、价值取向、过程保障和文化规则有着自身的演进逻辑。这一政策的未来走向，将以新型非均衡发展为动力机制，以“发展平衡”促进“机会均等”为价值取向，以每个适龄儿童均等享有良好教育为过程保障，尊重和引导教育民意为文化规则，从而形成均衡发展义务教育的新的政策框架。

（1）非均衡发展政策阶段

1985年，我国《中共中央关于教育体制改革的决定》提出普及九年义务教育，1986年颁布《中华人民共和国义务教育法》，到2000年底全国85%的人口地区基本实现了普及九年义务教育。这一政策目标的实现主要是通过非均衡政策，由中央政府将发展基础教育的责任交给地方，各地根据不同经济社会发展情况分期、分批实现。

早在1980年，中共中央、国务院《关于普及小学教育若干问题的决定》指出：“普及小学教育应当根据各地区经济、文化基础和其他条件的不同，由各省、自治区、直辖市进行分区规划，提出不同要求，分期分批予以实现”，“必须正确处理普及与提高的关系，各地应当首先集中力量办好一批重点学校，创造经验，典型示范”。

①阮成武. 我国义务教育均衡发展政策的演进逻辑与未来走向[J]. 教育研究，2013(7)：37－45.

1985 年的《中共中央关于教育体制改革的决定》将非均衡发展作为教育发展的基本战略和方式:“必须鼓励一部分地区先发展起来,同时鼓励先发展起来的地区帮助后进地区,达到共同的提高。”相应地,全国分为三类地区分期分批普及九年义务教育,政策目标、进度要求和具体措施都体现出非均衡性。于是,按照财政“分级管理、分灶吃饭”的要求,把义务教育的投资支出全部下划到地方财政——城市是市财政,农村是县、乡财政,由地方政府全部负责对义务教育的投资,这就等于把实施义务教育的责任和义务全部交给了地方政府,从而使义务教育的普及与发展只能取决于各地区的经济发展及地方政府的财政收支状况。

1993 年的《中国教育改革和发展纲要》延续了这一政策,要求教育发展从各地经济、文化发展不平衡的实际出发,因地制宜,分类指导,鼓励经济文化发达地区教育率先发展。

(2)非均衡向均衡发展过渡政策阶段

2002 年,《教育部关于加强基础教育办学管理若干问题的通知》提出积极推进义务教育阶段学校均衡发展,义务教育自此逐步向均衡发展转变。

2005 年的《教育部关于进一步推进义务教育均衡发展的若干意见》和 2006 年颁布的《中华人民共和国义务教育法》,规定国务院和县级以上地方人民政府应当合理配置教育资源,促进义务教育均衡发展。

2010 年《教育部关于贯彻落实科学发展观进一步推进义务教育均衡发展的意见》出台,国家及教育主管相关部门提出了一系列促进义务教育均衡发展政策,核心是把推进均衡发展作为义务教育的一项重要任务。

比较而言,这一阶段政策具有过渡性,只是教育系统的部门政策,重点是遏制城乡、区域、学校之间差距,加快薄弱学校改造,尚未触及城乡二元体制和区域发展不平衡等深层次矛盾,没有上升为中央和各级政府及职能部门整体推动的基本政策。

(3)均衡发展政策阶段

《国家中长期教育改革和发展规划纲要(2010—2020 年)》(以下简称《教育规划纲要》)提出“均衡发展是义务教育的战略性任务”。

2012 年《国务院关于深入推进义务教育均衡发展的意见》及相关部委的系列文件,确立深入推进义务教育均衡发展的指导思想、基本目标、政策措施和体制保障。

党的十八大报告围绕办好人民满意的教育，提出“均衡发展义务教育”的新论断，实现了义务教育均衡发展政策的新的跃升。

2. 义务教育均衡发展政策的时代内涵①

中共十八大报告围绕“努力办好人民满意的教育”这一教育发展目标，将十七大确立的“促进义务教育均衡发展”，进一步提升为“均衡发展九年义务教育”。“均衡发展义务教育”的提出有着深刻的时代意义和丰富的理论内涵，对于促进义务教育更加健康、协调、可持续发展具有重要的实践价值。“均衡发展义务教育”是指统筹协调区域之间、城乡之间、学校之间、群体之间教育发展差距，以教育资源均衡配置与合理使用为前提，以学校优质特色化、学生全面个性化发展为取向，全面提升义务教育办学水平和教育质量。

(1)均衡发展义务教育是价值引领式发展

均衡发展义务教育是价值引领式发展，主要体现在两个方面：一是均衡发展义务教育引领义务教育合乎公平与正义的发展。在义务教育均衡发展早期阶段，更多体现为矫正、弥补式的发展，对农村、边远、贫困、民族地区的诸多倾斜政策更多地体现为补偿性政策关怀，而均衡发展义务教育，同样需要对农村、边远、贫困、民族地区政策倾斜，但这种倾斜政策更多体现为公平、正义的价值引领。更为重要的是，引领义务教育合乎公平与正义的发展，能够让农村、边远、贫困、民族地区和残疾学生、经济困难学生、进城务工子女获得一种平等的尊严感。这种尊严不是来自社会的施舍，而是源自公平与正义的内在要求。

二是均衡发展义务教育引领义务教育均衡式发展。义务教育均衡发展的早期，不免会陷入重教育资源均衡配置、轻教育发展的误区，容易导致义务教育发展“见物不见人”。事实上，均衡不是义务教育发展的目的，高质量的发展才是旨归。

均衡发展义务教育就是让均衡回到促进义务教育健康、协调、可持续发展的轨道上，引领义务教育的均衡发展。

(2)均衡发展义务教育是学校优质特色化发展

研究表明，在基本办学条件得到保障后，教育质量的提升与经费多少、设备新旧等物质性教育资源之间并不存在必然联系，而与校长的办学理念与坚守、教师

①李宜江，朱家存. 均衡发展义务教育的理论内涵及实践意蕴[J]. 教育研究，2013(6)：59－64.

的敬业精神与信念、学生的乐观进取与思维自由等更为隐性的非物质性教育资源密切相关。因此，优质的教育资源不等于优质的教育。均衡发展义务教育反对“千校一面”，而着力于引导、鼓励学校在教育资源均衡配置的基础上，基于学校办学的历史传统和文化积淀，回归学校本色，回归教育培养人的本质，办出学校特色，走优质特色化发展之路。

(3)均衡发展义务教育是学生全面个性化发展

均衡的教育资源甚至是相同的教育资源作用到不同学生身上，或者同一个学生的不同发展阶段上，也难以保证取得一样的教育效果，因为学生的发展具有个体差异性和发展阶段性。义务教育均衡发展最终是要关注学生不同特点和个性差异，发展每一个学生的优势潜能。为每个学生提供最需要的，或者说最适合于他的教育，这才是真正的公平①。

均衡发展义务教育就是要在教育资源与学生全面个性化发展之间寻找一个最佳的匹配点，将教育发展重心由保障学生平等享受教育资源转向学生全面个性化发展。

(4)均衡发展义务教育是有自身“均衡态”的发展

义务教育发展的均衡是相对的、静止的，不均衡是绝对的、动态的，政策投入解决了阶段性的均衡，一个阶段后又会出现新的不均衡。义务教育均衡发展内涵认知的时代性和经济社会发展的可能性，也使得义务教育均衡发展始终具有动态性。

比较而言，实现一时、一地的义务教育均衡发展易，维护长期、全国范围内义务教育均衡发展难；实现义务教育均衡发展易，维护经济社会发展均衡难。如何根据义务教育均衡发展的自身规律和义务教育的均衡性与经济社会发展的均衡性之间的关系特征，维护和调节义务教育发展的“均衡态”，既是难点，也是焦点。

义务教育自身发展的“均衡态”主要体现在发展的阶段性和评价的时空性上，应基于中国的国情、地情、校情和文化传统，不断拓展和延伸义务教育发展内涵，循序渐进、稳步推进，从而将义务教育发展内涵的理论研究转化为可操作的行动方案。从增加教育投入开始，建设满足教育教学基本需要的标准化学校，到注重学校办学理念的更新、校园文化的重建和课堂生命力的焕发；从提高教师学历

①沈海驯，李丽. 义务教育公平与民众的教育选择[J]. 教育研究，2010(12)：14－16.

入手,解决师资贫乏和知识水平偏低问题,到注重教师专业化水平提升、团队合作精神培养和自我反思发展能力强化;从保障每一个适龄儿童与青少年平等接受义务教育的权利做起,到注重学校课程资源的开发与使用、学生差异个性化的发展,所有这些正是义务教育自身发展"均衡态"的生动写照。

3. 义务教育均衡发展政策的实践要求①

(1)义务教育应牢固树立内涵式均衡发展评价理念

义务教育外延式发展和内涵式发展是相互联系的,有些外延式发展举措,在一定条件下会转化为内涵式发展。如学校硬件的改善,可以美化学校自然环境,达到环境育人、促进学生身心健康发展的效果。有些看似内涵式发展举措,在一定情况下也易发展成外延式发展。如学校更新办学理念、创建学校特色、开发校本课程等内涵式的发展举措,如果片面追求新、奇、异,脱离学校教师和学生发展实际,则会沦为外延式发展。可见,外延式发展重物轻人,强调外部"输血",其发展动力主要在外,通过教育外部力量实现对学校物质性教育资源的优质配置,旨在缩小区域之间、城乡之间、学校之间教育资源配置不合理等形成的条件性差距;内涵式发展重人轻物,强调内部"造血",其发展动力主要在内,通过学校系统的"自组织"发展,依靠教师和学生的创造性、主动性,促进学校内部建设和教育教学改革,旨在缩小区域之间、城乡之间、学校之间教育质量的内在差距。所以,判断义务教育发展是外延式还是内涵式的核心标准是学校教育质量是否得到了全面提升,教师和学生的发展是否健康、和谐、可持续。

内涵式均衡发展义务教育已成为新取向,这一点无论在学者的研究还是国家的政策设计,都已得到充分体现,但在实际的义务教育发展监测指标体系中仍存在重"外延"轻"内涵"现象。有些"内涵"指标也因不易观察、难以测评而虚化。义务教育发展的外延式指标固然重要,但是内涵式发展更是本质与目标。由于义务教育内涵式均衡发展指标难以细化、量化,导致义务教育内涵式均衡发展指标体系不易构建,即使构建出来也未必有效可行,极有可能沦为外延式评价指标体系,追求一种形式化的内涵。所以,牢固树立内涵式均衡发展评价理念对于促进义务教育健康发展至关重要。内涵式均衡发展评价理念的树立,无法像外延式评

①李宜江. 义务教育均衡发展的重心转向[A]//安徽省社会科学界联合会. 美好安徽 圆梦中国:自信·自觉·自强——安徽省社会科学界第八届(2013)学术年会文集[M]. 合肥:合肥工业大学出版社,2013.

价指标体系那样“立竿见影”，但假以时日，一定会有效果，后期会获得加速度效应，从而步入良性循环轨道。内涵式均衡发展评价理念的树立，可以使政府在保障学校基本办学条件的基础上，思考如何给学校创造更加宽松的发展环境，引导学校依法自主办学、特色办学；可以矫正片面追求豪华学校建设的误区，使学校注重软实力建设，通过学校管理、教学改革、班级建设、教师专业化、学生自我教育等途径，全面提升教育质量，增进学生综合素养，让立德树人成为学校发展的灵魂；可以使学校从急功近利的评价中解放出来，加强内在修炼，注重文化积淀、历史传承，激发教师和学生的创造性，实现学校、教师和学生的自我创生、自我超越，走内涵式发展之路①。

（2）教育资源配置的“求同”应落实到促进学生发展的“存异”上

均衡发展义务教育指向教育资源配置时，“求同”是其必然要求。教育资源是义务教育发展的必要条件，起基础性、保障性作用。为了保障适龄儿童、少年，不分性别、民族、种族、家庭财产状况、宗教信仰等，依法享有平等接受义务教育的权利，各级政府应当认真履行各项职责，合理配置教育资源，改善薄弱学校办学条件，使每一所学校在教育资源的获取上享受平等的待遇，甚至是绝对的平等和均衡。均衡发展义务教育指向人（学生）时，“存异”是其内在本质要求。学生的发展不同于物质教育资源的配置，物质教育资源配置追求趋同性，学生发展追求差异性。教育均衡发展不仅仅是平等地分配教育经费等物质资源，其最重要的是通过学校层面的改变，最终落实到满足每个学生教育需求的过程②。现实中没有两个完全相同的个体，差异性是个体生命的显著特征。面对具有差异的鲜活生命个体，教育的本质就是提供适合每一位生命个体成长的个性化教育，发展个体的智慧潜能、陶冶个体的道德性格，使每一位学生都能达到自己的最佳发展水平。“在教育机会和教育资源方面寻求均衡，在教育过程、教育方式和教育结果方面鼓励差异”③。义务教育发展对教育资源均衡配置的过多关注，渐渐地使我们陷入到一个连自己也未曾意识到的尴尬：学生个性也如同趋同的硬件一样同质化了，丧

①李宜江，朱家存. 均衡发展义务教育的理论内涵及实践意蕴[J]. 教育研究，2013(6)：59－64.

②许杰. 重心下移：义务教育均衡发展政策走势[J]. 中国教育学刊，2012(3)：5－8，12.

③李生滨，傅维利，刘伟. 从“追求均衡”到“鼓励差异”——对后均衡化时代义务教育发展的思考[J]. 教育科学，2012(1)：1－5.

失了鲜活性和独立性。对差异的尊重和保护，才是公平的真谛所在①。教育必须把学生看做是独立思考和行动的主体，尊重学生自由意志，尊重学生理性思维能力，尊重学生个体人的发展与选择，促进学生在与教师、同伴、社会和环境的交往与对话中实现全面而有个性的发展。

(3)义务教育的均衡在物、公平在用、发展在人

均衡发展义务教育需要通过均衡配置教育资源的方式来促进其优质发展、内涵发展，并推动教育公平建设，全面提升教育质量，最终实现教育促进人、塑造人的本体价值。

均衡发展义务教育的基础是物质性教育资源的均衡配置，其重点在于物的均衡性，需要采取必要的政策措施实现区域之间、城乡之间、学校之间在教育经费、教育教学设施设备等物质性资源的均衡配置，并随着经济社会发展适当提高配置的底线标准。然而，义务教育物质性教育资源的均衡配置并不必然带来教育公平的结果，充其量只是教育起点的公平，是静态的配置公平。倘若均衡配置的教育资源在区域间、城乡间、学校间、学生间并未得到公平地使用，则过程的公平、动态的公平就无法保障。有时未能得到资源均衡配置的学校，在其内部仅就现有资源公平使用，反而能让师生收获校内的公平。教育法律与政策的生命在于实施。从宏观层面讲，国家通过有法必依、执法必严、违法必究来落实立法精神固然重要，但从微观层面讲，每一位教师在学校内、课堂上所表现出来的敬业精神和职业素养更是不容忽视。因为对于单个家庭和学生个体而言，他们深切感受到的教育公平正义，是发生在身边每一天的亲身经历或体验。学校内、课堂上等微观领域的教育公平正义问题，往往是国家教育法律、政策难以直接发挥作用的地方，但却是学生个体最能够直接获得体验的地方。因此，均衡配置的物质性教育资源是否能够发挥促进公平正义的价值，关键看学校、教师、学生等实践主体如何再分配、使用这些资源，是否做到了“教学正义”，即教学主体在教学态度、教学参与机会、教学资源配置、教学方法选择、教学评价等方面所采取的合理性行为，是对学生人格的平等尊重、对学生生命价值平等关怀和学生基本权利的平等保护，并在此基础上引导学生的精神品格健全、积极地成长②。倘若均衡配置的教育资源在不同的

①李帆. 从“基于供给”走向“基于需求”的均衡发展[J]. 人民教育，2010(11):13－14.
②王彦明. 教学正义：义务教育均衡发展内蕴价值[J]. 中国教育学刊，2011(9):12－15.

场域得到了公平、有效使用，则教师和学生的健康、和谐、可持续发展就有了保障。教师对学校就有“家”的感觉，教师的生命力和创造力就会源源不断地唤醒和影响学生，学生生命自觉就会被唤醒、智慧和人格就会被浸润、品性与情感就会被陶冶，义务教育也就真正实现了它的发展：办好每一所学校，促进每一位学生健康成长。

（三）“十二五”时期重要教育政策性文件概览

1.《国家中长期教育改革与发展规划纲要(2010—2020 年)》主要精神

百年大计，教育为本。教育是民族振兴、社会进步的基石，是提高国民素质、促进人的全面发展的根本途径，寄托着亿万家庭对美好生活的期盼。强国必先强教。优先发展教育、提高教育现代化水平，对实现全面建设小康社会奋斗目标，建设富强、民主、文明、和谐的社会主义现代化国家具有决定性意义。

根据党的十七大关于“优先发展教育，建设人力资源强国”的战略部署，为促进教育事业科学发展，全面提高国民素质，加快社会主义现代化进程，制定《国家中长期教育改革和发展规划纲要（2010—2020 年）》①（以下简称《教育规划纲要》）。

《教育规划纲要》共 6 个部分（序言、总体战略、发展任务、体制改革、保障措施、实施），分 22 章，计 70 条，2.8 万多字。内容系统、丰富，涉及指导思想和工作方针、战略目标和战略主题、学前教育、义务教育、高中阶段教育、职业教育、高等教育、继续教育、特殊教育、人才培养体制改革、考试招生制度改革、建设现代学校制度、办学体制改革、管理体制改革、扩大教育开放、加强教师队伍建设、保障经费投入、加快教育信息化进程、推进依法治教、重大项目和改革试点、加强组织领导等。

（1）研究制定《教育规划纲要》的主要原则

一是坚持把中国特色社会主义理论体系特别是十六大以来党的理论创新成果作为思想基础，认真学习贯彻党的三代领导集体和以胡锦涛同志为总书记的党中央关于教育工作的重要论述，加强和改善党对教育工作的领导，坚定不移地走

①国家中长期教育改革和发展规划纲要（2010—2020 年）[EB/OL].（2010 - 07 - 29）[2010 - 08 - 21] http://news.xinhuanet.com/edu/2010 - 07/29/c_12389320.htm.

中国特色社会主义教育发展道路。

二是坚持全面贯彻党的教育方针，深入推进素质教育，紧紧抓住培养什么人、怎样培养人这一根本问题，牢牢掌握学校意识形态工作的主导权，有力抵制西方不良思潮的侵袭和国内各种错误思想的影响，努力培养德、智、体、美全面发展的社会主义事业合格建设者和可靠接班人。

三是坚持面向现代化、面向世界、面向未来，深入总结新中国成立60年特别是改革开放30年来我国教育取得的成就和经验，借鉴世界各国的有益做法，努力把握教育规律、教学规律和人才成长规律，整体考虑、超前部署，全面推动教育事业科学发展。

四是坚持以人为本，顺应人民群众对接受更多更好教育的新期盼，把促进人的全面发展、办好人民满意的教育作为教育规划纲要的落脚点，着力解决群众最关切、反映最强烈的问题，体现"雪中送炭"。

五是坚持立足基本国情，深刻认识我国发展的阶段性特征，紧密结合经济社会发展对各级各类人才和劳动者素质的全面需要，充分考虑人均收入水平低、城乡差别大、发展不平衡的现实，尽力而为、量力而行。

六是坚持解放思想、实事求是、与时俱进，突出改革创新，尊重基层和群众首创精神，支持和鼓励各地各校进行探索和试验，努力冲破传统观念和体制机制的束缚。

七是坚持依法治教，体现教育法律法规的原则和精神，注意与科技、人才等中长期规划纲要相协调，保持政策的连续性、系统性。

(2)我国教育事业改革发展的工作方针、战略目标和战略主题

今后一个时期我国教育事业改革发展的工作方针是：优先发展，育人为本，改革创新，促进公平，提高质量。坚持把教育摆在优先发展的战略地位，把育人为本作为教育工作的根本要求，把改革创新作为教育发展的强大动力，把促进公平作为国家基本教育政策，把提高质量作为教育改革发展的核心任务。

到2020年我国教育事业改革发展的战略目标是"两基本、一进入"，即基本实现教育现代化，基本建成学习型社会，进入人力资源强国行列，实现更高水平的普及教育、形成惠及全民的公平教育、提供更加丰富的优质教育、构建体系完备的终身教育、健全充满活力的教育体制。

坚持以人为本、全面实施素质教育是教育改革发展的战略主题。核心是解决

好培养什么人、怎样培养人的问题,目标是培养德、智、体、美全面发展的社会主义建设者和接班人,重点是提高学生的社会责任感、创新精神和实践能力,推进思路是坚持德育为先、能力为重、全面发展。

(3)我国教育事业发展的主要任务

《教育规划纲要》按照完善现代国民教育体系、形成终身教育体系的要求,明确了今后一个时期我国教育的8项发展任务。一是积极发展学前教育,重点发展农村学前教育。二是依法实施九年义务教育,巩固提高教育水平,重点推进均衡发展,消除辍学现象,夯实教育公平的基础。三是普及高中阶段教育,合理确定普通高中和中等职业学校招生比例,提升我国新增劳动力受教育水平。四是把职业教育放在更加突出位置,建立健全政府主导、行业指导、企业参与的办学机制;完善职业教育支持政策,增强职业教育吸引力,提高学生就业创业能力;加强面向农村的职业教育。五是全面提高高等教育质量,使人才培养、科学研究和社会服务整体水平显著提升;优化高等教育结构,鼓励高校办出特色、办出水平,加快创建世界一流大学和高水平大学步伐。六是发展继续教育,通过建立学分转换、完善自学考试、办好开放大学等制度措施,搭建终身学习的"立交桥",努力建设学习型社会。七是重视和支持民族教育事业,全面提高少数民族地区教育发展水平;大力推进双语教育。八是关心和支持特殊教育,完善特殊教育体系,健全特殊教育保障机制。

(4)《教育规划纲要》在教育体制改革和制度创新方面的重大措施

《教育规划纲要》以人才培养为核心,对教育改革进行了总体设计,明确了6项改革任务。一是改革人才培养体制。强调更新培养观念,创新培养模式,改革教育质量评价和人才评价制度。二是改革考试招生制度。按照政府宏观管理、学校自主招生、学生多次选择的思路,逐步形成分类考试、综合评价、多元录取的考试招生制度,加强信息公开和社会监督。三是建设中国特色现代学校制度。推进政校分开、管办分离,保障学校办学自主权,建设依法办学、自主管理、民主监督、社会参与的现代学校制度。四是改革办学体制。坚持教育公益性原则,形成以政府办学为主体、全社会积极参与、公办教育和民办教育共同发展的格局;大力支持、依法管理民办教育。五是改革管理体制。以转变政府职能和简政放权为重点,形成政事分开、权责明确、统筹协调、规范有序的教育管理体制,提高公共教育服务水平。六是扩大教育开放。引进优质教育资源,推动我国高水平教育机构海外办学，提高我国教育国际交流合作水平。

(5)《教育规划纲要》提出保障教育事业改革发展目标实现的政策措施

为保障教育事业科学发展、实现教育改革发展的战略目标，教育规划纲要提出了6项保障任务。一是加强教师队伍建设。健全教师管理制度，改善教师地位待遇，提高教师业务水平，努力建设一支师德高尚、业务精湛、结构合理、充满活力的高素质专业化教师队伍。二是保障经费投入。健全以政府投入为主、多渠道筹集教育经费的体制，增加财政性教育投入，调动全社会办教育的积极性，完善受教育者合理分担机制；加强管理，提高经费使用效益。三是加快教育信息化进程。构建国家教育管理信息系统，加强优质教育资源开发应用，提高教育质量和管理水平，以教育信息化带动教育现代化。四是推进依法治教。完善中国特色社会主义教育法律体系，坚持依法治校、从严治校，加强教育督导、教育执法和监督问责。五是加强和改善党和政府对教育工作的领导，切实履行推动教育事业优先发展、科学发展的职责。加强和改进教育系统内党的建设，充分发挥党组织在学校工作中的作用，始终坚持社会主义办学方向，切实维护教育系统和谐、安全、稳定。六是着眼于教育改革发展全局和人民群众关心的突出问题，以加强薄弱环节和关键领域为重点，提出政府启动实施的重大项目和改革试点。

(6)《教育规划纲要》设计的重大项目和改革试点

《教育规划纲要》着眼于促进教育公平、提高教育质量、增强可持续发展能力，以加强薄弱环节和关键领域为重点，设计了要在近期启动实施的10个重大项目和10个改革试点。

十个重大项目包括义务教育学校标准化建设、义务教育教师队伍建设、推进农村学前教育、职业教育基础能力建设、提升高等教育质量、发展民族教育、发展特殊教育、家庭经济困难学生资助、教育信息化建设、教育国际交流合作。

十大教育改革试点包括：

①推进素质教育改革试点。建立减轻中小学生课业负担的有效机制；加强基础教育课程教材建设；开展高中办学模式多样化试验，开发特色课程；探索弹性学制等培养方式；完善教育质量监测评估体系，定期发布测评结果等。

②义务教育均衡发展改革试点。建立城乡一体化义务教育发展机制；实行县（区）域内教师、校长交流制度；实行优质普通高中和优质中等职业学校招生名额合理分配到区域内初中的办法；切实解决区域内义务教育阶段择校问题等。

③职业教育办学模式改革试点。以推进政府统筹、校企合作、集团化办学为重点,探索部门、行业、企业参与办学的机制;开展委托培养、定向培养、订单式培养试点;开展工学结合、弹性学制、模块化教学等试点;推进职业教育为"三农"服务、培养新型农民的试点。

④终身教育体制机制建设试点。建立区域内普通教育、职业教育、继续教育之间的沟通机制;建立终身学习网络和服务平台;统筹开发社会教育资源,积极发展社区教育;建立学习成果认证体系,建立"学分银行"制度等。

⑤拔尖创新人才培养改革试点。探索贯穿各级各类教育的创新人才培养途径;鼓励高等学校联合培养拔尖创新人才;支持有条件的高中与大学、科研院所合作开展创新人才培养研究和试验,建立创新人才培养基地。

⑥考试招生制度改革试点。完善初中和高中学业水平考试和综合素质评价;探索高等职业学校自主考试或根据学业水平考试成绩注册入学;探索自主录取、推荐录取、定向录取、破格录取的具体方式;探索缩小高等学校入学机会区域差距的举措等。

⑦现代大学制度改革试点。研究制定党委领导下的校长负责制实施意见。制定和完善学校章程,探索学校理事会或董事会、学术委员会发挥积极作用的机制;全面实行聘任制度和岗位管理制度;实行新进人员公开招聘制度;探索协议工资制等灵活多样的分配办法;建立多种形式的专职科研队伍,推进管理人员职员制;完善校务公开制度等。

⑧深化办学体制改革试点。探索公办学校联合办学、中外合作办学、委托管理等改革试验;开展对营利性和非营利性民办学校分类管理试点;建立民办学校财务、会计和资产管理制度;探索独立学院管理和发展的有效方式等。

⑨地方教育投入保障机制改革试点。建立多渠道筹措教育经费长效机制;制定各级学校学生人均经费基本标准和学生人均财政拨款基本标准;探索政府收入统筹用于支持教育的办法;建立教育投入分项分担机制;依法制定鼓励教育投入的优惠政策;对长期在农村基层和艰苦边远地区工作的教师实行工资福利倾斜政策等。

⑩省级政府教育统筹综合改革试点。探索政校分开、管办分离实现形式;合理部署区域内学校、学科、专业设置;制定办学条件、教师编制、招生规模等基本标准;推进县(市)教育综合改革试点;加强教育督导制度建设,探索督导机构独立

履行职责的机制；探索省际教育协作改革试点，建立跨地区教育协作机制等。

（7）《教育规划纲要》对解决人民群众关心的教育热点、难点问题的考虑

《教育规划纲要》的研究制定过程，无论是在深入调研、起草文本还是在公开征求意见期间，都对当前人民群众关心的教育热点、难点问题给予了特别关注，并努力寻求解决问题的思路、办法和措施。

对减轻中小学生课业负担问题，提出减负是全社会的共同责任，政府、学校、家庭、社会必须共同努力，标本兼治，综合治理。

对义务教育阶段择校问题，提出根本出路在于实现区域内义务教育均衡发展，扩大优质教育资源覆盖面。

对保障进城务工人员子女接受义务教育问题，提出要切实落实以输入地政府管理为主、以全日制公办中小学为主的政策，制定在当地参加升学考试的办法。

对高校行政化倾向问题，提出要随着国家事业单位分类改革推进，探索建立符合学校特点的管理制度和配套政策，克服行政化倾向，取消实际存在的行政级别和行政化管理模式。

此外，对创新人才培养、高考改革、高校毕业生就业、家庭经济困难学生就学等也提出了相应的对策。当前教育领域存在的许多热点、难点问题，成因复杂，由来已久。教育规划纲要致力于提出解决问题的基本思路和重大措施，支持和鼓励各地各学校大胆试验，在实践中积极探索，不断完善。

2.《国务院关于深入推进义务教育均衡发展的意见》主要精神

为贯彻落实《国家中长期教育改革和发展规划纲要（2010—2020 年）》，巩固提高九年义务教育水平，深入推进义务教育均衡发展，国务院于 2012 年 9 月 5 日印发了《关于深入推进义务教育均衡发展的意见》①（国发〔2012〕48 号）。主要内容包括：

（1）充分认识义务教育均衡发展的重要意义

深入推进义务教育均衡发展，着力提升农村学校和薄弱学校办学水平，全面提高义务教育质量，努力实现所有适龄儿童少年“上好学”，对于坚持以人为本、促进人的全面发展，解决义务教育深层次矛盾、推动教育事业科学发展，促进教育

①国务院关于深入推进义务教育均衡发展的意见[EB/OL].(2012-09-07)[2012-10-12]http://www.gov.cn/zwgk/2012-09/07/content_2218783.htm,2012-09-07.

公平、构建社会主义和谐社会,进一步提升国民素质、建设人力资源强国,具有重大的现实意义和深远的历史意义。

(2)明确指导思想和基本目标

推进义务教育均衡发展的指导思想是:全面贯彻党的教育方针,全面实施素质教育,遵循教育规律和人才成长规律,积极推进义务教育学校标准化建设,均衡合理配置教师、设备、图书、校舍等资源,努力提高办学水平和教育质量。加强省级政府统筹,强化以县为主管理,建立健全义务教育均衡发展责任制。总体规划,统筹城乡,因地制宜,分类指导,分步实施,切实缩小校际差距,加快缩小城乡差距,努力缩小区域差距,办好每一所学校,促进每一个学生健康成长。

推进义务教育均衡发展的基本目标是:每一所学校符合国家办学标准,办学经费得到保障。教育资源满足学校教育教学需要,开齐国家规定课程。教师配置更加合理,提高教师整体素质。学校班额符合国家规定标准,消除"大班额"现象。率先在县域内实现义务教育基本均衡发展,县域内学校之间差距明显缩小。到2015年,全国义务教育巩固率达到93%,实现基本均衡的县(市、区)比例达到65%;到2020年,全国义务教育巩固率达到95%,实现基本均衡的县(市、区)比例达到95%。

(3)推动优质教育资源共享

扩大优质教育资源覆盖面。发挥优质学校的辐射带动作用,鼓励建立学校联盟,探索集团化办学,提倡对口帮扶,实施学区化管理,整体提升学校办学水平。推动办学水平较高学校的优秀教师通过共同研讨备课、研修培训、学术交流、开设公共课等方式,共同实现教师专业发展和教学质量提升。大力推进教育信息化,加强学校宽带网络建设,到2015年在有条件的地方解决学校宽带接入问题,逐步为农村学校每个班级配备多媒体教学设备。开发丰富优质数字化课程教学资源,重点开发师资短缺课程资源、民族双语教学资源。帮助更多的师生拥有实名的网络空间环境,方便其开展自主学习和教学互动。要调动各方面积极性,在努力办好公办教育的同时,鼓励发展民办教育。

(4)均衡配置办学资源

进一步深化义务教育经费保障机制改革。统筹考虑城乡经济社会发展状况和人民群众的教育需求,以促进公平和提高质量为导向,加大投入力度,完善保障内容,提高保障水平。中央财政加大对中西部地区的义务教育投入。省级政府要加强统筹,加大对农村地区、贫困地区以及薄弱环节和重点领域的支持力度。各省(区、市)可结合本地区实际情况,适当拓展基本公共教育服务范围和提高服务标准。

推进义务教育学校标准化建设。省级政府要依据国家普通中小学校建设标准和本省(区、市)标准,为农村中小学配齐图书、教学实验仪器设备、音体美等器材,着力改善农村义务教育学校学生宿舍、食堂等生活设施,妥善解决农村寄宿制学校管理服务人员配置问题。继续实施农村义务教育薄弱学校改造计划和中西部农村初中校舍改造工程,积极推进节约型校园建设。要采取学校扩建改造和学生合理分流等措施,解决县镇“大校额”“大班额”问题。

(5)合理配置教师资源

改善教师资源的初次配置,采取各种有效措施,吸引优秀高校毕业生和志愿者到农村学校或薄弱学校任教。对长期在农村基层和艰苦边远地区工作的教师,在工资、职称等方面实行倾斜政策,在核准岗位结构比例时高级教师岗位向农村学校和薄弱学校倾斜。完善医疗、养老等社会保障制度建设,切实维护农村教师社会保障权益。

各地逐步实行城乡统一的中小学编制标准,并对村小学和教学点予以倾斜。合理配置各学科教师,配齐体育、音乐、美术等课程教师。重点为民族地区、边疆地区、贫困地区和革命老区培养和补充紧缺教师。实行教师资格证有效期制度,加强教师培训,增强培训效果,提升教师师德修养和业务能力。

实行县域内公办学校校长、教师交流制度。各地要逐步实行县级教育部门统一聘任校长,推行校长聘期制。建立和完善鼓励城镇学校校长、教师到农村学校或城市薄弱学校任职任教机制,完善促进县域内校长、教师交流的政策措施,建设农村艰苦边远地区教师周转宿舍,城镇学校教师评聘高级职称原则上要有一年以上在农村学校任教经历。

(6)保障特殊群体平等接受义务教育

保障进城务工人员随迁子女平等接受义务教育。要坚持以流入地为主、以公办学校为主的“两为主”政策,尽力满足进城务工人员随迁子女在公办学校平等接受义务教育。建立健全农村留守义务教育学生关爱服务体系。重视发展义务教育阶段特殊教育。采取措施落实特殊教育教师待遇,努力办好每一所特殊教育学校。关心扶助需要特别照顾的学生。加大省级统筹力度,落实好城市低保家庭和农村家庭经济困难的寄宿学生生活费补助政策。实施好农村义务教育学生营养改善计划。

(7)全面提高义务教育质量

树立科学的教育质量观,以素质教育为导向,促进学生德、智、体、美全面发展,培养学生的社会责任感、创新精神和实践能力。切实减轻学生过重课业负担。各地不得下达升学指标,不得单纯以升学率对地区和学校排名。建立课程安排公示制度、学生体质健康状况通报制度、家校联动制度,及时纠正加重学生课业负担的行为。

(8)加强和改进学校管理

完善学生学籍管理办法。省级教育部门要尽快建立与国家基础教育信息化平台对接的电子学籍管理系统和学校管理信息系统。规范招生办法。县级教育部门要按照区域内适龄儿童少年数量和学校分布情况,合理划定每所公办学校的招生范围。规范财务管理。县级教育和财政部门要采取切实措施加强义务教育经费监督,确保经费使用安全、合规、高效。规范收费行为。各地要强化学校代收费行为监管,规范学校或教育部门接受社会组织、个人捐赠行为,禁止收取与入学、升学挂钩的任何费用。

(9)加强组织领导和督导评估

省级政府要建立推动有力、检查到位、考核严格、奖惩分明、公开问责的义务教育均衡发展推进责任机制。把县域义务教育均衡发展作为考核地方各级政府及其主要负责人的重要内容。加强对义务教育均衡发展的督导评估工作,对县域内义务教育在教师、设备、图书、校舍等资源配置状况和校际在相应方面的差距进行重点评估。

3.《国务院办公厅关于规范农村义务教育学校布局调整的意见》主要精神

随着我国进城务工人员随迁子女逐年增加、农村人口出生率持续降低,农村学龄人口不断下降,各地对农村义务教育学校进行了布局调整和撤并,改善了办学条件,优化了教师队伍配置,提高了办学效益和办学质量。但同时,农村义务教育学校大幅减少,导致部分学生上学路途变远、交通安全隐患增加,学生家庭经济负担加重,并带来农村寄宿制学校不足、一些城镇学校班额过大等问题。有的地方在学校撤并过程中,规划方案不完善,操作程序不规范,保障措施不到位,影响了农村教育的健康发展。为进一步规范农村义务教育学校布局调整,努力办好人民满意的教育，经国务院同意，国务院办公厅2012年9月6日印发《关于规范农村义务教育学校布局调整的意见》①（国办发〔2012〕48号）。其主要内容包括：

（1）农村义务教育学校布局的总体要求

保障适龄儿童少年就近入学是义务教育法的规定，是政府的法定责任，是基本公共服务的重要内容。农村义务教育学校布局，要适应城镇化深入发展和社会主义新农村建设的新形势，统筹考虑城乡人口流动、学龄人口变化，以及当地农村地理环境及交通状况、教育条件保障能力、学生家庭经济负担等因素，充分考虑学生的年龄特点和成长规律，处理好提高教育质量和方便学生就近上学的关系，努力满足农村适龄儿童少年就近接受良好义务教育需求。

（2）科学制定农村义务教育学校布局规划

县级人民政府要制定农村义务教育学校布局专项规划，合理确定县域内教学点、村小学、中心小学、初中学校布局，以及寄宿制学校和非寄宿制学校的比例，保障学校布局与村镇建设和学龄人口居住分布相适应，明确学校布局调整的保障措施。

农村义务教育学校布局要保障学生就近上学的需要。农村小学一至三年级学生原则上不寄宿，就近走读上学；小学高年级学生以走读为主，确有需要的可以寄宿；初中学生根据实际可以走读或寄宿。原则上每个乡镇都应设置初中，人口相对集中的村寨要设置村小学或教学点，人口稀少、地处偏远、交通不便的地方应保留或设置教学点。各地要根据不同年龄段学生的体力特征、道路条件、自然环境等因素，合理确定学校服务半径，尽量缩短学生上下学路途时间。

（3）严格规范学校撤并程序和行为

规范农村义务教育学校撤并程序。确因生源减少需要撤并学校的，县级人民政府必须严格履行撤并方案的制订、论证、公示、报批等程序。要统筹考虑学生上下学交通安全、寄宿生学习生活设施等条件保障，并通过举行听证会等多种有效途径，广泛听取学生家长、学校师生、村民自治组织和乡镇人民政府的意见，保障群众充分参与并监督决策过程。学校撤并应先建后撤，保证平稳过渡。

坚决制止盲目撤并农村义务教育学校。多数学生家长反对或听证会多数代

①国务院办公厅关于规范农村义务教育学校布局调整的意见[EB/OL].(2012-09-07)[2012-10-12] http://www.gov.cn/zwgk/2012-09/07/content_2218779.htm.

表反对,学校撤并后学生上学交通安全得不到保障,并入学校住宿和就餐条件不能满足需要,以及撤并后将造成学校超大规模或“大班额”问题突出的,均不得强行撤并现有学校或教学点。已经撤并的学校或教学点,确有必要的由当地人民政府进行规划、按程序予以恢复。

(4)办好村小学和教学点

对保留和恢复的村小学和教学点,要采取多种措施改善办学条件,着力提高教学质量。提高村小学和教学点的生均公用经费标准,对学生规模不足100人的村小学和教学点按100人核定公用经费,保证其正常运转。研究完善符合村小学和教学点实际的职称评定标准,职称晋升和绩效工资分配向村小学和教学点专任教师倾斜,鼓励各地采取在绩效工资中设立岗位津贴等有效政策措施支持优秀教师到村小学和教学点工作。

(5)解决学校撤并带来的突出问题

加强农村寄宿制学校建设和管理。学校撤并后学生需要寄宿的地方,要按照国家或省级标准加强农村寄宿制学校建设,加强寄宿制学校安全管理和教育。各地人民政府要认真落实《校车安全管理条例》,切实保障学生上下学交通安全。高度重视并逐步解决学校撤并带来的“大班额”问题。要通过实施学区管理、建立学校联盟、探索集团化办学等措施,扩大优质教育资源覆盖面,合理分流学生。

(6)开展农村义务教育学校布局调整专项督查

省级人民政府教育督导机构要对农村义务教育学校布局是否制定专项规划、调整是否合理、保障措施是否到位、工作程序是否完善、村小学和教学点建设是否合格等进行专项督查,督察结果要向社会公布。

4.《国务院关于深化考试招生制度改革的实施意见》主要精神

改革开放30多年来,我国考试招生制度不断改进完善,初步形成了相对完整的考试招生体系,为学生成长、国家选才、社会公平作出了历史性贡献,对提高教育质量、提升国民素质、促进社会纵向流动、服务国家现代化建设发挥了不可替代的重要作用。这一制度总体上符合国情,权威性、公平性得到社会认可,但也存在一些社会反映强烈的问题,主要是唯分数论影响学生全面发展,一考定终身使学生学习负担过重,区域、城乡入学机会存在差距,中小学择校现象较为突出,加分造假、违规招生现象时有发生。为贯彻落实党中央、国务院决策部署,国务院

2014年9月3日印发了《关于深化考试招生制度改革的实施意见》①(国发〔2014〕35号)。其主要内容包括:

(1)总体要求

①基本原则。坚持育人为本,遵循教育规律。把促进学生健康成长成才作为改革的出发点和落脚点,扭转片面应试教育倾向,坚持正确育人导向,践行社会主义核心价值观,深入推进素质教育,培养德、智、体、美全面发展的社会主义建设者和接班人。

着力完善规则,确保公平公正。把促进公平公正作为改革的基本价值取向,加强宏观调控,完善法律法规,健全体制机制,切实保障考试招生机会公平、程序公开、结果公正。

体现科学高效,提高选拔水平。增加学生选择权,促进科学选才,完善政府监管机制,确保考试招生工作高效、有序实施。

加强统筹谋划,积极稳妥推进。整体设计从基础教育到高等教育考试招生制度改革,促进普通教育、职业教育、继续教育之间衔接沟通,统筹实施考试、招生和管理制度综合改革,试点先行,稳步推进。

②总体目标。2014年启动考试招生制度改革试点,2017年全面推进,到2020年基本建立中国特色现代教育考试招生制度,形成分类考试、综合评价、多元录取的考试招生模式,健全促进公平、科学选才、监督有力的体制机制,构建衔接沟通各级各类教育、认可多种学习成果的终身学习"立交桥"。

(2)主要任务和措施

①改进招生计划分配方式。提高中西部地区和人口大省高考录取率。综合考虑生源数量及办学条件、毕业生就业状况等因素,完善国家招生计划编制办法,督促高校严格执行招生计划。继续实施支援中西部地区招生协作计划,在东部地区高校安排专门招生名额面向中西部地区招生。部属高校要公开招生名额分配原则和办法,合理确定分省招生计划,严格控制属地招生比例。2017年录取率最低省份与全国平均水平的差距从2013年的6个百分点要缩小至4个百分点以内。

---

①国务院关于深化考试招生制度改革的实施意见[EB/OL].(2014-09-04)[2014-10-12]http://news.xinhuanet.com/politics/2014-09/04/c_1112367863.htm.

增加农村学生上重点高校人数。继续实施国家农村贫困地区定向招生专项计划，由重点高校面向贫困地区定向招生。部属高校、省属重点高校要安排一定比例的名额招收边远、贫困、民族地区优秀农村学生。至2017年，贫困地区农村学生进入重点高校人数明显增加，形成保障农村学生上重点高校的长效机制。

完善中小学招生办法破解择校难题。推进九年义务教育均衡发展，完善义务教育免试就近入学的具体办法，试行学区制和九年一贯对口招生。改进高中阶段学校考试招生方式。实行优质普通高中和优质中等职业学校招生名额合理分配到区域内初中的办法。进一步落实和完善进城务工人员随迁子女就学和升学考试的政策措施。

②改革考试形式和内容。完善高中学业水平考试。学业水平考试主要检验学生学习程度，是学生毕业和升学的重要依据。考试范围覆盖国家规定的所有学习科目，引导学生认真学习每门课程，避免严重偏科。学业水平考试由省级教育行政部门按国家课程标准和考试要求组织实施，确保考试安全有序、成绩真实可信。各地要合理安排课程进度和考试时间，创造条件为有需要的学生提供同一科目参加两次考试的机会。

规范高中学生综合素质评价。综合素质评价主要反映学生德、智、体、美全面发展情况，是学生毕业和升学的重要参考。建立规范的学生综合素质档案，客观记录学生成长过程中的突出表现，注重社会责任感、创新精神和实践能力，主要包括学生思想品德、学业水平、身心健康、兴趣特长、社会实践等内容。严格程序，强化监督，确保公开透明，保证内容真实准确。

加快推进高职院校分类考试。高职院校考试招生与普通高校相对分开，实行“文化素质+职业技能”评价方式。中职学校毕业生报考高职院校，参加文化基础与职业技能相结合的测试。普通高中毕业生报考高职院校，参加职业适应性测试，文化素质成绩使用高中学业水平考试成绩，参考综合素质评价。学生也可参加统一高考进入高职院校。2015年通过分类考试录取的学生占高职院校招生总数的一半左右，2017年成为主渠道。

深化高考考试内容改革。依据高校人才选拔要求和国家课程标准，科学设计命题内容，增强基础性、综合性，着重考查学生独立思考和运用所学知识分析问题、解决问题的能力。改进评分方式，加强评卷管理，完善成绩报告。加强国家教育考试机构、国家题库和外语能力测评体系建设。2015 年起增加使用全国统一命题试卷的省份。

③改革招生录取机制。减少和规范考试加分。大幅减少、严格控制考试加分项目,2015 年起取消体育、艺术等特长生加分项目。确有必要保留的加分项目,应合理设置加分分值。探索完善边疆民族特困地区加分政策。地方性高考加分项目由省级人民政府确定并报教育部备案,原则上只适用于本省(区、市)所属高校在本省(区、市)招生。加强考生加分资格审核,严格认定程序,做好公开公示,强化监督管理。

完善和规范自主招生。自主招生主要选拔具有学科特长和创新潜质的优秀学生。申请学生要参加全国统一高考,达到相应要求,接受报考高校的考核。规范并公开自主招生办法、考核程序和录取结果。严格控制自主招生规模。2015 年起推行自主招生安排在全国统一高考后进行。

完善高校招生选拔机制。高校要将涉及考试招生的相关事项,包括标准、条件和程序等内容,在招生章程中详细列明并提前向社会公布。加强学校招生委员会建设,在制订学校招生计划、确定招生政策和规则、决定招生重大事项等方面充分发挥招生委员会作用。高校可通过聘请社会监督员巡视学校测试、录取现场等方式,对招生工作实施第三方监督。建立考试录取申诉机制,及时回应处理各种问题。建立招生问责制,2015 年起由校长签发录取通知书,对录取结果负责。

改进录取方式。推行高考成绩公布后填报志愿方式。创造条件逐步取消高校招生录取批次。改进投档录取模式,推进并完善平行志愿投档方式,增加高校和学生的双向选择机会。2015 年起在有条件的省份开展录取批次改革试点。

拓宽社会成员终身学习通道。扩大社会成员接受多样化教育机会,中等职业学校可实行注册入学,成人高等学历教育实行弹性学制、宽进严出。为残疾人等特殊群体参加考试提供服务。探索建立多种形式学习成果的认定转换制度,试行普通高校、高职院校、成人高校之间学分转换,实现多种学习渠道、学习方式、学习过程的相互衔接,构建人才成长“立交桥”。

④改革监督管理机制。加强信息公开。深入实施高校招生“阳光工程”,健全分级负责、规范有效的信息公开制度。加强制度保障。加大违规查处力度。

⑤启动高考综合改革试点。改革考试科目设置。增强高考与高中学习的关联度，考生总成绩由统一高考的语文、数学、外语 3 个科目成绩和高中学业水平考试 3 个科目成绩组成。保持统一高考的语文、数学、外语科目不变、分值不变，不分文理科，外语科目提供两次考试机会。计入总成绩的高中学业水平考试科目，由考生根据报考高校要求和自身特长，在思想政治、历史、地理、物理、化学、生物等科目中自主选择。

改革招生录取机制。探索基于统一高考和高中学业水平考试成绩、参考综合素质评价的多元录取机制。

开展改革试点。2014 年上海市、浙江省分别出台高考综合改革试点方案，从 2014 年秋季新入学的高中一年级学生开始实施。

(3)加强组织领导

细化实施方案。有序推进实施。加强宣传引导。要加大对改革方案和政策的宣传解读力度，及时回应社会关切问题，解疑释惑、凝聚共识，营造良好改革氛围。

5. 党的十八大及十八届三中全会有关教育的论述

党的十八大报告指出：要努力办好人民满意的教育。教育是民族振兴和社会进步的基石。要坚持教育优先发展，全面贯彻党的教育方针，坚持教育为社会主义现代化建设服务、为人民服务，把立德树人作为教育的根本任务，培养德智体美全面发展的社会主义建设者和接班人。全面实施素质教育，深化教育领域综合改革，着力提高教育质量，培养学生社会责任感、创新精神、实践能力。办好学前教育，均衡发展九年义务教育，基本普及高中阶段教育，加快发展现代职业教育，推动高等教育内涵式发展，积极发展继续教育，完善终身教育体系，建设学习型社会。大力促进教育公平，合理配置教育资源，重点向农村、边远、贫困、民族地区倾斜，支持特殊教育，提高家庭经济困难学生资助水平，积极推动农民工子女平等接受教育，让每个孩子都能成为有用之才。鼓励引导社会力量兴办教育。加强教师队伍建设，提高师德水平和业务能力，增强教师教书育人的荣誉感和责任感①。

为贯彻落实党的十八大关于全面深化改革的战略部署，十八届中央委员会第

①胡锦涛在中国共产党第十八次全国代表大会上的报告[EB/OL].(2013-02-11)[2013-03-14] http://cpc.people.com.cn/GB/64162/64168/106155/106156/6430009.html.

三次全体会议研究了全面深化改革的若干重大问题,并于 2013 年 11 月 12 日通过了《中共中央关于全面深化改革若干重大问题的决定》①。该决定强调:深化教育领域综合改革。全面贯彻党的教育方针,坚持立德树人,加强社会主义核心价值体系教育,完善中华优秀传统文化教育,形成爱学习、爱劳动、爱祖国活动的有效形式和长效机制,增强学生社会责任感、创新精神、实践能力。强化体育课和课外锻炼,促进青少年身心健康、体魄强健。改进美育教学,提高学生审美和人文素养。大力促进教育公平,健全家庭经济困难学生资助体系,构建利用信息化手段扩大优质教育资源覆盖面的有效机制,逐步缩小区域、城乡、校际差距。统筹城乡义务教育资源均衡配置,实行公办学校标准化建设和校长教师交流轮岗,不设重点学校重点班,破解择校难题,标本兼治减轻学生课业负担。加快现代职业教育体系建设,深化产教融合、校企合作,培养高素质劳动者和技能型人才。创新高校人才培养机制,促进高校办出特色争创一流。推进学前教育、特殊教育、继续教育改革发展。

推进考试招生制度改革,探索招生和考试相对分离、学生考试多次选择、学校依法自主招生、专业机构组织实施、政府宏观管理、社会参与监督的运行机制,从根本上解决一考定终身的弊端。推行初高中学业水平考试和综合素质评价。加快推进职业院校分类招考或注册入学。逐步推行普通高校基于统一高考和高中学业水平考试成绩的综合评价多元录取机制。探索全国统考减少科目、不分文理科、外语等科目社会化考试一年多考。试行普通高校、高职院校、成人高校之间学分转换,拓宽终身学习通道。

深入推进管办评分离,扩大省级政府教育统筹权和学校办学自主权,完善学校内部治理结构。强化国家教育督导,委托社会组织开展教育评估监测。健全政府补贴、政府购买服务、助学贷款、基金奖励、捐资激励等制度,鼓励社会力量兴办教育。

---

①中共中央关于全面深化改革若干重大问题的决定[EB/OL].(2013 - 11 - 15)[2013 - 12 - 02]http://www.sc.xinhuanet.com/content/2013 - 11/15/c_118164288.htm.

问题思考与讨论

1. 教育政策的涵义是什么?

2. 教育政策制定的一般步骤是什么?

3. 教育政策执行偏差的表现及其成因是什么?

4. 我国当前推行全国统一的中小学教师资格考试制度,其进步意义何在?

5. 我国为什么要打破教师资格终身制,实现定期注册制度?

6. 联系实际,谈谈如何确立义务教育内涵式发展评价理念?

7. 对于高考改革取消文理分科,你怎么看?

8. 国务院办公厅《关于规范农村义务教育学校布局调整的意见》指出:规范农村义务教育学校撤并程序。通过举行听证会等多种有效途径,广泛听取学生家长、学校师生、村民自治组织和乡镇人民政府的意见,保障群众充分参与并监督决策过程。坚决制止盲目撤并农村义务教育学校。多数学生家长反对或听证会多数代表反对,学校撤并后学生上学交通安全得不到保障,并入学校住宿和就餐条件不能满足需要,以及撤并后将造成学校超大规模或“大班额”问题突出的,均不得强行撤并现有学校或教学点。已经撤并的学校或教学点,确有必要的由当地人民政府进行规划、按程序予以恢复。

问题:①结合上述文件规定,根据教育政策制定的一般步骤,试分析拟撤并一所农村小学的政策制定过程。

②如何协调保留一所生源少、师资弱、办学质量低的学校与将其撤并后虽然离家远、困难多,但能去中心校享受优质教育资源之间的矛盾?

9.《国务院关于深入推进义务教育均衡发展的意见》指出:推进义务教育学校标准化建设。省级政府要依据国家普通中小学校建设标准和本省(区、市)标准,为农村中小学配齐图书、教学实验仪器设备、音体美等器材,着力改善农村义务教育学校学生宿舍、食堂等生活设施,妥善解决农村寄宿制学校管理服务人员配置问题。

问题:①如何认识校舍、图书、仪器设备等硬件配置在义务教育均衡发展中的作用?

②在推进农村义务教育学校硬件均衡配置后,如何推进办学理念、学校文化、师资等软件均衡?

10.《国务院关于加强教师队伍建设的意见》指出：加强教师资源配置管理。逐步实行城乡统一的中小学教职工编制标准，对农村边远地区实行倾斜政策。建立县（区）域内义务教育学校教师校长轮岗交流机制，促进教师资源合理配置。大力推进城镇教师支持农村教育，鼓励支持退休的特级教师、高级教师到农村学校支教讲学。

问题：①县域内义务教育学校教师交流政策的落实应需要哪些保障性措施？

②县域内义务教育学校教师校长轮岗交流有何利弊？

阅读指南

[1]袁振国. 教育政策学[M]. 南京：江苏教育出版社，2001.

[2]褚宏启. 教育政策学[M]. 北京：北京师范大学出版社，2011.

[3]范国睿. 教育政策的理论与实践[M]. 上海：上海教育出版社，2011.

[4]张乐天. 教育政策法规的理论与实践[M]. 2 版. 上海：华东师范大学出版社，2009.

[5]孙绵涛，等. 教育政策分析：理论与实务[M]. 重庆：重庆大学出版社，2011.

[6]吴志宏，陈韶峰，汤林春. 教育政策与教育法规[M]. 上海：华东师范大学出版社，2003.

[7]刘复兴. 国外教育科学基本文献讲读丛书：国外教育政策研究基本文献讲读[M]. 北京：北京大学出版社，2013.

网络导航

1. 中华人民共和国教育部网站：http://www.moe.gov.cn/
2. 新华网教育频道：http://www.news.cn/edu/index.htm
3. 中国教育新闻网：http://www.jyb.cn/

第二章　教育法律法规及其解读

学习目标

掌握教育法律法规的相关概念，理解现行教育法律法规的基本内容和要求，提高依法处理教育教学中各种关系的能力，能够运用法律手段调整、规范和解决教育教学中出现的新情况和新问题，严格按照教育法律的原则与规定，开展教育教学活动。

我国教育法律法规对维护教育制度、保障教育的正常实施、保护公民受教育的权利等有着重大意义。依法治教是推进依法治国基本方略的必然要求，是教育事业深化改革、加快发展的重要内容。如果想成为一位老师，在上岗之前能否过法律这一关，是一个很重要的评判标准。

一、教育法律法规

教育法起源于西方国家。文艺复兴以后，有人提出教育立法的主张。现代意义的教育立法是在机器大工业和现代工厂制度的基础上产生的。英国议会1802年通过《学徒健康与道德法》。1833年，英国议会通过了《工厂法草案》。其后，许多资本主义国家也都相继制定了工厂法。工厂法中的教育条款，是最早的现代教育立法形式。从19世纪下半叶开始，由于大机器工业的发展，资产阶级逐渐认识到劳动者的智力因素对于提高劳动生产率的作用，各主要资本主义国家相继推行义务教育制度。第二次世界大战以后，各国教育有了突飞猛进的发展，人们把教育与发展看作一个整体，看作社会大系统中的一个子系统，把教育立法看作一项综合性的法治工程。

(一)我国的基本教育法律制度

基本教育法律制度是指有组织的教育和教学机构及各级教育行政组织机构的体系和运行规则。我国的基本教育法律制度主要包括学校教育制度、义务教育制度、职业教育制度和继续教育制度、国家教育考试制度、学业证书制度、学位制度、扫除文盲制度、教育督导和评估制度。

1. 学校教育制度

学校教育制度简称学制，是我国教育制度的主体，它规定各级各类学校的性质、任务、入学条件、修业年限以及它们之间的衔接和关系。《中华人民共和国教育法》第十七条规定："国家实行学前教育、初等教育、中等教育、高等教育的学校教育制度。国家建立科学的学制系统。学制系统内的学校和其他教育机构的设置、教育形式、修业年限、招生对象、培养目标等，由国务院或者由国务院授权教育行政部门规定。"我国已初步建立起普通教育和职业教育两种教育，全日制学校、半工半读学校和业余学校三类学校，政府、企事业组织、社会团体、个人多种形式办学的学制系统。现在国家正在改革教育体制，建立更为完善的学制系统。

2. 义务教育制度

1986 年，国家颁布了《中华人民共和国义务教育法》。《中华人民共和国教育法》再一次对义务教育制度给予确定，其第十九条规定："国家实行九年制义务教育制度。各级人民政府采取各种措施保障适龄儿童、少年就学。适龄儿童、少年的父母或者其他监护人以及有关社会组织和个人有义务使适龄儿童、少年接受并完成规定年限的义务教育。"

义务教育是国家统一实施的所有适龄儿童、少年必须接受的教育，是国家必须予以保障的公益性事业，凡具有中华人民共和国国籍的适龄儿童、少年，不分性别、民族、种族、家庭财产状况、宗教信仰等，依法享有平等接受义务教育的权利，并履行接受义务教育的义务。

国家、社会、学校、家庭作为实施教育的主体，教育法对其所承担的责任和义务分别作了详细的规定。如适龄儿童、少年的父母或者其他法定监护人应当依法保证其按时入学接受并完成义务教育，各级人民政府及其有关部门应当履行法律规定的各项职责,保障适龄儿童、少年接受义务教育的权利。国家建立义务教育经费保障机制,保证义务教育制度实施。

3. 职业教育制度和继续教育制度

《中华人民共和国教育法》第二十条规定:"国家实行职业教育制度和继续教育制度。各级人民政府、有关行政部门和行业组织以及企业事业组织应当采取措施,发展并保障公民接受职业学校教育或者多种形式的职业培训。国家鼓励发展多种形式的继续教育,使公民接受适当形式的政治、经济、文化、科学、技术、业务等方面的教育,促进不同类型学习成果的互动和衔接,推动全民终身学习。"

职业教育是指对受教育者从事某种职业或生产劳动所需要的知识和技能的教育。它包括职业学校教育、职业培训和职业预备教育。职业教育的培训包括转业培训、学徒培训、在岗培训、转岗培训及其他培训等。1996 颁布的《职业教育法》是我国职业教育走上法制轨道的基本依据。《职业教育法》规定:"职业学校教育分为初等、中等、高等职业学校教育。初等、中等职业学校教育分别由初等、中等职业学校实施;高等职业学校教育根据需要和条件由高等职业学校实施,或者由普通高等学校实施。"我国的职业教育通过改革逐步形成和普通教育相互衔接、共同发展、比例合理的新格局。

继续教育是面向社会所有成员特别是成人的教育活动,是终身学习体系的重要组成部分,是对各类专业技术和管理人员进行知识更新和补充,不断开发人的潜力,提高人的素质和创造力,从而促进知识创新,经济、科技发展和社会进步的一种高层次、追加型的教育。

4. 国家教育考试制度

国家教育考试是评价受教育者是否达到国家规定的教育标准的重要手段。《中华人民共和国教育法》第二十一条规定:"国家实行国家教育考试制度。国家教育考试由国务院教育行政部门确定种类,并由国家批准的实施教育考试的机构承办。"目前,我国设立的国家教育考试主要有:入学考试,如普通高等学校和成人高校的招生考试、研究生入学考试;学历认证考试,如教育自学考试;水平考试,如中国汉语水平考试、全国外语水平考试、计算机等级考试等。

实行国家教育考试制度是实施国家教育标准,保证教育质量的重要措施。国家实行教育考试制度,还有利于促进教育竞争的公平性。通过考试制度为受教育者提供一个相对平等的获得受教育机会的权利,同时也保障了受教育者的合法权益。《中华人民共和国教育法》对国家教育考试制度进行了规范：一是只有国务院教育行政部门才有权决定国家教育考试的种类以及决定与国外合作进行教育，其他部门不能擅自决定国家教育考试种类；二是只有经过批准实施教育考试的机构才能具体承办国家教育考试，任何组织和个人不得擅自举办国家教育考试。

5. 学业证书制度

学业证书，是指学校及其他教育机构颁发的，证明学生完成学业情况的凭证。它是用人单位衡量持有者知识水平和能力的依据。学业证书制度是保证教育活动正常有序进行、保证教育质量的重要手段，也是国家教育管理制度及人事管理制度的重要支柱之一。

《中华人民共和国教育法》第二十二条规定："国家实行学业证书制度。经国家批准设立或者认可的学校及其他教育机构按照国家有关规定，颁发学历证书或者其他学业证书。"学业证书有很多种，从学生完成学业的情况来分，可分为毕业证书、结业证书、肄业证书。从学历的有效性来分，可分为学历证书、非学历证书。学历包括小学学历、初中学历、高中学历、中专学历、大学专科学历、大学本科学历、研究生学历。国家承认学历证书持有者的学历，用人单位按照国家规定给予相应的工资福利待遇。非学历证书有成人高等教育试行的专业证书及其他各种培训学习计划完成后颁发的学业证书。

教育法规定，学业证书的发放是一种国家的特许权力，只有经过国家批准或认可的教育机构或教育考试机构才有资格颁发学业证书；同时，受教育者必须经过一定的考试或考查，鉴定合格者，才能获得一定的学业证书；另外，对于任何未经批准和认可的机构，擅自招生和发放学业证书，任何教育机构擅自发放超过其层次和职能范围的学业证书，都是违反国家规定的，教育行政部门有权对其依法进行惩处。

6. 学位制度

1980 年 2 月第五届人大常委会第十三次会议通过了《中华人民共和国学位条例》，并于 1981 年开始实行。《中华人民共和国教育法》第二十三条规定："国家实行学位制度。学位授予单位依法对达到一定学术水平或者专业技术水平的人员授予相应的学位，颁发学位证书。"

学位制度是国家或高等学校以学术水平为衡量标准，通过授予一定称号来表明专门人才知识能力等级的制度。学位是国家或国家授权的教育机构授予个人的一种终身的学术称号，表明学位获得者所达到的学术或专业技术水平。我国的学位分为学士、硕士、博士三个等级。

7. 扫除文盲制度

《中华人民共和国教育法》第二十四条规定："各级人民政府、基层群众性自治组织和企业事业组织应当采取各种措施，开展扫除文盲的教育工作。"《扫除文盲工作条例》规定，凡年满15周岁以上的文盲、半文盲公民，除丧失学习能力的以外，不分性别、民族、种族，均有接受扫除文盲教育的权利和义务，对丧失学习能力者的鉴定，由县级人民政府教育行政部门组织进行。

扫除文盲是一项群众性的工作，党和政府动员各方面力量参与这项工作。《中华人民共和国教育法》第二十四条设定了四类法律义务主体：一是各级人民政府，二是基层群众性自治组织，三是企事业单位，四是特定公民。

8. 教育督导制度和评估制度

《中华人民共和国教育法》第二十五条规定："国家实行教育督导制度和学校及其他教育机构教育评估制度。"

教育督导制度是县以上各级人民政府，授权给所属的教育部门，对下级人民政府及其教育部门的教育工作进行监督、指导的制度。通过监督、检查、评估、指导等活动，保证国家教育方针、政策法规的贯彻执行和教育目标的实现。我国现阶段教育督导的范围主要是中小学教育和幼儿教育。教育督导是政府的行政监督行为，具有监控、指导、反馈作用。教育督导的基本形式有综合型督导、专项督导、经常性检查等。教育督导机构是行使政府教育执法监督职权的机构。我国教育督导机构分为国家、省（自治区、直辖市）、地（市、州、盟）、县（区、旗）四级。

教育评估是指各级教育行政部门或者经过教育行政部门认可的社会组织，对学校及其他教育机构的办学水平、办学质量、办学条件等方面，进行综合的或者单项的考核和评定的制度。教育评估主要有合格评估、办学水平评估、选优评估及学校内部评估等形式。教育评估的主要职能是根据一定的教育目标和标准通过系统地收集学校及其他教育机构的各方面信息，准确了解教育活动的实际情况，对学校办学水平和教育质量进行评价，为学校改进工作开展教育改革和教育管理部门改善宏观管理提供可靠的依据。

（二）教育法律法规

我国的教育法律法规主要有：宪法中有关教育的条款、教育法律、教育行政法规、地方性教育法规、教育规章等。

1. 宪法中有关教育的条款

宪法是国家的根本大法,世界上绝大多数国家的宪法中都有专门关于教育的条款。我国宪法作为教育法的根源,为教育法提供了基本指导思想和立法依据,同时也为教育教学活动提供了基本法律规范。宪法中规定的国家的根本制度、国家生活的基本原则、国家机构、公民的基本权利和义务等,都直接或间接地制约着教育活动,是一切教育立法的重要依据。任何形式的教育法律法规都不得与宪法相抵触。

2. 教育法律

由国家最高权力机关或专门的立法机关制定的教育规范性文件,称教育法律。教育法律又分为教育基本法律和教育单行(也称部门)法律。

(1)教育基本法律

教育基本法律是依据宪法制定的调整教育内部、外部相互关系的基本法律准则,也可以说是“教育的宪法”或教育法规体系中的“母法”。教育基本法通常规定一国教育的基本方针、基本任务、基本制度以及教育活动中各主体的权利义务。我国的教育基本法——《中华人民共和国教育法》在1995年3月18日召开的第八届全国人民代表大会第三次会议上通过。该法规定了我国教育的地位、性质、方针和教育活动的基本原则,教育基本制度,学校、教师、学生等教育关系主体的法律地位及其权利义务,教育投入与条件保障,教育对外交流与合作,以及保护教育关系主体合法权益的法律措施。

(2)教育单行法律

教育单行法律是指根据宪法和教育基本法原则制定的调整某类教育或教育的某一具体部分关系的教育法律,前者如义务教育法、职业教育法等,后者如教师法、学位法等。全国人民代表大会或其常务委员会发布的教育方面的决定、决议等法律文件,也属于教育法律范畴。

我国现行的教育单行法一般由全国人民代表大会常务委员会制定,目前主要有1980年通过的《中华人民共和国学位条例》、1986年通过的《中华人民共和国义务教育法》、1993年通过的《中华人民共和国教师法》、1996年的《中华人民共和国职业教育法》、1998年的《中华人民共和国高等教育法》、2002年的《中华人民共和国民办教育促进法》等。

3. **教育行政法规**

教育行政法规是指国家最高行政机关(国务院)为实施、管理教育事业,根据宪法和教育法律制定的规范性文件。教育行政法规在内容上是针对某一类教育管理事务发布的行为规则,而不是针对某个具体的事件和具体问题做出决定,在形式和结构上比较规范,在时效上有相对的稳定性,其制定、审定、发布需经过法定的程序。

教育行政法规在名称上一般有三种:①对某一方面的行政工作做比较全面、系统规定的,称“条例”;②对某一方面的行政工作做部分规定的,称“规定”;③对某一项行政工作做比较具体规定的,称“办法”。

行政法规一般有两种批准方式:①由国务院常务会议审批;②由国务院总理审批。经审议通过或审定的行政法规,可有两种发布方式:①由国务院发布;②由国务院批准,国务院主管部门发布。

我国目前生效的教育行政法规主要有:1988 年发布的《扫除文盲工作条例》、1989 年发布的《幼儿园管理条例》、1990 年发布的《中华人民共和国学校卫生工作条例》和《中华人民共和国学校体育工作条例》、1992 年发布的《中华人民共和国义务教育法实施细则》、1994 年发布的《残疾人教育条例》、1995 年发布的《中华人民共和国教师资格条例》等。此外,还有一些形式或内容不够规范以及特殊形式的教育行政法规。

4. **地方性教育法规**

由地方立法机关制定的教育规范性文件,就是地方性教育法规。地方性教育法规具有区域性,内容更具体,更具有可操作性。

在我国,根据《宪法》第一百条和《中华人民共和国地方各级人民代表大会和地方各级人民政府组织法》第七条的规定,省、自治区、直辖市的人民代表大会和它们的常务委员会以及省、自治区的人民政府所在地的市和经国务院批准的较大的市的人民代表大会,根据本行政区域的具体情况和实际需要,在不与宪法、法律、行政法规相抵触的前提下,可以制定和颁布地方性法规,报全国人民代表大会常务委员会备案。

5. **教育规章**

教育规章,即调整教育范围的法规,按制定发布机关可分为两类:①部门教育规章,由国家各部委(主要是教育部)制定的教育规章,采取国家教育部令或国家教育部与国务院其他部委联合令形式发布，在全国有效。②地方政府教育规章，简称政府教育规章，由省、自治区、直辖市人民政府及省、自治区人民政府所在地的市和经国务院批准的较大的人民政府制定，由政府发布，只在本行政区域内有效。教育规章的调整范围极其广泛，数量也很大，在管理教育中起着十分重要的作用。

二、教育法律法规解读

（一）《中华人民共和国义务教育法》解读

1982 年《宪法》规定国家要普及初等义务教育，1985 年《中共中央关于教育体制改革的决定》中提出实施九年制义务教育。《中华人民共和国义务教育法》于 1986 年 4 月 12 日第六届全国人民代表大会第四次会议通过，并于 1986 年 7 月 1 日起施行，是新中国成立以来颁布的第一部基础教育方面的法律，标志着我国义务教育制度的确立，使我国普及义务教育事业开始走上依法治教的轨道。进入新世纪以后，随着“两基”目标的实现，义务教育由关注就学机会的低水平普及转向提高教育质量、促进均衡发展的高水平普及阶段。2003 年十届全国人大一次会议上，376 名人大代表联名提交修改《义务教育法》的议案。2004 年 6 月《中华人民共和国义务教育法》修订稿报送国务院审议。2006 年 6 月 29 日第十届全国人民代表大会常务委员会第二十二次会议表决通过了新修订后的《中华人民共和国义务教育法》，自 2006 年 9 月 1 日起施行。2015 年 4 月 24 日第十二届全国人民代表大会常务委员会第十四次会议对其进行了第二次修订。新《中华人民共和国义务教育法》回应了教育投入、教育均衡、免收学杂费、教育乱收费等热点问题，在教育保障、全面推进素质教育等方面作出了新的规定。

1. 2006 年《中华人民共和国义务教育法》是对 1986 年《中华人民共和国义务教育法》的突破

（1）首次提出义务教育向均衡化方向发展，将均衡教育思想作为根本指导思想，将义务教育的均衡发展纳入法制轨道

上个世纪，由于各地经济、文化水平的差异，使得义务教育阶段形成了地区之

间、城乡之间、学校之间较大的发展差距。随着经济的发展,这种差距越拉越大。新法规定,“缩小学校之间办学条件的差距,不得将学校分为重点学校和非重点学校,不得设置重点班和非重点班”,以促进义务教育均衡发展。各级政府部门应在经费投入、师资力量等方面建立向农村地区学校和薄弱学校倾斜的机制,促进学校均衡发展,促进学校师资力量均衡配置,采取措施缩小学校之间的差距,应组织公办学校骨干教师巡回授课,紧缺专业教师流动教学,公办学校校长和教师在学校之间流动。国家组织和鼓励经济发达地区支援经济欠发达地区实施义务教育。法律还规定,特殊教育学校(班)学生人均公用经费标准应当高于普通学校学生人均公用经费标准。

(2)“素质教育”首次写入义务教育法,第一次在法律中提出了素质教育的概念,对在义务教育阶段贯彻实施素质教育提出了具体的要求

过去推进义务教育时,主要是解决孩子有书可读、有学可上的问题,还谈不上素质教育。义务教育必须贯彻国家的教育方针,实施素质教育,提高教育质量,使适龄儿童、少年在品德、智力、体质等方面全面发展;教育教学工作应当符合教育规律和学生身心发展特点,面向全体学生,教书育人,将德育、智育、体育、美育等有机统一在教育教学活动中,注重培养学生独立思考能力、创新能力和实践能力,促进学生全面发展;国务院教育行政部门根据适龄儿童、少年身心发展的状况和实际情况,确定教学制度、教育教学内容和课程设置,改革考试制度,并改进高级中等学校招生办法,推进实施素质教育;学校应当保证学生的课外活动时间,组织开展文化娱乐等课外活动;社会公共文化体育设施应当为学校开展课外活动提供便利。

新法调整了升学和评比的“指挥棒”,规定综合考查学生在德、智、体、美等方面全面发展的情况,不得以考试成绩代替全面考查;义务教育督导不得对义务教育学校进行评比,不得以升学率作为督导标准;学校应把德育放在首位,形成德育教育体系,学校和教师不得违反课程设置方案增加或者删减课程等。

(3)回归了义务教育免费的本质

普及教育、强制教育和免费教育是义务教育的本质特征,免费的步骤可以根据国情来分步实施,但必须坚持免费的特点。新法将不收学费、杂费作为一条重要原则予以确立。

(4)进一步完善了义务教育的管理体制,强化了省级的统筹实施

新法在“以县为主”管理体制的基础上,进一步加大了省级政府的统筹和责任,实践着从“人民教育人民办”到“义务教育政府办”的转变。新法规定,实行免费义务教育由政府解决。义务教育经费投入实行国务院和地方各级人民政府根据职责共同负担,省、自治区、直辖市人民政府负责统筹落实的体制。农村义务教育所需经费,由各级人民政府根据国务院的规定分项目,按比例分担。

(5)体现“以‘学生’为本”

针对校园重大突发事故致使学生伤亡的事件时有发生这一状况,新法规定:学校建设应当符合国家规定的选址要求和建设标准,确保学生和教职工安全;学校应当建立、健全安全制度和应急机制,对学生进行安全教育,加强管理,及时消除隐患,预防发生事故;学校不得聘用曾经因故意犯罪被依法剥夺政治权利或者其他不适合从事义务教育工作的人担任工作人员;县级以上地方人民政府定期对学校校舍安全进行检查,对需要维修、改造的,及时予以维修、改造。

新法对教师的行为给予规定:教师在教育教学中应当平等对待学生,关注学生的个体差异,因材施教,促进学生的充分发展;教师应当尊重学生的人格,不得歧视学生,不得对学生实施体罚、变相体罚或者其他侮辱人格尊严的行为,不得侵犯学生合法权益。

(6)保障接受义务教育的平等权利

新法强调了对非户籍所在地,特别是流动人口子女接受义务教育的问题;确定了流动人口子女居住地人民政府要为他们提供平等接受义务教育的条件,这将会对城市化进程的平稳推进起到关键性作用。

(7)建立了统一的义务教育教师职务制度

过去中小学的教师职务序列是中学、小学分设,中学的初级、中级、高级与高校的助教、讲师和副教授相对应,而小学高级教师仅相当于讲师。新法将义务教育阶段的教师职务序列打通,小学和中学的差别不复存在,对小学教师是很大的鼓励,有利于调动小学教师的积极性,吸引更多高素质人才到小学任教。

(8)保障义务教育教师享有法律规定的权利,保障义务教育教师待遇。教师法规定,教师的平均工资水平应当不低于或者高于国家公务员的平均工资水平,并逐步提高。教师法实施10多年来,教师平均工资水平明显提高。但是,工资提

高幅度较大的主要是高校教师,相当一部分义务教育阶段的教师特别是农村教师工资仍然较低。新法规定,义务教育教师的平均工资水平应当不低于当地公务员的平均工资水平。这一规定,避免了由于高校教师平均工资水平较高而掩盖了中小学教师工资较低的实际情况,将有效保障义务教育教师的工资水平。保障农村教师工资,是保障义务教育教师工资的重点和难点。新法强调要"完善农村教师工资经费保障机制",在民族地区和边远贫困地区工作的教师享有艰苦贫困地区补助津贴。

2. 实施义务教育的原则

(1)国家、社会、学校、家庭予以保障的原则

义务教育是依照法律规定,适龄儿童和少年必须接受,国家、社会、学校、家庭必须予以保证的一种国民教育。它是关系到提高全民族素质的社会工程,是一项全社会的共同事业,需要社会各方面共同参与和支持。《中华人民共和国义务教育法》规定了各级人民政府实施义务教育的各方面职责,规定了学校、家庭以及社会的企事业组织、社会团体及公民个人在实施义务教育方面的行为规范,以确保义务教育顺利推行。

(2)统一性和灵活性相结合的原则

义务教育实施的统一性是指国家依法统一地实行义务教育制度,要求全国都要实施义务教育。义务教育实施的灵活性是指在义务教育实施的过程中,由于我国幅员辽阔,民族众多,各地经济发展水平不平衡等实际情况,必须因地制宜,结合本地实际情况,采取适合本地区实际的步骤、形式和措施,积极推进义务教育。如《中华人民共和国义务教育法》在入学年龄方面规定:"条件不具备的地区的儿童,可以推迟到七岁入学。"

3. 义务教育的性质

(1)强制性

强制性是义务教育的最本质特征。义务教育不仅是受教育者的权利,而且是国家的义务,国家、社会、学校和家庭必须依法予以保证。对不履行义务教育的行为,国家以立法的形式强制执行。

(2)普及性

普及性是义务教育的基本性质。所谓普及性是指全体适龄儿童、少年,除依照法律规定办理缓学或免学手续的以外,都必须入学接受并且完成规定年限的义

务教育。

(3)免费性

免费性是义务教育的重要特征。所谓免费性是指国家对接受义务教育的适龄儿童、少年免除学杂费。

信息窗 2－1

安徽省 2015 年义务教育经费保障机制实施办法(摘要)

第八条　免除农村义务教育阶段学生学杂费并补助学校公用经费,确保学校正常运转。农村义务教育阶段学校公用经费基准定额为:小学 625 元/生·年、初中825 元/生·年。所需资金由中央、省、县(市、县改区)财政共同承担,地方财政分担比例具体为:比照西部大开发政策和加快皖北地区发展政策范围内的县(市、县改区)为8:2,其他县(市、县改区)为 6:4。对在校生不足 100 人的村小学和教学点按 100 人核定安排公用经费。

第九条　免除城市义务教育阶段学生学杂费和补助公用经费。城市义务教育阶段学校免学杂费基本补助标准为:小学 234 元/生·年,初中 330 元/生·年;公用经费基本补助标准为:小学 30 元/生·年,初中 45 元/生·年。所需资金 8 个地改市(含 14 个县改区)、6 个县级市省级及以上与市(县)按 8:2 比例承担,其余 8 市(含市辖区)省级及以上与市、区按 6:4 比例承担。……

第十五条　进城务工人员随迁子女在输入地公办中小学就读,其收费项目和标准与当地学生一视同仁,一律不得收取借读费、择校费,更不得要求捐资助学或摊派其他费用。进入经教育主管部门核准的民办学校就学,民办学校在获取政府部门核拨的生均公用经费补助后,等额减收学费。……

第十七条　各地应承担的民办义务教育阶段学生义务教育经费保障机制改革资金,要按照现行政策足额落实,并按政策标准对民办义务教育阶段学生给予学杂费减免。

[资料来源]安徽教育网

（4）公共性

公共性也称义务教育的国民性。义务教育是一种社会公共事业，属于国民教育的范畴。义务教育属于一种政府行为，是与国家利益紧密相关的事，不再是个人或家庭的私事，它代表了广大人民群众的利益。

（5）基础性

所谓基础性是指义务教育是基础教育，其目的是为提高民族素质。义务教育作为依法强制适龄儿童、少年接受一定年限教育的制度，一般都是基础教育的一部分。公民接受一定的基础教育是促进个体社会化的必要途径，是社会健康发展的保证。义务教育的基础性还表现在义务教育是一种全民性的教育，而不是英才教育，其根本的目的是使全体适龄儿童、少年在德、智、体等方面全面发展，为提高民族素质、培养社会主义的建设人才奠定基础。

4. 义务教育的对象

义务教育的对象，即《中华人民共和国义务教育法》所称的“适龄儿童、少年”，是依法应当入学至受完规定年限义务教育的年龄阶段的儿童和少年。义务教育的正常入学年龄为六周岁，这是符合儿童身心发展规律特征的，而且符合我国社会的实际情况和世界义务教育的发展趋势。

为保证所有适龄儿童和少年都能接受义务教育，《中华人民共和国义务教育法》作出如下特殊规定：丧失学习能力的儿童，可以免予入学；因疾病或者特殊原因，经当地人民政府批准可以延缓入学；适龄儿童、少年接受义务教育的入学年龄和年限，以及延缓入学的年龄或者其他特殊情况需延长在校的年限，由省级人民政府依照义务教育法的规定和本地区实际情况确定；为了使视力残疾、听力语言残疾和智力残疾儿童接受义务教育，《中华人民共和国义务教育法》还规定：县级以上地方人民政府根据需要设置相应的实施特殊教育的学校（班），对视力残疾、听力语言残疾和智力残疾的适龄儿童、少年实施义务教育。

5. 国家、社会、学校、家庭应承担的责任与义务

国家、社会、学校和家庭依法保障适龄儿童、少年接受义务教育的权利。

（1）国家在实施义务教育中的职责

国家是实施义务教育的主体之一。这里的国家主要是指各级人民政府及其教育行政部门和其他有关行政部门。国家在实施义务教育中的主要责任是宏观调控与创造条件，具体表现在以下几个方面：加强对实施义务教育工作的科学领导和综合布局，制定切实的规划，分阶段、有步骤、有计划地实施九年制义务教育；建立实施义务教育的目标责任制，把实施义务教育的工作作为对有关负责人政绩考核的重要内容；建立义务教育的监督检查制度；制定义务教育各级各类学校的办学标准，地方各级人民政府应当根据相应的办学标准，合理规划、布局和设置实施义务教育的学校；负责提供实施义务教育的经费，并对家庭经济困难的学生入学接受义务教育给予资助；帮助经济困难地区和少数民族地区实施义务教育；采取措施加强和发展师范教育，培训实施义务教育学校的校长和教师，努力提高教师的政治素质和业务素质；实行免费教育，帮助贫困学生就学；帮助经济困难地区和少数民族地区实施义务教育；保障学校、教师和学生的合法权益；奖励贡献突出者，处罚违反法律者等。

（2）社会在实施义务教育中的职责

普及九年制义务教育是全社会的任务。《中华人民共和国义务教育法》中所谓社会是指全社会的各种企业、事业单位、社会团体以及除适龄儿童少年及其家庭之外的其他公民和个人。作为社会组织和公民个人的社会主体在实施义务教育的工作中，主要承担的责任有以下几方面：依法举办实施义务教育的学校，承担相应的办学费用，不断改善办学的条件；对实施义务教育捐资助学；不接受义务教育的适龄儿童、少年就业；维护学校的权益和正常的教学秩序，不得侵占、破坏学校的场地、房屋和设备；不得利用宗教进行妨碍义务教育的活动等。

（3）学校在实施义务教育中的职责

学校是实施义务教育的主要阵地，承担着具体实施义务教育活动的责任。学校在实施义务教育过程中的主要责任包括按时接受适龄儿童、少年入学，保证其享受法定年限的义务教育；贯彻国家的教育方针，按照国家的有关规定进行教育教学活动，保证教育质量；对修完规定年限义务教育的学生发义务教育的证书；维护学校财产和师生安全；公开收费项目和标准等。

信息窗 2－2

中小学校的校园安全保障义务

根据《中小学幼儿园安全管理办法》的规定，学校的安全保障义务主要体现在以下几个方面：

(1)建立健全安全制度，采取相应的管理措施，预防和消除教育教学环境中存在的安全隐患。

(2)对在校学生进行必要的安全教育和自护自救教育。

(3)学校应当全面履行日常安全管理职责，最大限度地保障学生在校园的人身、财产安全。

(4)当发生伤害事故时，学校应当积极采取措施救助受伤害学生。

[**资料来源**]中小学安全网。

(4)家庭在实施义务教育中的职责

家庭作为实施义务教育的主体，主要是针对父母或其他的监护人来说的。父母或监护人有义务保证适龄子女或被监护人按时入学，接受规定年限的义务教育，不能中途辍学；适龄的子女或被监护人因为身体原因需要免学、缓学的，父母或其他监护人应当提出申请，经县级以上教育主管部门或乡级人民政府批准等。

6. 妨碍适龄儿童、少年接受义务教育的法律责任认定及处理办法

(1)适龄儿童、少年的父母或者其他监护人违法行为的法律责任认定及处理办法

《中华人民共和国义务教育法》规定，适龄儿童、少年的父母或者其他监护人未按规定送子女或者其他被监护人就学接受义务教育的，城市由市、市辖区人民政府或者其指定机构，农村由乡级人民政府，进行批评教育；经教育，仍拒不送其子女或者其他被监护人就学的，可视具体情况处以罚款，并采取其他措施使子女或者其他被监护人就学。

(2)实施义务教育的学校违法行为的法律责任认定及处理办法

《中华人民共和国义务教育法》规定，无正当理由拒绝接收应当在该地区或者该学校接受义务教育的适龄儿童、少年就学的由地方有关部门依照权限对有关责任人员给予行政处分。国家教育委员会《关于治理中小学乱收费工作的实施意见》规定："九年义务教育阶段初中和小学必须坚持就近入学的原则，不准招收'择校生'，严禁把捐资助学同录取学生挂钩"。

信息窗 2－3

国务院:保障适龄儿童少年就近入学是政府法定责任

中新网2012年8月29日电 据中国政府网消息,国务院总理温家宝29日主持召开国务院常务会议,研究部署深入推进义务教育均衡发展和规范农村义务教育学校布局调整工作。会议指出,保障适龄儿童少年就近入学是政府的法定责任,是基本公共服务的重要内容。

会议讨论通过《关于深入推进义务教育均衡发展的意见》。会议明确,加强和改进学校管理。完善学生学籍管理办法,建立以居住地学龄人口为基准的义务教育管理和公共服务机制。会议强调,推进义务教育均衡发展要遵循教育规律,符合客观实际,强化地方政府责任。要调动各方面积极性,在努力办好公办教育的同时,鼓励发展民办教育。

会议指出,保障适龄儿童、少年就近入学是政府的法定责任,是基本公共服务的重要内容。农村义务教育学校布局,要统筹考虑城乡人口流动、学龄人口变化,以及当地地理环境及交通状况、教育条件保障能力、学生家庭经济负担等因素,充分考虑学生的年龄特点,努力满足适龄儿童少年就近接受良好义务教育的要求。

[**资料来源**]中国新闻网

《中华人民共和国义务教育法》规定:“适龄儿童、少年因身体状况需要延缓入学或者休学的,其父母或者其他法定监护人应当提出申请,由当地乡镇人民政府或者县级人民政府教育行政部门批准。”另外,根据有关规定,正在接受义务教育的在校生同样适用以上条款。

除此之外,学校无权批准接受义务教育的学生退学、停学。擅自开出假毕业证明,属违反《中华人民共和国义务教育法》的行为。

(3)社会组织和个人违法行为的法律责任认定及处理办法

社会组织和个人的违法行为主要是雇佣童工。对招用适龄儿童、少年就业的组织和个人,由当地人民政府给予批评教育,责令停止招用;情节严重的,责令停止营业,或者吊销营业执照。招用应当接受义务教育的适龄儿童、少年做工、经商或者从事其他雇佣性劳动的,按照国家有关禁止使用童工的规定处罚。

7. 侵犯实施义务教育设施和经费的法律责任认定及处理办法

（1）侵占、克扣、挪用义务教育款项的法律责任认定及处理办法

义务教育款项，包括国家拨给的教育事业费、征收的教育附加费、集资或捐资费等费用及物资。对这些费用和物资，任何单位、个人都不得侵占、克扣和挪用。对此类违法行为，由地方人民政府或者有关部门依照管理权限对有关责任人员给予行政处分；情节严重，构成犯罪的，依法追究刑事责任。

（2）侵占或破坏学校的校舍、场地和设备的法律责任认定

对于偷窃，掠夺、勒索学校的教学器材或其他物资，故意毁坏学校房屋和设备，占用学校的房屋、场地，并扰乱学校秩序等行为，视情节和危害后果轻重，可以对直接责任人员及有关责任人员给予行政处分，并责令单位和个人退回侵占的校舍、场地和设备。造成损失的，应当依法赔偿。对触犯《中华人民共和国治安管理处罚条例》的，由公安机关给予行政处罚；构成犯罪的依法追究刑事责任。

8. 扰乱实施义务教育的教学秩序的法律责任认定及处理办法

《中华人民共和国义务教育法》规定，任何组织和个人都不得扰乱实施义务教育学校的教学工作秩序。违反者，分别给予行政处分、行政处罚，构成犯罪的，依法追究刑事责任。

（二）《中华人民共和国教育法》解读

《中华人民共和国教育法》于 1985 年开始起草，经过十年调查、研究、修改，1995 年 3 月 18 日经第八届全国人民代表大会第三次会议通过，1995 年 9 月 1 日起施行。《中华人民共和国教育法》是《宪法》之下的国家的关于教育的基本法律，在整个教育法律体系中处于“母法”和“根本大法”的地位，具有最高的法律权威。其他单行教育法规都只是调整和规范某一方面的教育关系或某一项教育工作的，都是“子法”。单行教育法规的制定和实施，都要以《中华人民共和国教育法》为依据，不得与《中华人民共和国教育法》确立的原则和规范相抵触。考虑军事学校教育和宗教学校教育的特殊性，《中华人民共和国教育法》在附件中第八十二条指出：“军事学校教育由中央军事委员会根据本法的原则规定。宗教学校教育由国务院另行规定。”

1. 教育的基本原则

根据《中华人民共和国教育法》的规定，我国教育的基本原则可以概括为以

下十个方面：

(1)对受教育者进行政治思想道德教育的原则

《中华人民共和国教育法》第六条规定："国家在受教育者中进行爱国主义、集体主义、中国特色社会主义的教育，进行理想、道德、纪律、法治、国防和民族团结的教育。"

教育的根本目的是教书育人，教书是途径和手段，育人是根本和目的。我国面临着一场深刻的社会转型，重视对青少年的思想道德教育，具有重大意义。思想道德教育是一项社会系统工程，国家通过立法把它放在突出的地位，学校教育、家庭教育和社会教育应当密切配合，共同履行这一神圣的法律责任。

(2)继承和吸收优秀文化成果的原则

《中华人民共和国教育法》第七条规定了继承优秀文化成果的原则："教育应当继承和弘扬中华民族优秀的历史文化传统，吸收人类文明发展的一切优秀成果。"

我国是世界上历史最悠久的国家之一，创造了光辉灿烂的文化，具有光荣的文化传统。这些构成了极为丰富的思想宝库，滋养着世代的人民，成为中华民族的凝聚力和发展基础之所在。所以，必须认真研究和继承我国历史上优秀的道德文化、智力文化和艺术文化，并赋予其新的时代内涵。人类文化本身是一个整体，具有不可分割的关联性，任何一个民族的文化都是人类文化的一部分，只有在人类文化的长河中才能得到很好的发展。所以在继承和发扬本国文化传统的同时，必须学习别国先进的文化成果，以促进我国经济和社会的飞速发展。

(3)教育公益性原则

《中华人民共和国教育法》第八条第一款规定："教育活动必须符合国家和社会公共利益。"

教育的公共性、公益性，是现代教育的特征。《中华人民共和国教育法》明确规定在我国境内举办学校及其他教育机构应当坚持公益性，必须对国家、人民和社会公共利益负责；教育活动应当依法接受国家、社会的监督，任何人从事教育活动，必须遵守宪法和法律，不得违背或损害国家利益、人民利益和社会公共利益。

(4)教育与宗教相分离原则

《中华人民共和国教育法》第八条第二款规定："国家实行教育与宗教相分离。任何组织和个人不得利用宗教进行妨碍国家教育制度的活动。"

在国民教育和公共教育中,不允许宗教团体和个人办学进行宗教教育,不允许利用宗教进行妨碍国家教育制度的活动。教师在学校有权进行辩证唯物主义和无神论教育及宣传,但不得强迫学生不信仰宗教,也不得歧视信仰宗教的学生。

(5)受教育机会平等原则

《中华人民共和国教育法》第九条确定了公民受教育机会平等原则:“中华人民共和国公民有受教育的权利和义务。公民不分民族、种族、性别、职业、财产状况、宗教信仰等,依法享有平等的受教育机会。”具体而言有如下三层意思:

①公民享有不可剥夺的平等受教育权利。这种权利是由宪法来确认的。《宪法》第四十六条规定:“中华人民共和国公民有受教育的权利和义务。”

②义务教育阶段公民的就学机会、教育条件和教育效果平等。义务教育是国家对全体儿童和青少年实施的关系到国民素质和国家命运的免费教育。这个阶段所受的教育质量如何,将影响到公民以后的职业选择的机会和竞争能力。所以,该阶段不仅要让所有的适龄公民都能上学,而且要保证他们受到质量相当的教育,获得尽可能平等的教育效果。

③义务教育阶段后,即初中教育后,公民的入学机会、竞争机会、成功机会均等。由于存在学生分流的问题,所以初中教育阶段后的教育机会均等原则就体现为入学机会均等、竞争机会均等、成功机会均等。

(6)帮助特殊地区和保护弱势群体的原则

《中华人民共和国教育法》第十条规定:“国家根据各少数民族的特点和需要,帮助各少数民族地区发展教育事业。国家扶持边远贫困地区发展教育事业。国家扶持和发展残疾人教育事业。”

我国地域辽阔,民族众多,地区发展很不平衡,教育的基础也有很大差别。尤其是在少数民族地区和边远贫困地区,教育条件较为艰苦,教育水平也相对较低。这些地区的教育,不仅关系到我国整体教育事业的发展,而且关系到民族团结和社会安定。为了提高这些地区的教育发展水平,促进各民族、各地区共同繁荣,国家必须对少数民族地区给予特殊的扶持和帮助。

残疾人作为我国公民的一个组成部分,与正常人一样享有学习权、发展权。同时,我国《宪法》第四十五条第三款规定:“国家和社会帮助安排盲、聋、哑和其他有残疾的公民的劳动、生活和教育。”因此,必须对残疾人教育采取特殊扶植和帮助的政策,以保护弱势群体的受教育权。

(7)建立和完善终身教育体系原则

《中华人民共和国教育法》第十一条第一款规定:“国家适应社会主义市场经济发展和社会进步的需要,推进教育改革,推动各级各类教育协调发展、衔接融通,完善现代国民教育体系,健全终身教育体系,提高教育现代化水平。”

现代科技的迅猛发展和社会生活的变革加剧,导致教育需求的不断增长,传统的学校教育已不能完全满足社会变革的需要,终身教育应运而生。终身教育思想已成为国际教育改革的重要指导方针,建立与完善终身教育体系已成为国际教育体系改革与发展的共同目标。我国以教育法的形式把建立和完善终身教育体系定为我国教育体系改革和发展的目标之一。

(8)鼓励教育科学研究原则

《中华人民共和国教育法》第十一条第三款规定:“国家支持、鼓励和组织教育科学研究,推广教育科学研究成果,促进教育质量提高。”

要想全面提高教育质量,推进教育改革,发挥教育的最大社会效益,就必须加强教育科研,以科研为先导,使教育工作按科学规律办事。

(9)推广普通话原则

《中华人民共和国教育法》第十二条规定:“国家通用语言文字为学校及其他教育机构的基本教育教学语言文字,学校及其他教育机构应当使用国家通用语言文字进行教育教学。民族自治地方以少数民族学生为主的学校及其他教育机构,从实际出发,使用国家通用语言文字和本民族或者当地民族通用的语言文字实施双语教育。国家采取措施,为少数民族学生为主的学校及其他教育机构实施双语教育提供条件和支持。”

我国是一个多民族国家,各民族都有自己悠久的历史、文化和语言,一部分还有自己的文字。我国尊重各民族使用和发展自己民族的语言文字的自由,允许在少数民族学生为主的学校及其他教育机构,使用本民族或当地通用的语言文字进行教学。然而,一个国家通用一种语言文字不仅是该国团结统一的象征,而且有利于沟通与交流,有利于经济建设和社会进步。汉语言文字是我国官方语言文字之一,在国内普遍通行,而且又是国际认定的联合国工作语言文字之一。为此《中华人民共和国教育法》规定汉语言文字为我国学校及其他教育机构的基本教学语言文字。

(10)奖励突出贡献原则

《中华人民共和国教育法》第十三条规定:“国家对发展教育事业做出突出贡献的组织和个人,给予奖励。”这是国家重视教育事业的表现。它有利于提高教师及教育工作的社会地位,有利于调动广大教师的积极性,并激发他们的使命感,有利于教师队伍的建设和发展,有利于在全社会形成尊师重教的良好风气。

2.《中华人民共和国教育法》的基本内容

《中华人民共和国教育法》全文共 10 章 86 条,涉及面广,内容丰富。对有关教育的全局性重大问题,如我国教育的性质和方针、教育基本制度,各类教育关系主体的法律地位和权利义务,教育与社会的关系,教育投入,对外教育与合作等,都做了全面的规定。

(1)我国教育的性质与方针

《中华人民共和国教育法》规定我国的教育方针是:教育必须为社会主义现代化建设服务、为人民服务,必须与生产劳动和社会实践相结合,培养德、智、体、美等方面全面发展的社会主义事业的建设者和接班人。

教育方针是国家教育政策的总概括,是教育发展的总方向。教育方针进一步规定了我国教育的社会主义性质,规定了我国教育的目的是培养德、智、体、美等方面全面发展的社会主义事业的建设者和接班人,规定了实现教育目的的途径是教育与生产劳动和社会实践相结合。

(2)我国教育体系的改革与发展

《中华人民共和国教育法》总则中,对我国教育体系的改革与发展作了明确的法律规定。

①建立与完善终身教育体系。终身教育体系既包括学校教育体系又包括社会教育体系,是对受教育者一生各个阶段分别进行不同种类和形式的教育。

②积极推进教育改革。为建立与完善终身教育体系,《中华人民共和国教育法》规定,国家需要积极推进教育改革,并使改革适应社会主义市场经济发展和社会进步需要。国家教育改革涉及教育领域的方方面面,主要有:加快办学体制改革,理顺中等教育、高等教育体制,推进高等学校和中等专业学校招生制度与就业制度改革,深化教学改革,等等。教育改革不仅要适应社会主义市场经济发展,同时要有利于积极推进市场经济的发展,推进社会全面进步。

③国家促进各级各类教育协调发展。我国现行教育总体上分为基础教育、高

等教育、职业教育、成人教育四大类别，而在每一大类教育中，又可细分为不同层次、不同形式的教育。各种类别教育的相互衔接与组合，便形成我国现行的教育结构。合理调整教育结构和布局，使各级各类教育各有侧重、优势互补，共同发展，这是教育改革需着力的方面，也是建立与完善终身教育体系的现实要求。

（3）教育管理体制

《中华人民共和国教育法》对于我国教育工作的领导和管理，明确规定由国务院和地方各级人民政府根据分级管理、分工负责的原则进行。这一规定明确了国务院和地方各级人民政府对于教育工作具有义不容辞的法律责任。

《中华人民共和国教育法》第十四、十五、十六条对我国现阶段教育工作的分级管理、分工负责体制作了如下划分：中等及中等以下教育在国务院领导下，由地方人民政府管理；高等教育由国务院和省、自治区、直辖市人民政府管理；全国教育工作由国务院教育行政部门主管，并对全国教育事业实行统筹规划和协调管理。

（4）教育基本制度

《中华人民共和国教育法》第二章对我国教育的基本制度作了明确规定。这里的教育基本制度是指狭义的教育基本制度，即指有组织的教育和教学机构及各级教育行政组织机构的体系和运行规则。我国教育的基本制度主要包括：学校教育制度、义务教育制度、职业教育和继续教育制度、国家教育考试制度、学业证书制度、学位制度、扫除文盲制度、教育督导制度和评估制度。

（5）学校及其他教育机构

学校及其他教育机构是指经国家主管机关批准设立或者依法登记注册设立的教育教学活动的社会组织。它是有计划、有组织、有系统地进行教育教学活动的重要场所，既包括学制系统内的以实施学历性教育为主的机构，又包括各种实施非学历性教育的机构。

①学校及其他教育机构的构成要件。《中华人民共和国教育法》第二十七条规定："设立学校及其他教育机构，必须具备下列基本条件：（一）有组织机构和章程；（二）有合格的教师；（三）有符合规定标准的教学场所及设施、设备等；（四）有必备的办学资金和稳定的经费来源。"以上四项基本条件，缺一不可。

有组织机构和章程。举办学校及其他教育机构，必须有权责分工明确的管理机构和管理人员形成的组织机构和由机构名称、办学宗旨、教育教学任务、内部管理体制、财务、人事、民主管理、办学者的权利和责任、章程修改程序等内容组成的章程。这是建立现代学校教育制度,加强对学校的监督管理、实行依法治校,建立自主发展和自我约束运行机制的重要保证。

有合格的教师。教师是履行教育教学职责的专业人员,承担着教书育人、提高民族素质的使命。举办学校及其他教育机构,必须有一支数量与质量都合格的教师队伍。教师应当具有法定的教师资格,并且具有相应的教师资格证书。

有符合规定标准的教学场所及设施、设备等。教学场所及设施、设备等是办学必备的物质条件,是从事教育教学活动的物质基础,否则,教育教学活动就无法进行。这些物质条件必须符合"规定标准",即指各级各类学校校舍规划面积定额、教室和课桌椅的具体要求、每班学生的最高名额限制、学生活动场所等要符合国家规定的标准。

有必备的办学资金和稳定的经费来源。学校及其他教育机构的设立,除了固定资产的投入外,还必须具备开办费,教职员工的薪金和福利费、教学设备和设施消耗、更新费等,才能确保教育教学活动的正常运转。

②学校与其他教育机构的权利。《中华人民共和国教育法》第二十九条规定:"学校及其他教育机构行使下列权利:(一)按照章程自主管理;(二)组织实施教育教学活动;(三)招收学生或者其他受教育者;(四)对受教育者进行学籍管理,实施奖励或者处分;(五)对受教育者颁发相应的学业证书;(六)聘任教师及其他职工,实施奖励或者处分;(七)管理、使用本单位的设施和经费;(八)拒绝任何组织和个人对教育教学活动的非法干涉;(九)法律、法规规定的其他权利。国家保护学校及其他教育机构的合法权益不受侵犯。"

按照章程自主管理。学校及其他教育机构,有权依照法定程序建立的学校,进行自主管理。办学章程由学校及其他教育机构自行拟定,国家拟制中小学示范章程。

组织实施教育教学活动。教育教学活动是学校及其他教育机构的最基本的、最主要的活动。学校及其他教育机构根据自己的办学宗旨和任务,依据国家主管部门有关教育计划、课程、专业设置等方面的规定,有权决定和实施自己的教学计划,决定具体课程、专业发展,决定选用何种教材,决定具体的课时和教学进度,组织教学活动、生产劳动、科技活动、义务劳动等。

招收学生和其他受教育者。学校及其他教育机构在符合国家招生规定的情况下，有权根据自己的办学宗旨、培养目标、规格、任务及办学条件和能力，制定本机构具体的招生办法，发布招生广告，决定招生的具体数量，决定录取或不录取等。

有权对受教育者进行学籍管理，实施奖励或处分。实施学籍管理，主要是根据主管部门的学籍管理规定，针对受教育者的不同层次和类别，制定有关入学与报名注册、考试与成绩、纪律与考勤、休学与复学、转学、退学等管理办法。同时学校及其他教育机构有权根据国家有关学生奖励和处分的规定，结合本校的实际，制定具体的奖励与处分的办法，并对受教育者实施奖励与处分等。

对受教育者颁发相应的学业证书。学校及其他教育机构根据受教育者完成学业的情况，按照学业证书管理规定，有权对经考核成绩合格的受教育者，按其类别颁发毕业证书、结业证书或肄业证书。

聘任教师及其他职工，实施奖励或者处分。学校及其他教育机构根据国家有关教师和其他教职工管理的法律法规和主管部门的规定，有权从本校的办学条件与能力和实际编制情况出发，自主决定聘任、解聘教师和其他职工；有权制定本机构教师和其他人员聘任办法，签订和依约解除聘任合同；有权对成绩优异者，给予表彰或奖励，不胜任者或玩忽职守者，给予批评或处分。

管理和使用本单位的设施和费用。学校及其他教育机构对其占有的场地、教室、宿舍、教学设备、设施等和办学经费以及其他有关财产享有管理权和使用权，是学校开展教学活动的基本物质保障，学校及其他教育机构有权自主管理和使用。

拒绝任何组织和个人对教育活动的非法干涉。学校及其他教育机构有权拒绝任何组织和个人在招生和分配等方面的非法干涉；有权拒绝任何组织和个人的乱摊派、乱收费、乱罚款。

法律、法规规定的其他权利。学校及其他教育机构的合法权益受法律保护，任何组织或个人侵犯学校及其他教育机构的合法权益，造成损失、损害时，将承担相应的法律责任。

3.《中华人民共和国教育法》关于法律责任的认定

教育法律责任的认定，通俗地讲，就是认定哪些是违反教育法的行为和由谁来追究这些违法行为的法律责任。《中华人民共和国教育法》对教育活动中的大部分违法行为都规定了相应的法律责任。

（1）违反教育经费规定的法律责任

①违反国家有关规定，不按照预算核拨教育经费的行为。具体表现为不按照本级人民代表大会审查和批准的本级人民政府的预算内容，向教育行政部门、学校或者其他教育机构核拨相应的教育经费，或者擅自调整更改教育预算支出。

对于不按教育经费预算核拨经费的各级人民政府及其财政部门、教育行政机关及其负责人等，按《中华人民共和国教育法》第七十一条的规定，情节严重的，对直接负责的主管人员和其他直接责任人员，依法给予行政处分。所谓情节严重，即不及时、足额核拨教育经费，造成严重后果，或者拒绝、拖延执行同级政府限期核拨的要求等情况的，应当对直接负责的主管人员和其他经手、参与的直接责任人员，由主管部门或单位给予相应的行政处分。对国家行政机关工作人员，适用国务院《关于国家行政机关工作人员的奖惩暂行规定》；对国有企业职工适用《企业职工奖惩条例》进行处罚。

②违反国家财政制度、财务制度，挪用、克扣教育经费的行为。这种违法行为在客观构成要件上，主要表现为利用管理、经手或其他职务上的便利，挪用教育经费归个人或集体进行其他活动或非法活动等，克扣教育经费私分或归个人所有等。其中，利用职务上的便利，侵占、克扣教育经费集体私分或为个人非法占有的，是贪污行为；违反有关规定，将教育经费挪作他用，无论是公用还是私用，都属于挪用行为。挪用教育经费数额较大不退还的，是贪污罪。对各级政府的行政部门、学校或其他教育机构及企事业单位等社会组织，或者上述部门、组织的负责人以及其他经手、管理教育经费的人员违反国家财政制度、财务制度，挪用、克扣教育经费的，根据具体情节，分别作如下处理：由上级机关责令限期归还被挪用、克扣的教育经费；对直接负责的主管人员和其他直接责任人员，由有关部门和单位依法给予行政处分。在认定和把握是否给予行政处分和给予何种行政处分时，适用《国家行政机关工作人员贪污贿赂行政处分暂行规定》和《国家行政机关工作人员贪污贿赂行政处分暂行规定实施细则》；构成犯罪的，根据《中华人民共和国刑法》和全国人大常委会《关于惩治贪污罪贿赂罪的补充规定》，对行为人追究刑事责任。

（2）扰乱教育秩序、破坏、侵占学校财产的法律责任

①结伙斗殴、寻衅滋事，扰乱学校及其他教育机构教育教学秩序的行为。主要表现为不法分子在学校及其他教育机构内或周围结伙斗殴、寻衅滋事。所谓结

伙斗殴，是指出于私仇宿怨、争霸一方或其他动机而成帮结伙地进行殴斗；所谓寻衅滋事，是指在学校及其他教育机构无事生非、肆意挑衅，起哄捣乱，进行破坏骚扰，如无理取闹调戏女学生、向学生索要钱物等。

②破坏校舍、场地及其他财产的行为。主要包括偷盗、抢夺或哄抢、毁损学校房屋、设备、教学器材或其他物资，使校舍、场地及其他财产的价值或使用价值部分或全部丧失。情节较轻的，是一般违反治安管理行为，情节较重构成犯罪的，系故意毁坏财物罪。

实施上述违法行为的人，根据情节轻重及危害后果，分别给予处理，具体执法机关及处理同前①所述。

③侵占学校及其他教育机构的校舍、场地及其他财产的行为。主要表现为偷盗、抢夺或哄抢、勒索学校的教学器材或其他物资，故意毁坏学校房屋和设备，占用学校的房屋、场地。这种行为轻者扰乱了学校正常教学秩序，重者使教学工作不能正常进行。它的实质是民事侵权，在性质上，不仅违反了《中华人民共和国教育法》，也违反了《中华人民共和国民法通则》《中华人民共和国治安管理处罚条例》及《中华人民共和国刑法》，具有多重违法性。实施上述违法行为的人，根据不同情节进行处理：情节和危害后果较轻的由公安机关和教育部门，对直接责任者和有关责任人员给予行政处分，并责令单位和个人退回侵占的校舍、场地和设备。造成损失的，应当依法赔偿。对单位侵占校舍、场地及设备的直接责任者以及其他个人实施上述违法行为情节和危害后果较重，触犯《治安管理处罚条例》的，由公安机关给予治安管理处罚，并责令退回侵占的校舍、场地、设备或赔偿造成的损失。对情节和危害后果严重，构成犯罪的，依照《中华人民共和国刑法》视情节不同，由人民法院分别依照盗窃罪、抢劫罪、抢夺罪、故意毁坏公私财物罪等罪名进行处理。

(3)使用危险教育设施造成人员伤亡或重大财产损失的法律责任

使用危险房屋进行教育教学活动，违反了《中华人民共和国教育法》，同时违反了《未成年人保护法》。明知校舍或者教育教学设施有危险，而不采取措施，造成人员伤亡或重大财产损失的，属于犯罪行为，按玩忽职守罪或者教育设施重大安全事故罪论处。犯罪的主观方面，是明知有危险，却放任或者轻信能够避免危险后果发生。犯罪的客观方面，是责任主体的行为，一般表现为严重不负责任，不履行或不正确履行职责，即不采取任何措施，听之任之，漠不关心，或者认为可以

侥幸避免危险。主要情形有:

①负责房屋维修及教育教学设施的购买、保管、维护的单位和个人,不认真履行职责,发现隐患不及时报告或通知有关人员的。

②设计、建筑校舍及设计、生产教育教学设施的单位及个人,在设计、建筑、生产过程中因设计失误、粗制滥造及偷工减料造成不安全的隐患,已发现、察觉有危险而不及时采取补救措施或故意隐瞒真相,欺骗学校及有关人员的。

③学校及其他教育机构的负责人、教师及其他员工,已经知道或发现校舍、教育教学设施不安全,可能发生危险事故,不及时报告,也没有采取有效措施进行预防和修缮的。

④教育及其他有关主管部门、当地人民政府的有关负责人员,在得知有关事故隐患或险情报告后,不及时采取措施,推脱搪塞,久议不决或有其他玩忽职守及严重官僚主义的。该种犯罪行为侵犯了学校及其他教育机构的正常教育活动,侵犯了受教育者的人身权利,对公共财产、国家和人民的利益造成重大损失。

信息窗 2-4

学校承担责任的情形

根据《学生伤害事故处理办法》第九条之规定,具有下列情形之一的,学校应当依法承担相应责任:

(一)学校的校舍、场地、其他公共设施,以及学校提供给学生使用的学具、教育教学和生活设施、设备不符合国家规定的标准,或者有明显不安全因素的;

(二)学校的安全保卫、消防、设施设备管理等安全管理制度有明显疏漏,或者管理混乱,存在重大安全隐患,而未及时采取措施的;

(三)学校向学生提供的药品、食品、饮用水等不符合国家或者行业的有关标准、要求的;

(四)学校组织学生参加教育教学活动或者校外活动,未对学生进行相应的安全教育,并未在可预见的范围内采取必要的安全措施的;

（五）学校知道教师或者其他工作人员患有不适宜担任教育教学工作的疾病，但未采取必要措施的；

（六）学校违反有关规定，组织或者安排未成年学生从事不宜未成年人参加的劳动、体育运动或者其他活动的；

（七）学生有特异体质或者特定疾病，不宜参加某种教育教学活动，学校知道或者应当知道，但未予以必要的注意的；

（八）学生在校期间突发疾病或者受到伤害，学校发现，但未根据实际情况及时采取相应措施，导致不良后果加重的；

（九）学校教师或者其他工作人员体罚或者变相体罚学生，或者在履行职责过程中违反工作要求、操作规程、职业道德或者其他有关规定的；

（十）学校教师或者其他工作人员在负有组织、管理未成年学生的职责期间，发现学生行为具有危险性，但未进行必要的管理、告诫或者制止的；

（十一）对未成年学生擅自离校等与学生人身安全直接相关的信息，学校发现或者知道，但未及时告知未成年学生的监护人，导致未成年学生因脱离监护人的保护而发生伤害的；

（十二）学校有未依法履行职责的其他情形的。

［**资料来源**］中小学安全网。

（4）违反国家规定向学校收费的法律责任

违反国家有关规定，向学校或者其他教育机构收取费用，是指一些地区和部门的单位和个人，在国家法律法规和有关收费管理规定之外，无依据或违反有关收费标准、范围、用途和程序的要求，向学校或者其他教育机构乱收费、乱罚款和进行各种摊派活动。此外，有关部门不执行国家对学校及其他教育机构的税收减免政策，随意征收应当减免的税款或应当依法返还而不予返还的，也属于违法收费范围。

实施上述行为的部门、社会组织，主要有教育行政部门、税务部门、财政部门、街道委员会、爱卫会等。对这一违法行为，分不同主体，予以以下处理：由政府责令退还所收取的费用。教育行政部门、财政、税务部门违法收取的各种不合理费用，由同级或上一级人民政府责令退还给学校及其他教育机构。由主管部门按干部管理权限对直接负责的主管人员和其他直接责任人员，依法给予行政处分。

（5）违法办学、招生、颁发学业学位证书及向学生违法收费的法律责任

①违反国家规定举办学校或其他教育机构的。违背《中华人民共和国教育法》及其他有关法律、法规、规章关于教育机构设置管理的规定举办的学校或其他教育机构是非法的。非法举办学校及其他教育机构的行为主要有：不经批准或登记注册擅自举办教育机构，并且经教育主管部门责令限期改正而逾期不予改正的；不符合国家规定的设置标准，弄虚作假，骗取主管机关批准或登记注册的；实施了以营利为目的的办学行为的。对实施上述违法行为的单位或者个人按《中华人民共和国教育法》第七十五条处理：违反国家有关规定，举办学校或者其他教育机构的，由教育行政部门或者其他有关行政部门予以撤销；有违法所得的，没收违法所得；对直接负责的主管人员和其他直接责任人员，依法给予处分。

②违反国家规定招收学员的。未经有关部门批准而招收学员，以及未按批准的范围、层次、人数等招收学员。主要情形有：未经批准不具备办学资格和相应办学权限的主体乱办学、乱办班、违法招生；擅自更改招生计划，超额、超计划招生；违反有关规定，招收旁听生、试读生，办“超前班”或利用函授、夜大学的生源计划办脱产班；应纳入统一招生范围的，不通过统一入学考试自行招生；办专业证书班不按规定履行审批手续，擅自降低入学条件；弄虚作假，混淆学历教育与非学历教育的界限，进行欺骗招生；其他违反规定乱招学员，给招生管理带来损害和在社会上造成不良影响的。对实施上述行为的学校及其他教育机构或者其他社会组织和个人，依据《中华人民共和国教育法》第七十六条，追究下述行政法律责任：由教育行政部门责令退回招收的学员，退还所收取的费用；由主管部门对直接负责的主管人员和其他直接责任人员，依法给予行政处分。

③违法颁发学业、学位证书的。根据《中华人民共和国教育法》规定，颁发学业证书有三个法律要件：一是必须“经国家批准设立或认可的”；二是“学校及其他教育机构”，而不能是其他机关、部门或单位；三是按照国家有关标准颁发。三个要件缺一不可，必须同时具备。违法颁发学位证书、学历证书或其他学业证书的主要情形有：不具有颁发学业证书和学位证书资格而发放学业证书、学位证书；伪造、编造、买卖学业证书、学位证书；在颁发学业证书、学位证书中弄虚作假、徇私舞弊；对不符合规定条件的受教育者和其他人员颁发学业证书、学位证书；滥发学业证书、学位证书从中牟利。对上述违法行为依据《中华人民共和国教育法》

第八十二条、《中华人民共和国刑法》第二百八十条的规定，根据具体情节予以如下处理：由教育行政部门宣布证书无效，责令收回或者予以没收。教育行政部门对违反规定颁发的学业证书，可采取下达通知、公告等方式不予承认其效力；责令违法颁发证书的机构收回已颁发的证书或者由教育行政部门直接予以没收。对学校及其他教育机构、有学位授予权的科研机构，在违法颁发证书过程中有违法所得的，没收违法所得。对情节严重的，由教育行政部门取消其颁发学业证书的资格。对伪造、编造、买卖学业证书、学位证书的处以三年以下有期徒刑、拘役、管制或者剥夺政治权利，情节严重的，处三年以上十年以下有期徒刑。

对已经批准授予学位的单位，在确认其不能保证所授予学位的学术水平时，由国务院停止或撤销其授予学位的资格。

④违法向学生收费的。学校及其他教育机构违反国家有关规定向受教育者收取费用，主要指违反国家有关收费范围、收费项目、收费标准以及有关收费事宜的审批、核准、备案以及收费的减免等方面的规定，自立收费项目或超过收费标准，非法或不合理向受教育者收取费用。这种行为不仅给受教育者的财产权益带来损害，有时也给其受教育权益带来损害，是《中华人民共和国教育法》明令禁止的行为。实施上述违法行为学校及其他教育机构按《中华人民共和国教育法》第七十八条的规定处理：由教育行政部门或者其他有关行政部门责令退还所收费用；对直接负责的主管人员和其他直接责任人员，依法给予处分。

(6)招生考试中舞弊、作弊的法律责任

①招生工作中徇私舞弊的。在招生工作中徇私舞弊，主要指主管、直接从事和参与学校及其他教育机构统一招生工作的人员，违反招生管理的有关规定和要求，利用职权或工作之便，为了达到使考生或者其他人员被学校及其他教育机构招收录取等个人目的，故意采取隐瞒、虚构、篡改、毁灭、泄露、提示、协助考生作弊等手段，在招生考试、考核、体检、保送生推荐等各个环节上实施歪曲事实、掩盖真像、以假乱真等枉法渎职行为，使不应该被招收录取的考生及其他人员被招收录取，或使符合招收录取条件的考生及其他人员未被招收录取的情形。

实施上述违法行为的人员，根据其情节及后果的轻重，决定适用行政制裁或刑事制裁，分别给予以下处理：由教育行政部门责令退回招收的人员。由教育行政部门或主管部门对直接负责的主管人员和其他直接责任人员，依法给予行政处分。对构成犯罪的，由人民法院依法追究刑事责任。

②在国家教育考试中作弊的。在国家考试中作弊，一是指考生在考试活动中的违反考场纪律的行为，如夹带入场、抄袭他人答案、交换答卷等行为，二是与国家教育考试活动相关联的国家机关及其工作人员、学校及其他教育机构在考试活动中的欺骗、蒙混行为，还有指使、纵容、授意放松考试纪律，致使考试纪律混乱的行为，以及伙同他人作弊的行为，实施上述违法行为的单位或者个人依据《中华人民共和国教育法》第七十九条进行处理。

以上六大类违反《中华人民共和国教育法》的行为，主要应负行政法律责任和刑事法律责任，应负民事法律责任的，同时也要追究民事法律责任。此外，《中华人民共和国教育法》分别对学校及其他教育机构、受教育者、教育者享有的权利作了规定，凡侵犯其合法权益而造成损失、损害的，同时违反了《中华人民共和国教育法》和《中华人民共和国民法通则》的，均应由人民法院依法追究民事责任。

（三）《中华人民共和国教师法》解读

《中华人民共和国教师法》自1986年开始起草，经过八年酝酿、修改，于1993年10月31日经第八届全国人民代表大会常务委员会第四次会议通过，1994年1月1日起施行，是我国第一部关于教师的法律。

1. 立法宗旨

《中华人民共和国教师法》以教师为立法对象，把国家尊师重教的方针上升为法律。总则第一条对其立法宗旨作了明确规定："为了保障教师的合法权益，建设具有良好思想品德修养和业务素质的教师队伍，促进社会主义教育事业的发展，制定本法。"具体包括以下几个方面：

（1）保障教师的合法权益

长期以来，尽管我们一直强调要尊重知识、尊重人才，但由于种种原因，这种尊重教师、尊重知识的社会风气始终没有形成，在一些地方仍存在着歧视和不尊重教师的现象，教师的地位和待遇偏低，影响了教师工作的积极性和教师队伍的稳定。因此，国家通过制定教师法，通过法律明确确认教师的基本权利，规定教师应享有的社会地位和物质待遇，规定政府、学校，各行各业及公民的职责，规定侵害教师合法权利的法律责任，对运用法律手段有效地保护教师的合法权益具有重要的现实针对性。

(2)提高教师队伍素质

教师队伍素质决定着教育的质量高低。从总体上看,我国教师队伍的素质还不能完全适应教育事业发展的要求。因此,通过制定《中华人民共和国教师法》,以法律的形式确定实行教师资格制度,对教师的任用、培养、培训、考核等作出规定,使提高教师队伍素质的工作有章可循,有法可依,严格按照法律规定的措施、标准,优化教师队伍,以尽快在我国建设一支具有良好思想品德修养和业务素质的教师队伍,适应教育事业发展的需要。

(3)促进我国社会主义教育事业的发展

振兴民族的希望在教育,振兴教育的希望在教师。把教育放在优先发展的战略地位是我国实现社会主义现代化建设的根本大计。能否培养出适应社会主义现代化建设事业的接班人,关系到社会主义现代化建设事业的成败。新中国成立以来,我国的教育事业取得了长足的发展,但改革的步伐还落后于经济和社会发展的要求,在教育内容、方法、教育管理体制等各方面都存在着问题。发展我国教育事业还有大量的工作要做。教育能否振兴和健康的发展,关键在于建设一支具有良好思想品德和业务素质的教师队伍。

2. 法律地位

《中华人民共和国教师法》是我国教育史上第一部关于教师的单行法律,它的制定和颁布体现了党和国家对人民教师的重视。有利于从根本上提高教师的社会地位,保障教师的合法权益,使教师成为社会上受人尊重的职业;有利于加强教师队伍的建设,造就一批具有高素质的教师队伍,促进社会主义教育事业的发展。

3. 适用范围

"本法适用于在各级各类学校和其他教育机构中专门从事教育教学工作的教师。"这里所指的"各级各类学校"是指实施学前教育、普通初中教育、普通高中教育、职业教育、普通高等教育以及特殊教育、成人教育的学校。这里所指的"其他教育机构"是特指与中小学的教育、教学工作紧密联系的少年宫、地方中小学教研室、电化教育馆等教育机构。这里所指的"教师"是指在学校中传递人类文化科学知识和技能、进行思想品德教育,把受教育者培养成社会主义社会需要的专业人员。

4.《中华人民共和国教师法》关于教师的权利与义务

依据《中华人民共和国教师法》,我国教师具有以下基本权利:教育教学自主权,科学研究自由权,管理学生权,获取报酬待遇权,民主管理权,进修培训权。

《教师法》规定教师应履行以下义务：遵守宪法、法律和职业道德的义务；完成教育教学工作的义务；进行思想品德教育的义务；关心爱护学生，促进学生的全面发展的义务；保护学生合法权益，促进学生健康成长的义务；不断提高思想政治觉悟和教育教学水平。

5.《中华人民共和国教师法》对拖欠教师工资或者侵犯教师其他合法权益进行处理的规定

拖欠教师工资，是指未按时足额地支付教师的工资性报酬，包括基础工资、岗位职务工资、奖金、津贴和其他各种补贴等。

对违反本法规定，拖欠教师工资的无论是政府及其有关部门，还是学校及其他教育机构，无论是公办学校还是民办学校，均由地方人民政府责令其限期改正。当地政府拖欠的，由上一级人民政府责令其限期改正。

侵犯教师的其他合法权益，主要是指侵犯本法第七条规定的教师享有的除按时获取工资报酬以外的各项权利；未履行本法第九条规定的保障教师完成教育教学任务而应当履行的各项职责，妨害教师完成教育教学任务的；违反教师聘任合同、侵害教师依据聘任合同享有的权利的；违反本法第二十三条规定，对教师进行考核不公正的；违反本法有关规定，未向教师提供本法规定的相应福利待遇等。

依照本法规定，由地方各级人民政府及其有关部门按行政管理权限，责令侵权人限期改正。至于违反其他法律、法规的规定，侵犯教师合法权益的，则应依照其他的有关法律、法规，追究其法律责任，维护教师的合法权益。

6. 教师的申诉权利

《中华人民共和国教师法》第三十九条第一款明确规定："教师对学校或者其他教育机构侵犯其合法权益的，或者对学校或者其他教育机构作出的处理不服的，可以向教育行政部门提出申诉，教育行政部门应当在接到申诉的三十日内，作出处理。教师认为当地人民政府有关行政部门侵犯其根据本法规定享有的权利的，可以向同级人民政府或者上一级人民政府有关部门提出申诉，同级人民政府或者上一级人民政府有关部门应当作出处理。"

三、教师的权利与义务

《中华人民共和国教育法》第三十三规定："教师享有法律规定的权利，履行法律规定的义务,忠诚于人民的教育事业。”第三十四条第一款规定:“国家保护教师的合法权益,改善教师的工作条件和生活条件,提高教师的社会地位。”在《中华人民共和国教育法》的“子法”《中华人民共和国教师法》中,对教师的权利和义务作了更明确的规定。《中华人民共和国教师法》所规定的权利和义务,是在教育教学活动中产生并由教育法律规范所设定的法律意义上的权利和义务,是一种职业特定的权利和义务。

(一)教师的法律特征

《中华人民共和国教师法》赋予“教师”特定的法律含义。该法第三条规定:“教师是履行教育教学职责的专业人员,承担教书育人,培养社会主义事业建设者和接班人、提高民族素质的使命。教师应当忠诚于人民的教育事业。”这就是教师的法律概念。这一概念包含以下几层含义:

①教师是专业人员。教师是承担教育教学任务的专业人员。这是就教师的身份特征而言的。如同医生、律师一样,教师是一种从事专门职业活动的专业技术人员。必须具备专门的资格,符合特定的要求,主要有:教师要达到符合规定的学历;教师要具备相应的专业知识;教师要符合与其职业相称的其他有关规定,如语言表达能力、身体状况等。

②教师的职责是教育教学。这是就教师的职业特征而言的。只有直接承担教育教学工作职责的人,才具备教师的最基本条件。否则,就不能认为是教师。比如,学校中不直接从事教育教学工作,未履行教育教学职责的行政管理人员、后勤服务人员,校办产业公司人员,教学辅助人员等,就不能认为是教师,而分属教育职员或其他专业技术职务系列。需要指出的是,在学校及其他教育机构中承担其他职责的同时,也承担教育教学职责,并达到教师职责的基本要求的人员,也可认为是教师。

③教师的使命是教书育人,培养社会主义事业建设者和接班人,提高民族素质。这是就教师工作目的而言的。教师所有的教育教学工作必须服务于这个目的,并认真履行自己的职责。

(二)教师的基本权利

教师在法律上的权利分为两部分,一是教师作为一般公民所享有的权利,二是教师作为教育者的权利。作为普通公民,教师享有《宪法》所规定的公民的基本权利,如公民的政治权利、宗教信仰和自由、社会经济权利、文化教育权利等。作为专业人员,教师在从事教育教学活动中有其特殊的权利,这是一种职业特定的法律权利。

教师基本权利是指教师在履行教师职务(即教育教学)过程中依法享有的权益,是国家对教师能够做出或者不做出一定行为,以及要求他人相应做出或者不做出一定行为的许可与保障。这些权利表现为教师作为权利主体,有权为一定行为或者不为一定行为,以及要求他人为一定行为或不为一定行为的可能性。

它一般有如下三部分构成:教师实施某种行为的权利,也可称积极行为的权利;教师要求义务人履行法律义务的权利,如《中华人民共和国教师法》规定教师享有"按时获取工资报酬"的权利;当教师的权利受到侵害时,有权诉诸法律,要求确认和保护的权利。

《中华人民共和国教师法》规定,我国教师的基本权利包括如下六个方面:

1. 教育教学权

"进行教育教学活动,开展教学改革和实验。"其基本涵义包括:①教师可依据其所在学校的教学计划、教学工作量等具体要求,结合自身的教学特点自主地组织课堂教学;②按照教学大纲的要求确定其教学内容和进度,并不断完善教学内容;③针对不同的教育教学对象,在教育教学的形式、方法、具体内容等方面进行改革、实验和完善。任何组织或个人都不得非法剥夺在聘教师从事教育教学活动,开展教育教学改革和实验权利的行使。

2. 科学研究权

"从事科学研究、学术交流、参加专业的学术团体,在学术活动中发表意见。"其基本涵义包括:①教师在完成规定的教育教学任务的前提下,有权进行科学研究、技术开发、技术咨询等创造性劳动。②有权将教育教学中的成功经验,或专业领域的研究成果等,撰写成学术论文,著书立说。③参加有关的学术交流活动,以及参加依法成立的学术团体并在其兼任工作的权利。④有在学术研究中发表自己的观点,有学术争鸣的自由。但应注意在教育教学活动中,须按教学大纲或教学基本要求进行讲授,不应任意发表与讲授内容无关且有损受教育者身心发展的个人看法。

3. 管理学生权

"指导学生的学习和发展,评定学生的品行和学生成绩。"这是教师所享有的在教育教学过程中居于主导地位的基本权利。其基本涵义包括:①教师有权依据学生的身心发展状况和特点,因材施教,有针对性指导学生,并就学生的特长、就业、升学等方面的发展给予指导。②教师有权对学生的思想政治、品德、学习、劳动等方面给予客观、公正的恰如其分的评价。③教师有权运用正确指导思想、科学的方式方法,使学生的个性和能力得到充分发展。

4. 获取报酬待遇权

"按时获取工资报酬,享受国家规定的福利待遇以及寒暑假期的带薪休假。"这是宪法规定的公民享有劳动的权利和劳动者休息的权利的具体化。其基本涵义包括:①教师有权要求所在学校及其主管部门根据国家教育法律、教师聘用合同的规定,按时、足额地支付工资报酬,包括基础工资、职务工资、课时报酬、奖金、教龄津贴、班主任津贴及其他各种津贴在内的工资收入。②教师有权享受国家规定的福利待遇,包括医疗、住房、退休等方面的各种待遇和优惠以及寒暑假期的带薪休假。

5. 民主管理权

"对学校教育教学、管理工作和教育行政部门的工作提出意见和建议,通过教职工代表大会或者其他形式,参与学校管理的民主权利。"其基本涵义包括:①教师享有对学校及其他教育行政部门工作的批评和建议权,这是宪法规定的"公民对任何国家机关和国家工作人员,有提出批评和建议的权利"的具体表现。②教师有权通过教职工代表大会、工会等组织形式以及其他适当方式,参与学校的民主管理,讨论学校发展、改革等方面的重大事项,以保障教师的民主权利和切身利益,推进学校的民主建设,提高学校管理的效益和水平。

6. 进修培训权

"参加进修或者其他方式的培训。"其基本涵义包括:①教师有权参加进修和接受其他多种形式的培训,不断更新知识、调整知识结构,以提高自己的思想品德和业务素质。教师有权参加达到法定学历标准和达到高一级学历的进修或以拓宽知识为主的继续教育培训等。②教育行政部门和学校及其他教育机构应当做出规划,采取各种形式,开辟多种渠道,为教师参加进修和培训创造条件,提供机会,切实保障教师进修培训权的行使。因为,教师接受继续教育是教育教学的需要,也是时代对教学内容改革和教师素质提高提出的要求。

（三）教师的权利保障

教师权益保护不但是教师群体的权益维护问题，更是关系到整个国家、民族未来发展和前途命运的重大课题。

1. 教师权利保护制度设计

为加强教师权利的法律保障，国家日益完善权利保护制度设计，注重相关法律体系建设，运用法律方式和法律手段，遵循法律途径，确保教师权利维护的制度化、规范化、长效化。培育和发扬自治精神，强化教师在学校这样一个多元共同体中的主体地位，保障教师依据法律、学校章程、校规的规定，广泛参与学校的人事、科研、社会服务、对外交流等事项，充分发挥自治活力，推动学校在自治方面走在全社会的前面。完善救济制度，加强行政申诉、行政复议、司法救济制度建设，切实做到权利救济无漏洞。

2. 教师申诉制度——教师自我保护机制

教师要懂得自身权利的救济途径，包括申诉的形式、受理机关、处理程序等制度。只有通晓这些，教师才能更好地运用法律武器保护自身合法的权益。教师在任用期内享有教育自由权以及作为公民应享有的其他权利。对于校方侵害教师权利的行为，教师可以通过法律程序向法院申诉。

教师申诉制度是一项法定的申诉制度，不同于一般的申诉制度，教师申诉制度的法定性，使教师申诉程序有了法律的确定性和严肃性。各级人民政府及有关部门必须依法在规定期限内做出处理决定，保障教师合法权益的落实，学校和其他教育机构，有关部门对上级行政机关做出的处理决定必须认真执行。违反申诉制度的规定，即构成违法行为，应承担相应的法律责任。

《中华人民共和国教师法》对教师可以对学校或其他教育机构提出申诉的范围规定得比较宽，这对维护教师的合法权益是十分有利的。教师认为当地人民政府有关行政部门侵犯其根据《中华人民共和国教育法》《中华人民共和国教师法》规定享有的权利的，可以向同级人民政府或者上一级人民政府有关部门提出申诉，同级人民政府或者上一级人民政府有关部门应当做出处理。

拖欠教师工资，违反《中华人民共和国教育法》《中华人民共和国教师法》，是侵害了教师合法权益的行为。它不仅侵害了教师获取劳动报酬的基本权利，危及教师及其家庭生计，还严重影响了教师队伍的稳定和教育教学工作的正常进行，不利于教育事业的健康发展。

3. 侮辱、殴打、报复教师的法律责任认定及处理办法

《中华人民共和国教师法》第三十五条规定："侮辱、殴打教师的，根据不同情况，分别给予行政处分或者行政处罚；造成损害的，责令赔偿损失；情节严重，构成犯罪的，依法追究刑事责任。"

教师的职业特点决定其要与社会上各种各样的人打交道，有时不可避免地要与一些不良现象发生正面冲突，有可能受到人身权利的损害。《中华人民共和国教师法》将侮辱、殴打教师的行为分几种情况予以制裁，情节较轻微的，给予行政处分或行政处罚；造成损害的由公安机关或法院责令违法者赔偿损失；情节严重的，根据刑法的有关规定，追究刑事责任。从而确保教师的人身权利。

4. 地方人民政府及有关部门的法律责任认定及处理办法

《中华人民共和国教师法》第三十八条规定："地方人民政府对违反本法规定，拖欠教师工资或者侵犯教师其他合法权益的，应当责令其限期改正。违反国家财政制度、财务制度，挪用国家财政用于教育的经费，严重妨碍教育教学工作，拖欠教师工资，损害教师合法权益的，由上级机关责令限期归还被挪用的经费，并对直接责任人员给予行政处分；情节严重，构成犯罪的，依法追究刑事责任。"

（四）教师的法定义务

教师的权利和义务是统一的、不可分割的。教师在享有一定权利的同时，必须履行一定的义务。一般而言，当教师享有的权利越多时，对其素质的要求也就越高。相应的，他们必须承担的责任也会越重，履行的义务也会越多。教师的义务是指教师依照《中华人民共和国教育法》《中华人民共和国教师法》及其他有关法律、法规，从事教育教学工作而必须履行的责任，表现为教师在教育教学活动中必须做出一定行为或不得做出一定行为的约束。它由法律规定，并以国家强制力保障其履行。通常它有两种不同形式：①积极义务和消极义务，积极义务即必须做出一定行为的义务，如《中华人民共和国教师法》规定教师在教育教学活动中，贯彻国家的教育方针，遵守规章制度，执行学校的教育教学计划，履行教师聘约，完成教育教学工作任务的义务。消极义务即不做出一定行为的义务，如不得体罚

学生的义务。②绝对义务与相对义务。绝对义务是指对一般人承担的义务，例如教师不得侵害法律所保护的任何公民的基本权利。相对义务指对特定人承担的义务。如教师与学校签订的聘任合同中只对学校承担的义务。《中华人民共和国教师法》规定教师应履行如下义务：

1. 遵守宪法、法律和职业道德的义务

其包括如下几层涵义：①教师作为中华人民共和国的公民，必须遵守宪法、法律。教师不仅应是模范遵守宪法和法律的表率，而且要在教育教学工作中，自觉培养学生的法制观念，民主意识，使每个学生都成为遵纪守法的好公民。②教师作为人类灵魂的工程师，应当遵守职业道德。由于教师担负着培养下一代的任务，他们在传授科学文化知识的同时，对学生的思想品德、道德、法律等方面意识的形成有着重要的影响。因此，教师的职业道德，不仅是教师自身行为的规范，也是法律赋予教师应尽的基本义务。

2. 完成教育教学工作的义务

教育教学工作是教师的本职工作。它包括以下几方面涵义：①教师在教育教学活动中，应全面贯彻国家教育方针，对学生进行全面指导。特别是在基础教育阶段，要使受教育者在德、智、体、美等诸多方面得到发展，而不能一味重视智育，追求分数，偏重书本知识。②教师应遵守教育行政部门和学校及其他教育机构制定的具体教学工作安排。③教师应履行聘任合同中约定的教育教学职责，完成职责范围内的教育教学任务。如教师不按聘任合同完成教育教学任务而造成工作损失的，依据《中华人民共和国教师法》第三十七条规定应承担相应的法律责任。

3. 进行思想品德教育的义务

其包括如下几层涵义：①教师应自觉地结合自己教育教学的业务特点，将思想政治、品德教育贯穿在教育教学工作全过程。②在对学生进行思想政治、品德教育的内容上，要遵循宪法确定的四项基本原则，要引导学生逐步树立科学的人生观、世界观，使学生把坚持学习科学文化与加强思想修养相统一，坚持实现自身价值与服务社会相统一，把学生培养成具有社会公德、文明行为习惯的遵纪守法的好公民。③教师应当有意识地对学生进行爱国主义、民族团结教育、法制教育，弘扬中华民族精神。

4. 关心爱护学生，促进学生全面发展的义务

这条是我国《宪法》等有关法律在教育领域的具体体现。我国宪法第三十八

条规定:“中华人民共和国公民的人格尊严不受侵犯。禁止用任何方法对公民进行侮辱、诽谤和诬告陷害。”我国《中华人民共和国民法通则》第一百零一条规定,“公民、法人享有名誉权,公民的人格尊严受法律保护,禁止用侮辱、诽谤等方式损害公民、法人的名誉。”《中华人民共和国未成年人保护法》第二十一条规定:“学校、幼儿园、托儿所的教职员工应当尊重未成年人的人格尊严,不得对未成年人实施体罚、变相体罚或者其他侮辱人格尊严的行为。”国家各类大法之所以对人格尊严都作出规定,是因为人格尊严是权利人最基本的精神权利,权利人的各项人格权利在不同程度上体现了人格尊严的要求,表现了我国法律对人格尊严的尊重。学生作为权利人,虽然在教育教学活动中居于受教育者地位,但同样享有人格尊严。尤其是对有缺点错误的学生,教师更应给予特别关怀,使他们能健康地成长,决不能采取简单粗暴的办法,不能侮辱、歧视他们,不能泄露学生隐私,更不能体罚和变相体罚学生。因侮辱学生影响恶劣或体罚学生经教育不改的,泄露学生隐私,造成严重后果的,应承担相应的法律责任。

5. 保护学生合法权益,促进学生健康成长的义务

这一义务有两方面涵义:①教师制止的范围是特定的。主要指教师在学校工作和与教育教学工作相关的活动中,对侵犯其所负责教育管理的学生合法权益的违法行为给予制止。②教师批评和抵制的范围是一般意义上的。保护学生的合法权益和身心健康,是全社会的责任,教师自然有义不容辞的义务。因此,教师对社会上出现的有害于身心健康成长的不良现象,有义务进行批评和抵制。

6. 不断提高思想政治觉悟和教育教学水平

教育教学工作是一项较强的专业性工作,担负着提高民族素质的使命,要求教师不断学习,加强自身的思想道德修养,使其保持较高的思想政治觉悟和教育教学专业水平。作为一名教师,要想胜任工作,跟上时代的发展步伐,就需要不断学习,加强自身的思想道德修养,提高业务水平。

(五)教师违法事件分析

在依法治国、建设法治国家的大背景下,教师依法执教的问题越来越受到人们的重视。但由于一些教师对相关法律知识的认识较为模糊,在教育教学中遇到一些实际法律问题时往往不知所措,甚至会产生一些违法行为,使学生身心痛苦,

学校的声誉也受到影响。为此,作为未来的教师有必要了解日常教育教学中容易出现的一些违法行为,并加以预防。

1. 教师常见违法行为

(1)体罚学生

体罚行为既包括教师殴打学生、命令学生互相殴打等直接体罚,还包括罚学生长跑等变相的体罚行为。《中华人民共和国教育法》《中华人民共和国教师法》《中华人民共和国未成年人保护法》等多部法律都规定教师不能体罚学生,教师体罚行为给学生的伤害若达到一定程度,教师甚至有可能因此构成故意伤害罪而承担刑事责任。

(2)侮辱学生

这是一种侵犯学生名誉权的行为。具体表现为讽刺、侮辱、漫骂学生,致使学生的心理受到创伤。

对于教师体罚学生的规定,国家教育部办公厅早在1984年就发布过《关于坚持正面教育,严禁体罚和变相体罚学生的通知》,重申对学生要坚持正面教育,是所有教育工作者必须遵循的一条重要的教育原则。教师对学生要动之以情,晓之以理,导之以行,持之以恒。既要管教管导,严格要求,又要循循善诱,诲人不倦。特别要遵循儿童身心发展的规律。

在教育教学中,教师要面向全体学生,对全体学生负责,不能偏爱一部分人,歧视另一部分人。特别是对于有缺点、错误的学生,要深入了解情况,具体分析原因,并要善于发现、培养和调动这些学生身上的积极因素,肯定他们的微小进步,尊重他们的自尊心,鼓励他们的上进心,即使是对于极个别屡教不改、错误性质严重、需要给予纪律处分的学生,也要进行耐心细致的说服教育工作,以理服人,不能采用简单粗暴和压服的办法,更不得体罚和变相体罚学生。

应该指出,体罚和变相体罚学生极易造成师生的对立情绪,使学生产生自卑、怯懦心理,严重的甚至会造成学生肢体损伤,对学生身心的健康发展造成十分恶劣的影响,并且容易引起家长与教师的纠纷。造成严重后果的还要承担相应的法律责任。

(3)侵犯学生财产权

侵犯学生财产权的行为主要表现为以下一些现象:①非法没收。一般学校都禁止学生将与学习无关的物品带到学校。若有学生携带这些物品入校,学校和教师一般都会对其进行没收。值得注意的是,这里的“没收”并不是法律意义上的没收,而是暂时扣留。除了一些管制刀具、淫秽物品等可以没收上交外,其他物品应在合理的时间内返还给学生或学生家长。否则就有侵犯学生财产权的嫌疑。②非法罚款。一些教师对于违纪的学生进行罚款。应当说,教师甚至学校都是没有罚款权的,因为在法律上,只有法律授权的机关和单位才有罚款权。③乱收费。如学校和教师利用一些借口向学生非法收取费用,或强令学生购买物品、订阅报刊等。

(4)限制学生人身自由

应当说,教师出于教育教学的考虑,是可以在合理的时间、采取合理的方式让学生留在学校的。但要注意以下三点:首先是留校的原因要合理,比如给缺课的学生补课,给问题学生做思想工作,等等。其次时间要合理,一般情况下留校时间不能过晚,不能耽误学生吃饭、休息。最后程序要合理,学生在正常放学后被留在学校时应当通知其监护人。如果有的教师简单地将学生扣留在教室、办公室,不让学生回家,甚至不让学生吃饭,就属于限制学生人身自由的违法行为了,如果情节较重的话,可能触犯刑律。

2. 教师违反《中华人民共和国教师法》所应承担的法律责任及处理办法

《中华人民共和国教师法》第三十七条规定:“教师有下列情形之一的,由所在学校、其他教育机构或者教育行政部门给予行政处分或者解聘:(一)故意不完成教育教学任务给教育教学工作造成损失的;(二)体罚学生,经教育不改的;(三)品行不良、侮辱学生,影响恶劣的。教师有前款第(二)项、第(三)项所列情形之一,情节严重,构成犯罪的,依法追究刑事责任。”《中华人民共和国未成年人保护法》第二十一条规定:“学校、幼儿园、托儿所的教职员工应当尊重未成年人的人格尊严,不得对未成年人实施体罚、变相体罚或者其他侮辱人格尊严的行为。”《中华人民共和国民法通则》第九十八条规定:“公民享有生命健康权。”

四、学生的权利与义务

自上世纪九十年代以来,社会各界对学生的权利保障关注较多,但权利的实现离不开义务的履行,只有全面认识学生的权利和义务问题,才能为保障其权利和义务的实现提出有力依据。

（一）学生的法律特征

1. 学生的法律身份

学生的法律身份是多重的，按照一般法理，学生的法律身份主要包括自然人、公民、未成年人及受教育者四种①。

学生作为自然人，依法享有自然人的民事权利和承担民事义务。学生的公民身份主要体现的是学生与国家的关系，学生的公民权利也主要表现为一种针对国家的权利。未成年人是指未满18周岁的公民。中小学生大多未满18周岁，因此具有未成年人的法律身份，享有未成年人的特殊权利。

从《宪法》《中华人民共和国教育法》等法律角度看，学生的法律概念可以这样表述：学生是在依法成立的学校以及其他教育机构中取得学籍，并在其中接受教育的公民。在教育领域，学生具有双重身份：其一，他们是国家社会成员，是国家公民；其二，他们是正在学校及其他教育机构中接受教育的公民，即受教育者。

2. 学生的法律地位

法律地位指法律主体享受权利与承担义务的资格。学生作为受教育的公民，在参加教育活动，与教师、学校和教育行政机关形成的法律关系中，享有公民的一切权利，如人格权、健康权、名誉权、受教育权等。在教育过程中，学生作为受教育者享有教育的平等权、公正评价权、物质帮助权等。

学生的法律地位是指学生以其权利能力和行为能力在具体法律关系中取得的一种主体资格。作为学校这一特定环境中的一员，学生具有不同于一般国家公民的地位，其地位由《中华人民共和国教育法》《中华人民共和国义务教育法》及其他有关教育的法律、法规所确认。另外，对于小学生而言，还具有不同于已满18周岁的学生的法律地位，他们的这一地位已由《中华人民共和国未成年人保护法》《中华人民共和国预防未成年人犯罪法》等法律、法规或相关的条款所确认。

具体说来，未成年学生与成年学生的法律地位有所不同。对于未成年学生而言，他们是无民事能力人和限制民事能力人，有些民事行为需要其监护人代理或辅助。十岁以下为无行为年龄，不负任何法律责任；十岁到十八为限制行为年龄，

①申素平.教育法学——原理、规范与应用[M].北京：教育科学出版社，2009：240.

仅对自己有认识能力的法律行为负责;十八岁以上为完全行为年龄,负全责。根据《刑法》第十七条规定,不满十四周岁的人犯罪不负刑事责任,已满十四周岁不满十六周岁的人,犯故意杀人、故意伤害致人重伤或者死亡、强奸、抢劫、贩卖毒品、放火、爆炸、投毒等重大罪行的应负刑事责任,已满十六周岁的人犯罪,应当负刑事责任。因不满十六周岁不予刑事处罚的,责令他的家长或者监护人加以管教;在必要的时候,也可以由政府收容教养。已满十四周岁不满十八周岁的人犯罪,应从轻或减轻处罚。对于已成年的学生而言,他们是完全民事行为能力人,能独立承担民事责任,如果刑事违法,则应承担完全的刑事责任。

(二)学生的权利

学生权利包括两方面的含义:一是学生作为公民享有的法律赋予公民的权利;二是学生因特定的学生身份而享有的相关法律赋予的权利。

切实保护受教育者的合法权益是教育法的立法宗旨之一。《中华人民共和国教育法》第四十三条对受教育者的具体权利作了明确的规定,主要体现在以下几个方面:

1. 参加教育教学活动权

即学生享有“参加教育教学计划安排的各种活动,使用教学设施、设备、图书资料”的权利,这是受教育者一项最基本权利。它包括:学生参加教育教学活动权和使用教育教学设施权两个方面。在教学过程中,学生有权参加教育教学计划安排的各种课堂教学、讲座、课堂讨论、观摩、实验、见习、实习、测验和考试等活动。学生也有平等使用教育教学设施、设备和图书资料的权利。

这是保障学生参加学习、接受教育、享有实质性的受教育权的前提和基础,也是学生受教育权的具体体现。它规定学生有权“参加教育教学计划安排的各种活动”,其前提是要求教育机构的教育教学计划对本机构的学生公开,使学生了解教育计划。学生有权按照教育教学计划的安排参加相应的活动,如本年级本班教师的授课活动,围绕课堂教学所安排的课外活动,包括参观访问、社会实践、勤工俭学等。一般来说,学校及其他教育机构的教育教学计划都是具体、确定的,具有规范性和可操作性,学生对照教育教学计划,即可知道自己有权参加的活动项目和内容。为了保障受教育者完成学习任务,学校及其他教育机构必须按规定提供符合卫生安全标准的教育教学设施、设备、图书资料及其他教学用品。

2. 获得经济资助权

即“按照国家有关规定获得奖学金、贷学金、助学金”的权利,这项权利可简称为“获取物质保障的权利”。这是受教育者获得国家各种经济资助的权利,它体现国家对为学生提供完成学业的物质保障的重视,也是学生的一项实质性权利。

3. 获得公正评价与相应证书的权利

即学生享有“在学业成绩和品行上获得公正评价,完成规定的学业后获得相应的学业证书、学位证书”的权利。学生有权要求获得学业成绩评价和品行评价,而且有权要求评价实事求是,体现公平、公正。

学业成绩的评价是教育机构对学生在受教育的某一阶段(时期)的学习情况和知识结构、能力水平的概括性鉴定,包括课程考试成绩记录,平时学习情况和总评等。

品行评价是教育机构对学生的思想品德和行为表现作出鉴定,包括学生的政治觉悟、道德品质、劳动态度等。

4. 申诉起诉权

即学生享有“对学校给予的处分不服,向有关部门提出申诉,对学校、教师侵犯其人身权、财产权等合法权益,提出申诉或者依法提起诉讼”的权利。它是公民申诉权和诉讼权在学生身上的具体体现。依据“无救济就无管理”的现代法治思想,各级学校及教育行政部门要建立健全学生申诉制度,确保学生享有申诉权和起诉权。当学生的合法权益受到学校、教师的侵犯时,或者对学校给予的处分不服,学生有权提出申诉,任何人不得无理阻挠,有关部门应积极受理,并按规定及时予以答复。

5. 法律、法规规定的其他权利

这项权利可简称为“法定的其他权利”。《中华人民共和国教育法》规定学生除享有上述权利外,还享有法律、法规所规定的其他权利,包括教育法以外的其他法律、法规规定的各项权利。例如,《中华人民共和国未成年人保护法》规定的隐私权。又如,《中华人民共和国婚姻法》规定的婚姻权。再如体育、卫生行政部门赋予学生的身心健康的权利等。

(三)学生的义务

作为法律关系的主体,学生依法享有权利,同时承担相应的法律义务。

学生的义务是指学生依照教育法及其他有关法律、法规，在参加教育活动中必须履行的义务。依学生就读学校的类别与其年龄，学生的具体义务各有差别。《中华人民共和国教育法》第四十四条规定了受教育者应履行的义务，具体如下：

1. 遵守法律、法规

此处的“法律、法规”是指宪法、法律、行政法规和依据法律、法规制定的规章。遵守法律和法规是每一个公民必须履行的基本义务。作为学生，他首先是社会成员，因而同所有公民一样，必须履行遵守国家法律、法规的义务。同时，作为受教育者，还必须履行遵守教育法律、法规的义务。

2. 遵守学生行为规范，尊敬师长，养成良好的思想品德和行为习惯

这里的学生行为规范特指国家教育行政管理机关制定、颁发的关于学生行为准守的统一规定，它包括《小学生日常行为规范》《中学生日常行为规范》以及《小学生守则》《中学生守则》《高等学校学生守则》等。这些规章制度集中体现了国家对学生在政治、思想、品德等方面的基本要求。尊敬师长是遵守学生行为规范的具体要求，是良好的思想品德和行为修养的具体体现。在教育教学活动中，教师是文化知识的传播者，承担着教书育人、培养社会主义事业建设者和接班人、提高民族素质的使命，理应受到学生和全社会的尊重。尊敬师长是我国的传统美德，也是社会文明进步的重要标志。使学生养成良好的思想品德和行为习惯，这既是学校的职责，同时又是受教育者的义务。对不同层次和不同类型学校的学生有不同的要求，履行这方面的义务标准是不同的。但一般而言，公民的基本道德准则必须养成。

3. 努力学习，完成规定的学习任务

学习科学文化知识，完成规定的学业，是学生的首要任务，也是学生区别于其他公民的一项特定义务。学生“以学为主”，意味着承担接受教育、完成学业的义务，对于义务教育阶段的学生来说，这种义务是强迫的，具有强制性；对于非义务教育阶段的学生来说，这是自愿入学在享用受教育权利的同时应承担的义务。具体内容主要是指受教育者应该明确学习目的，刻苦认真学习，遵守课堂纪律，上课专心听讲，敢于发表自己的见解，认真复习，按时独立完成各科作业，遵守考试纪律，完成各个阶段的必修课程。

4. 遵守所在学校或者其他教育机构的管理制度

学校及其他教育机构的管理制度，是国家教育管理制度的重要组成部分，是确保学校及其他教育机构教育教学活动正常有序进行的基本措施，也是国家为实现教育权利而赋权给学校及其他教育机构制定的必要的纪律。从广义上说，它是国家法律法规的具体化，遵守学校或其他教育机构的管理制度与遵守国家的法律法规，在实质上是一致的，学生有义务遵守学校的一切规章制度。

（四）学生合法权益受侵害事件分析

随着社会的发展，各种矛盾也不断出现，学生的合法权益也屡受侵害，不仅在社会、在学校，甚至在家庭中也会受到侵害。

信息窗 2－6

初中生被父母强行辍学

姚某，男，15 岁，某乡中学初中二年级学生。因姚某学习成绩不好，姚父母认为姚某考不上高中，更上不了大学，遂让其辍学，帮助家里干活。乡中学经过多次派人劝说、动员，姚父母就是不让姚某上学。学校及姚某应怎么办？

姚某可向乡政府申诉，或者向当地人民法院提起诉讼。

本案中，姚某是初二学生，理应接受义务教育。姚某的父母却以考不上高中为由强行让其辍学回家，帮助家里干活，已严重违反了国家法律、法规的规定，侵犯了姚某接受义务教育的权利。学校及姚某可以通过所在中学向乡政府反映情况，乡政府应对姚某父母进行批评教育。如果姚某父母经批评教育仍然拒绝让姚某就学，乡政府对其可处以罚款或采取其他措施。司法实践中，学校及姚某还可以向当地人民法院提起诉讼要求其父母让自己重新入学。

《中华人民共和国未成年人保护法》第十条规定："父母或者其他监护人应当创造良好、和睦的家庭环境，依法履行对未成年人的监护职责和抚养义务。禁止对未成年人实施家庭暴力，禁止虐待、遗弃未成年人，禁止溺婴和其他残害婴儿的行为，不得歧视女性未成年人或者有残疾的未成年人。"可是不少家长认为孩子是自己的，爱怎么管就怎么管，要怎么打就怎么打，而未成年的孩子又缺乏自我保护意识，因此在家庭中发生了一些儿童受侵害的情况。对于青少年受到的不同程度的伤害要用辩证的方法去看待。这种伤害既包括显性的表面的伤害，即对青少年身体的伤害,同时还包括对青少年心理、精神层面的伤害,最严重的是生命的剥夺。这种隐性的伤害主要来自学校老师、家庭中父母的伤害,不易被社会觉察和理解。

现实生活中,学生相对于学校和教师而言,处在弱势地位。他们正处于社会化的重要阶段,其核心任务是获得最主要的社会资格与能力。在这一过程中,无论是身心的发展、社会道德规范与意识的养成,还是知识与技能的获得,都需要家庭、学校和社会的支持,需要给予特殊的关心照顾、社会保护和福利服务。鉴于学生的生理和心理发展水平,以及他们在学校教育中所处的地位,无论在何种状况下,需要得到家庭、学校与社会的关爱和支持,需要特殊的保护。

问题思考与讨论

1. 小明和小华是某小学二年级的学生。一天,小明和小华在课间休息时玩跷跷板,小明推了小华一下,致使小华从跷跷板上掉到水泥地面上摔伤,共花去医药费 1000 元。请问:在这起事故中,谁应当承担赔偿责任? 为什么?

2. 小学生武某上课时,起立回答问题,后排的同学陈某用脚将武某的椅子移开,结果武某重重地坐到了地上。武某当时身体没有任何异样,老师也只批评了陈某几句,就继续上课。可是三天后,武某感到腿脚发麻,后来发展为没办法正常坐着上课。父母将她送往医院,经检查为尾椎受挫伤,导致下半身麻痹,需要长期治疗。对这起事故,谁应该担负责任?

3. 小学生张某因为没有按时完成作业,被任课老师罚站一节课,老师这样做可以吗?

4. 两名中学生星期天在居民区空地上踢足球,争球时,不慎将球踢到邻居阳台上,不仅造成阳台玻璃破碎,而且使阳台上一名儿童被玻璃划伤。问:邻居财产损失及人身被伤害的民事责任应由谁承担?

5. 某中学高一年级 2 名学生因盗窃一辆摩托车而被刑事拘留,学校因此立即做出取消这 2 名学生学籍的处分决定,学校的处分决定正确吗?

6. 小明(13 岁)在父母离婚后,跟随母亲一起生活,其父对小明仍有教育义务吗? 为什么?

7. 初二学生郭某偷了同学的饭菜票被发现,在以后的学校、班级活动中,郭某虽有心参加，都被班主任拒之门外，郭某数学成绩是班级最好的，省数学竞赛，郭某报名参加，且取得全校选拔赛第一名，但学校以郭某有过偷窃的不良行为，不让郭某代表学校参加竞赛。请问学校的做法合法吗？为什么？

8. 小芳的家住在农村，在村里的小学上五年级。一天，爸爸突然对她说："明天你不要去上学了，到小卖部给你妈帮忙吧，你妈一个人忙不过来。"小芳听了后，伤心地哭了。她想念书，她舍不得学校的老师和同学们。但是，她又不能不听爸爸的话，只好不去学校读书了。老师了解到小芳的情况后，找到了小芳的爸爸，劝他让小芳继续上学。小芳爸爸说："女孩子比不得男孩子，读书多了也没什么用，还不如让她在家里干点活呢。再说了小芳是我的女儿，让不让她上学得由我说了算。"请问：小芳爸爸的说法对吗？小芳的爸爸都违反了哪些规定？

9. 王力是一个15岁的初中生，她总觉得自己不是读书的料，就想到一家餐馆去打工赚钱。请问可以吗？为什么？

10. 涛涛爱淘气，经常在课堂上说话、做小动作，有时还不完成作业。一天，他又在课上说话、做鬼脸，被班主任老师发现了。老师非常生气，对涛涛说："你的课不要上了，回家把家长找来，什么时候你爸爸来了，你再来上课。"涛涛不敢回家，只好在教室外面站着。这时，正好校长路过，问清了原因后，把涛涛送回教室。事后，校长把涛涛的班主任老师找去，进行了批评。你认为校长批评得对吗？班主任和涛涛同学应该怎样做呢？

11. 某班主任经常拆开学生的信件，目的是检查学生是否有不良行为，及掌握学生思想现状，班主任的做法合法吗？

12. 一名13岁的小学生未经父母同意，将一只价值500元的手表送给同学作生日礼物，其家长可以要求受赠的学生返还手表吗？

阅读指南

[1] 申素平. 教育法学——原理、规范与应用[M]. 北京：教育科学出版社，2009.

[2] 许崇德. 宪法[M]. 北京：中国人民大学出版社，1999.

[3] 潘世钦，刘小干，颜三忠. 教育法学[M]. 2版. 武汉：武汉大学出版社，2010.

[4]郑良信.教育法学通论[M].南宁:广西教育出版社,2000.
[5]周光礼.教育与法律:中国教育关系的变革[M].北京:社会科学文献出版社,2005.
[6]高家伟.教育行政法[M].北京:北京大学出版社,2007.

网络导航

1. 中国教育和科研计算机网:http://www.edu.cn/
2. 中国教育新闻网:http://www.jyb.cn/
3. 中国教育网:http://www.chinaedunet.com/
4. 中国法律信息网:http://service.law-star.com/
5. 中华人民共和国最高人民法院:http://www.court.gov.cn/

第三章　教师职业道德

学习目标

理解教师职业道德的意蕴；掌握作为中学教师所应遵循的职业道德规范与要求；学会自觉、积极地践行教师职业道德规范。

一、道德篇——教师职业道德的意蕴

（一）教师职业与教师职业道德

1. 职业与教师职业

职业一词，由“职”和“业”二字构成。“职”是职责、责任的意思，“业”即业务、事业，是指有某种独特性的工作。连起来讲，所谓职业是指人们在社会生活中所从事的某种具有特定职责和专门业务，并以此作为主要生活来源的社会活动。职业的概念，至少有四方面的意义：①职业活动是一个历史范畴；②职业是人们长期从事的社会活动；③从业人员担负特定的社会责任；④从业人员以职业收入为主要生活来源。

信息窗 3－1

职业与专业的差异

职 业	专 业
工作实践以经验和技巧为基础	工作实践以专门知识和技术为基础
工作过程以重复操作为特征	工作过程需要心智和判断力
工作需要服从指挥	工作需要自主权
一般从业人员通过学徒培训即可	专业工作者需要接受高等教育，学习高深学问和专门知识
工作中日益熟练和灵巧	工作需要不断更新知识、掌握新工具方法
从业资格容易获得	从业资格不易获得
谋生手段	服务社会

［**资料来源**］李明善. 教师专业发展论纲［M］. 长春：吉林大学出版社，2011：1.

教师是一个很古老的职业。原始社会是学校和教师职业形成的萌芽阶段。在原始社会前期，教育与生产、生活一体化，无学校、无教师职业；后期，学校出现，教师雏形出现。据摩尔根的《古代社会》中记载，在印第安人的原始部落中，各氏族选出了新的酋长，在举行就职的会议上，有专人向就职者讲述以往的事情，历数前任一些酋长如何为集体立功办事。此种仪式世代相传，教育后辈。像这样在任职大会上教育新酋长的人，也就是西方国家最初的教师。在我国，教师的产生可以追溯到殷商以前。《礼记·明堂位》中是这样说的："米廪，有虞氏之庠也。""庠"，是舜帝时代的学校名称，"庠"的意思是"养"，即把有经验的老人供养在那里，让他们从事教育后代的工作。这里被养着的老人，就是我国最早的教师雏形。值得注意的是，在社会的脑力劳动和体力劳动尚未发生高度分化的情况下，教师并不具有其独立的身份，他所承担的教育者的任务是与他所从事的直接生产劳动、政治活动、宗教活动等紧密结合在一起的。如在奴隶社会的很长一段时期内就存在着"政教合一""以吏为师"的情况；在西欧各国，教育者多数是以僧侣充任，或由其他劳动者兼任，因此，从严格意义上讲，这些教育者还不是我们今天意义上专门以从事教育活动为职业的教师，可以看做是教师职业的萌发。教师这种劳动从社会其他劳动中独立出来，是随着社会经济的发展和社会分工的不断细化而逐步完成的。

教师职业被认定为专门职业是20世纪中叶以后的事。专门职业的标准应包括五个方面的特征：一是向社会提供重要的公共服务；二是专业涉及以理论和实践为基础的专门知识；三是专业有明确的伦理规范；四是有严格的专业准入要求与专业领域的组织规范；五是从业人员拥有对自身职业的控制权，其成员的聘用或解聘等专业性权利不受专业外因素控制①。1966年，联合国教科文组织在《关于教师地位的建议》中提出，应该把教师工作视为专门职业，认为它是一种要求教师经过严格训练而持续不断的学习研究才能获得并维持专业知识及专门技能的公共业务。这一建议得到了各国响应，从而推动了教师专业化的发展。美国在20世纪80年代中后期，掀起了"教师专业化"的改革浪潮。我国1995年颁布了《教师资格条例》，2000年颁布的《〈教师资格条例〉实施办法》，通过资格认定来体现教师专门职业的要求。

2. 教师职业劳动的特殊性

（1）教师劳动目的的特殊性

从教师劳动的目的看，教师劳动的目的不是生产物质产品，而是塑造人的劳动，即从事劳动力再生产、科学知识再生产和社会成员再生产的一种特殊劳动。教师是社会各行各业建设人才的培养者，承担着对社会和学生负责的双重责任。教师的劳动，既传播着人类的文明，又塑造着人类的灵魂。

（2）教师职业劳动对象的特殊性

教师劳动的对象与其他社会劳动不同，既不是自然物质材料，也不是一般的动物或植物，而是具有强烈的主观能动性的，有思想、有感情、有个性、有意志的，正在成长中的活生生的人；在教师的劳动对象中大多数还都是正在成长中的青少年，他们的年龄特征不同，个性特征存在着明显的差异，不同性别、不同年龄学生的心理差异更大；这些正在成长中的青少年，其身心状况正处在发育成熟的过程中，其求知欲非常旺盛，情感表现也非常鲜明，而且随着年龄的增长，他们的独立意识会迅速发展，思维的批判倾向会越来越强，他们都不是哪一个教师可以任意造型的泥团，而是有着自己的独立的思想，独立的要求，独立的能力的积极的、能

①黄崴. 教师教育体制：国际比较研究[M]. 广州：广东高等教育出版社，2003：238.

动的主体。

（3）教师劳动手段和工具的特殊性

教师劳动最主要的工具和手段是教师自身所具有的综合素质，包括教师个体的政治思想素质、道德品质素质、个性心理素质、科学文化知识和技能，以及传播知识的本领和技巧等。教师还要用自己的思想、感情、品行去影响学生，用自己的心灵塑造学生的心灵，这更是任何其他的工具所不能取代的。所以说，在教育劳动中，“劳动的执行者和工具是融合在一起的”。也就是说，在工农业生产中，劳动者和劳动的工具和手段——机器或手工工具是可以分离的，而在教师的劳动中，劳动者——教师与主要劳动工具和手段——教师自身的综合素质是融为一体，不可分割的，教师自身的综合素质直接履行着教育劳动工具的职能。教师劳动的质量高低与效果好坏，直接取决于教师劳动工具的完善程度，即取决于教师思想的好坏，品德的高低，知识的多少，能力的强弱，情感和意志状况等。

（4）教师劳动过程的特殊性

教师劳动的过程就是塑造德才兼备的新人的过程。这种塑造不是从外部去“雕琢”对象，而是从学生的智能、心理上去塑造完美的个性、高尚的品德。这一特征决定了教师劳动过程的特殊性。它与一般的体力劳动不同，体力劳动的产品是物质的，其劳动的过程是以体力的运用和消耗为主，它也不同于其他形式的脑力劳动，如科学家、科技工作者，其劳动过程是止于“精神产品”的完成，而转化为物质产品一般不属于其劳动过程的直接范围，但教师的劳动过程既是体力劳动，又是脑力劳动，是运用智力创造性地实现知识的传递和转换的过程。不仅如此，从教师的劳动时间看，教师的劳动过程具有无限量的时空要求。

（5）教师劳动效果的特殊性

教师劳动的效果是指教师劳动所创造的产品的价值效应。它是以非物质的形态存在于学生身上，学生拥有的知识的丰富程度，能力的大小、品德的高低构成了“学生产品”的质量指数，决定了教师劳动产品的价值效应。

3. 道德、职业道德、教师职业道德

（1）道德

“道”与“德”原本分开使用。“道”，最初就是指道路，后引申为事物运动变化的规律、法则等。人之“道”即是人所应当遵循的具有必然性的规律与法则，也意味着做人的道理。

“道不拾遗”“道听而途说,德之弃也”,这里“道”指的是道路;“道者,万物之所然也,万理之所稽也”,这里“道”是法则、规律,指万物产生变化的总规律。

德,既指人们内心的情感和信念,还指人们坚持行为准则所形成的品质或境界。“德”字最初见于《周书》,指内心的情感和信念。许慎在《说文解字》中解释为“得”,即“外得于人,内得于己”,就是说在协调人际关系时,一方面“以善德施之他人,使众人各得其益”——“外得于人”;另一方面,“以善念存诸心中,使身心互得其益”——“内得于己”,就是于人于己都有所得。中国传统文化的精髓“内圣外王”就体现了“德”“得”相通的精神,一种理想人格即“内圣”,内修圣人之德;“外王”指外施王者之政。要“外王”必须“内圣”,即要想有“得”必须有“德”,“德”是“得”的条件;“内圣”是为了“外王”,即有“德”是为了有“得”,“得”是“德”的目标。

伦理学意义上的道德,指人的行为合于理,利于人。道通天地,德藏于己,“道者,人之所共由;德者,人之所自得也”。道指做人之道,即人之所以为人所应有的根本原则,德指修道有得,即人遵循为人之道所引致的收获、体验。

德的特点(与政治、法律相比):①非制度化,是处于同一社会或同一生活环境中的人们在长期的共同生活过程中逐渐形成的要求、秩序、准则和信念。②非强迫性,主要借助于传统习惯、教育宣传、教育舆论和内心信念来实现。③自律、内化的规范;道德要求、戒律和规则等只有在人们真心实意地接受,并转化为人的情感、意志、良心和信念时候,才能得到实施。④以必要的个人利益的节制和牺牲为前提 ,如果以贪图报偿为前提去实施道德规范就谈不上什么道德价值。

(2)职业道德

人们在从事某种职业活动过程中,思想和行为所应遵循的道德准则和道德规范,调整职业内部、职业之间、职业与社会关系的行为准则。

职业道德是在相应的职业环境和职业实践中形成和发展的。由于人们所从事的是某种特定的职业,就有着共同的劳动方式,经受过共同的职业训练,往往会产生共同的职业理想、兴趣、爱好、习惯和心理传统,形成特殊的职业责任和职业纪律,从而产生特殊的行为规范和道德要求。职业道德从道义上要求人们以一定的思想感情、态度作风和行为习惯去待人接物,处事为人,完成本职工作。这些要求是人们发自内心的要求,具有自觉的性质,突出地表现了人们的品行、人格和精神境界。

职业道德的特征:①内在稳定性,即主体因素稳定,可以超越不同的社会因素继承,世代相传,成为人们比较稳定的职业心理和习惯。②形成和行为尺度多样性(外在表现形式),即每种职业的道德要求,既有一般原则性的要求,也有具体的规章制度、工作守则、行为公约、岗位职责、须知、条例、格言、条幅等;不同行业不同标准,同一行业不同标准。③适用对象限定性,即对于不从事本职业的人员或者本职业人员在职业以外的行为起不到约束作用。

(3)教师职业道德

教师职业道德又称师德、教师道德,指教师在从事教育劳动过程中,所应遵循的调整教师与学生、教师与教师之间关系的比较稳定的行为规范和所应具备的道德品质。教师职业道德是职业道德的一种特殊表现形式,是教育事业的根本利益和教育劳动客观规律对教师职业行为特殊要求的科学概括和反应。

教师职业道德从道义上规定了教师应该以什么样的思想情感、态度作风、行为准则去调节在教育过程中与其他参加者之间的关系,处理教育劳动问题,以做好教育工作,为社会贡献力量。

教师道德首先是一种职业道德。职业道德一般具有的特征是:在调整对象和范围上有明显的专业性或特定性。职业道德是同人们的职业生活实践相联系的,往往只对从事某种特定行业的人起调节作用。比如专门意义上的“救死扶伤”的道德就只适用于医生;“诲人不倦”的规范也主要适用于教育工作者。

教育劳动关系的特点决定着教师职业道德有存在的必要。教育劳动关系的特点之一是,教师在自己的劳动中一定会面临多种复杂的社会关系。处于丰富的社会关系教师的劳动必然使教师处于一定的利益取舍之中。在教师的劳动中教师必然面临的利益取舍关系有:教师个体的劳动投入和他的劳动效益之间的关系,教师集团的利益关系,教育对象的利益和社会利益关系。

(二)教师职业道德的特点

1. 师德要求具有高水准

朱熹是宋代大儒,也是一代名师。他酷爱教育,一生大部分时间从事私人讲学,“一日不讲学,则惕然以为忧”,即使“病体支离”,一旦学生求教就忘了疾病。在他制订的《白鹿洞书院学规》中,集中表述了一系列教师道德规范。如“博学”“审问”“慎思”“明辨”“笃行”等。“笃行”又包括“修身”“处世”“接物”三方面。

其中,“修身”要求“言忠信,行笃敬,惩忿窒欲,迁善改过”;“处事”要求“正其谊不谋其利,明其道不计其功”;“接物”要求“己所不欲,勿施于人,行有不得,反求诸己”。像这样系统、完善的师生规范典章,历史上还很少见。

教师的劳动的最大特点是培养人、塑造人,是做人的工作。这种培养和塑造不仅要求教师要将丰富的学识传人,更重要的是要用自己的世界观、人生观和道德品质影响人,不仅要通过语言传授知识,而且更要以自己的行为去“传授”品格,真正做到言传身教,为人师表,以自己的良好德行和习惯去影响和教育新的一代,把他们培养成为这个社会所需要的人。正是基于这个特点,从古到今,人们都对教师的职业道德提出了较高的要求。

2. 师德行为具有示范性

教师职业道德价值的根本性是教育性。教师职业道德体现教书和育人的一致性。教书育人是教师职业道德的根本所在。首先,教师道德直接构成和影响教育内容。其次,师德的教育性与示范性联系在一起,教师的人格特征影响教育内容。尽管气质、情绪等人格特征主要是心理范畴,但是职业道德对于这些人格特征的修养和调整仍然是有非常大的导引作用的。

3. 师德影响具有深广性

教师职业道德功能的多维性主要体现在这一行业所特有的职业思想、职业态度、职业责任、职业技能、职业规范、职业良心、职业信念、职业作风、职业荣誉、职业情操等。

在道德影响上,教师职业较之其他职业影响更广、更深、更远。更广,是指教师道德不仅广泛作用于学生,而且通过学生影响到学生的家庭和整个社会。清末思想家盛宣怀提出:“唯师道立而善人多。”他认为教师道德状况关系到整个社会风气,教师道德搞好了,有利于正本清源,有利于纯化社会风气。更深,是指教师是“人类灵魂的工程师”,教师道德深刻作用于学生的心灵,塑造学生的品质。更远,是指教师职业道德不仅影响一个人的学生时代,而且影响他的一生。

(三)教师职业道德的实践功能

教师职业道德的实践功能集中体现在教育功能、调节功能、促进功能等方面。

1. 教育功能

从伦理学上看,教师特有的道德品质和行为的总和构成了教师的人格。教师的人格在学校生活中具有重要的教育功能。首先,教师的人格、品性、操守对学生人格的形成起着奠基作用;其次,教师良好的职业道德对学生思想品德的形成和学业的发展起着催化和激励作用;再次,教师文明的言谈举止对学生行为习惯的形成起着修正作用;最后,教师良好的心理素质对学生心理品质的形成起着完善作用。

2. 调节功能

教师职业道德是教师一般道德品质的反映,反过来它又作为一种调节手段,促进教师一般道德品质的完善和提高。一方面,通过外部社会舆论的监督和评价,促使教师坚持符合职业道德要求的行为,终止和纠正违背道德要求的行为;另一方面,当教师职业道德由教师外在要求转化为教师个体的内在需求时,就会通过教师的良心和义务感经常地、主动地发挥作用,使教师自觉选择教育规律要求的正确的态度和方法,调节教师个体的职业行为。

新时期,教师职业道德的调节作用表现为:适应全球化、本土化的社会发展趋势,促使教师从道德的层面关注学生的文化背景差异的问题;帮助教师确立建设学习型社会的使命感,使其成为终身学习的先行者和楷模;顺应教师专业化发展的新趋势,强化教师的自我发展意识和责任感。

3. 促进功能

在实践领域,教师职业道德的功能还表现在其直接或间接地影响社会风气,对社会主义精神文明建设起着促进作用:其一,通过培养学生,对社会产生广泛而深远的影响;其二,通过教师自身来影响社会,促进社会道德风尚的改变。

二、规范篇——《教师职业道德规范》解读

(一)教师职业道德范畴

范畴,是反映事物本质属性和普遍联系的基本概念,是人类理性思维的逻辑形式。广义的师德范畴包括教师道德原则、规范中所有的基本概念,也包括反映教师个体道德品质的基本概念(如“谦虚”“朴实”“仁爱”“乐观”),还包括教师道德评价、道德修养和道德教育等方面的基本概念(如“善”“恶”“自制”“慎

独”)等。

狭义的师德范畴则专指可以纳入教师道德规范体系并需要专门研究的基本概念。这一道德范畴既是反映教育劳动中教师与学生、教师与同事和教师集体、教师与教育事业、教师与社会之间最本质、最主要、最普遍道德关系的基本概念，又是体现社会对教师职业的根本要求，要求教师引以为行为指南的最基本的道德准则。

教师职业道德范畴是指概括和反映教师道德的主要特征，表明和体现教师职业道德原则和规范对教师的根本要求，影响和指导教师行为，调整教育实践中以师生关系为核心的教师人际关系的最基本概念。教师职业道德范畴受教师职业道德原则和规范的制约，又是教师职业道德原则和规范的必要补充。

教师公正、教师良心和教师幸福这三个范畴反映和概括教师职业道德本质关系最基本的概念，是教师在教育活动中道德行为动机的内在根据，体现了一定社会对教师职业道德的根本要求以及教师对教师道德要求问题上的自觉认识和情绪态度。学习和掌握教师职业道德主要范畴，有利于教师将职业道德信念转化为职业道德实践。

1. 教师公正

(1)什么是公正

公正是处理人际关系时的公平与正义的伦理原则。公正与正义是两个有区别的概念。公正具有某种客观性，而正义则具有较多的主观感情色彩；公正是一种客观道德法则，正义则是个体德性的标志之一；公正更多地具有社会或政治伦理的意味，正义则更具有个体道德修养的意义。

公正的特性有对等性、可互换性和最终价值判定的依赖性。

对等就是指主体对人对事要一视同仁，适用同一个规则或标准。以一个标准对别人，而以另外一个标准对待自己，就叫偏私，当然就是不公正了。由于公正具有的对等性，所以人们往往容易将公正错误地理解为平均主义。

可互换性是对等性的要求和保证。要真正做到对人对己用一个标准，就必须能够让自己处在对方的位置时，仍然接受自己原先承认的法则。所谓“己所不欲，勿施于人”是也。否则，就只是自以为公正的伪“公正”。

但是，双方都认可的对等、可以互换或客观性的标准并不能保证这一标准本身是正确或公正的。比如，合谋抢劫对合谋者而言都是对等而且是可以互换的，但不能说明抢劫他人是公正的。所以公正必须具有正向价值属性或价值合理性。

公正的标准本身不能自己说明自己存在的合理性，公正标准本身必须有公正之外的价值依据。这一根据有二，一是看它是否有利于社会的发展，二是看它是否有利于个体的幸福。当然，这两个根据本身又是统一的。由于幸福本身的价值性、利他性，又由于社会发展的终极目的仍然是个体的幸福，所以最终的依据应当是看这一标准是否真正有利于主体幸福的实现。

公正的这一属性既使我们认识公正与偏私的对立，也使我们能够理解为什么平均主义不是公正的正确理解。也正是因为这一最终价值判定的依赖性，公正才是一个社会和历史的范畴。

（2）公正的内涵

公正原则说到底是一种处理利益关系的原则。那么，公正原则应当包括哪些具体内容呢？我们认为，公正原则如作进一步分解，可以理解为两条基本原则：一是报偿原则（权利原则），二是承诺原则（义务原则）。

报偿原则，即权利原则，意思是主体的贡献等于或者不小于（≥）应得的权益，类似于"按劳分配"原则——多劳多得，少劳少得，不劳动者不得。对每一个有劳动能力的人来说，这样一个社会主义的分配原则是公正的。

承诺原则，也可以称为义务原则，它的内涵是权益应当小于或等于（≤）主体所承诺的义务。任何人都有自己的权利和义务。

只有当承诺并且践行的义务大于或等于自己收获的权益时，社会发展才能正常，人际关系才能理顺，否则就只能承认和导致不公正。

（3）教师公正

教师的公正是指教师在自己的教育活动中对待不同利益关系所表现出来的公平和正义。它表现在教师与自身、教师与同侪、教师与学生等人际关系之中。其中公平合理地评价和对待每个学生，是教师公正的最基本、最核心的内容。教师公正是教育公正的核心内容，教师公正或教育公正是一条至关重要的职业道德范畴。

教师公正有利于形成良好的教育教学环境，保证教育任务的顺利完成；有利于教师威信的形成；有利于调动每个学生的学习积极性（显性影响）；给学生的道德心灵以良好影响（隐性影响）。

由于公正本身就是道德教育的重要内涵,所以教师公正本身直接构成德育的内容。教师要让学生选择公正的生活准则,他自己就必须首先做到为人处事的公正无私。同时在学生的心目中,教师往往是公正、无私、善良、正义的代表,对教师有非常美好的期待。这一美好的期待决定着当教师在与他们的交往中做到公正办事时,他们就会感觉到公正的美好和必要,从而奠定他们在未来社会生活中努力追求道德公正的心理基础。反之,当他们原本有着美好期待的老师不能公正无私时,不仅会伤害他们对于老师的美好的情感,而且会让他们怀疑显性道德教育课程所教授的公正本身的合理性,从而妨碍他们的道德成长。教师公正的内容主要表现为以下几方面:

①对待学生的公正。教育活动中存在的教师不公正或爱有差等(或有人称为"教师歧视")的现象是较多的,从关涉对象的角度看主要集中在两个大的关系体上。一是在对待优秀学生和后进学生方面,一是在对待城市学生和农村学生或家庭背景好的学生和家庭背景差的学生方面。目前,前一种教师不公正在学校的教育生活中有很多方面的表现,其中在微小和被人忽略的环节或方面的教师不公正表现为:课堂提问上的歧视,座位安排上的歧视,作业批改上的歧视,班级活动安排上的歧视。

教师对学生的公正体现在爱无差等,一视同仁;实事求是,赏罚分明;长善救失,因材施教;面向全体,点面结合。

平等地对待自己的学生实际上也就是教育学所常说的要树立正确的师生观的问题。从伦理学的角度看,教师要公正地对待学生,首先是要真正尊重和信赖学生。教师应当认识到,学生也是一个有独立人格的个体。教与学的关系既是一种制度性的授受关系,也是一种人格上完全平等的人际关系。

在我国的传统中,教师往往习惯于把自己置于"绝对权威"的地位,往往认为自己当然在人格上高于学生,漠视学生独立存在的主体性。这样当教师教导学生应当公正处世时,学生极有可能报一种不以为然的态度。因为在他与教师的交往中,体会不到应有的尊重或人际公正。所以,古代社会产生的"师道尊严"的观念是有违师德的,尤其是有违现代教育伦理的基本要求。当然,人格上的平等并不意味着角色上的对等。教师与学生之间的关系还应有对学生的教养与要求的一面。为了这一点,教师威信、威望的存在又是非常必要的。否认这一点就是否认教师职业的特质。所以教育公正的重要内涵之一是教师要努力做到对学生的尊重与要求的统一。

所谓爱无差等,一视同仁,指的主要是教师不能以自己的私利和好恶作标准处理师生关系,应当给所有学生提供平等的学习机会。教师的公平与公正要求教师在育人的态度和行为上主持正义,对学生一视同仁,不论学生的性别、相貌、能力、天赋、经济条件、家庭背景等主客观条件,都要用统一的标准对待学生。

所谓实事求是,赏罚分明,就是要做到尊重和要求的统一。一方面要根据学生的实际因材施教,但是另一方面在制度上又不能允许有特殊学生的存在。赏罚本身往往是次要的,学生在意的主要是赏罚所体现出的教师对他们的评价。现代教育的一大难题是如何认识惩罚的教育性。许多人反对惩罚,尤其是"体罚",理由是损害学生的身心健康。惩罚在何种情况下是损害学生的身心健康的,什么是体罚和一般惩罚的界限一直是人们争论的话题。实际上除了较为严重的损害有悖于教育活动的性质和范围之外,一定情况下对学生的惩罚与奖励一样,是有利于他们的成长的。问题的关键在于处罚的程度和性质以及惩罚本身是否合理,而公正是合理的要素之一。

长善救失,因材施教是教师公正或教育公正的另一方面。教师对学生的爱护、帮助、评价和奖惩上应当一视同仁。但是一视同仁不能理解为一种刻板机械的公正形式。在落实一视同仁、爱无差等原则时要考虑到学生在个性、知识水平和智力程度等方面的差异,因材施"爱"、因材施"罚",否则那种公正实际上却是不公正的。因为公正的原则要求"平等的应当平等地对待","不平等的应当不平等地对待"。

所谓面向全体,点面结合,是指教师在个别教学和集体教育中如何做到教育公正。这也是一个教育机会均等的问题。为了让某些后进同学进步,适当地补课和其他个别的关照是必要的;给一些特别聪慧的优等生创造提高的条件,如适度的"开小灶"的做法也是公正的。这是因为只有因人制宜才不至于耽误每一个学生的发展,是一种爱无差等的实质上的公正。但是超越限度,置大多数学生于不顾的某些所谓"抓重点"的做法,包括过分强调重点校、重点班、重点苗子的做法是有违教育公正的。因为在只抓重点的做法中,太多的学生受到忽视,失去了平等的受教育机会。所以特长校、特长班、特长学生是正确的,而重点校、重点班、重点苗子的做法虽然在一定条件下有其合理性,但长远地看却往往是要逐步予以矫正的。正确的做法是以全体学生的发展为目标的因材施教、点面结合。

②教师对自己的公正。

教师公正实际上就是要在以师生关系为基础的人际关系处理上实现某种公正。教师应当对得起自己,所以必须有一种对自己的公正。它包括对教师自尊、荣誉以及合理的经济利益等合法权益的要求和维护。

③对同事的公正。

作为一名同行,教授同样具有学术界普遍成员应承担的义务,尊重和保护同僚们的自由探究。在交换评论和意见时,他应对其他人的意见表示尊重。教授应承认自己在学术上的不足,努力客观地对待同行的评价,分担学校中教师应承担的责任。在处理同其他教师的关系上,主要是要公正地评价自己和他人的工作,并在此基础上做到相互配合,共同完成教育的使命。

(3)教师如何做到教育公正

教师的公正在主观上受自己情绪的好坏,客观上受问题的情境性等因素的影响。要真正践行教育公正或教师公正是很不容易的,他需要做到以下几方面:

①公正合理地评价学生。

如何对学生的知识、能力、品质和长进程度给予恰当评价,历来是一个极为复杂的问题。根据教育劳动的特点,教育公正不仅限于在"分数"面前"一律平等"的"外表公正",而且更注重以追求最大限度地全面提高学生素质和创新能力为根本目标的"实质公正"。恰当地处理好"外表公正"与"实质公正"的相互关系,是一个需要教师不断探索和实践的重要课题。尤其在当前"高分 = 重点学校 = 名牌大学 = 好工作 = 高收入"的背景一时难以改变的情况下,教师坚持做到在试卷、规则和分数面前人人平等,不抱成见,不徇私情,规范准确,也是体现教育公正要求的重要方面。

②正确对待惩罚的公正。

教育公正要求教师对学生的"赏罚"必须以教育为前提,必须在实施中做到"赏罚"有据、"赏罚"有度、"赏罚"公平。

所谓"赏罚"有据,是指"赏罚"必须有事实和规章的依据。"赏",一定要给予有立功表现的学生;"罚",一定要给予主观上有过错的学生。并且要依据(符合教育行政法规的)规定行事,不能"政出多门",更不能随心所欲。

所谓"赏罚"有度,一是指"赏"的面不宜太宽,搞平均主义;也不能太狭,而被少数"冒尖"的学生所"垄断";二是"赏"不宜太厚。有的教师动辄对"好"学生予以重奖，其后患无穷。一方面，学校的财力有限，一个阶段奖励过高，会给后阶段奖励形成压力，甚至无奖可赏；另一方面，也给得奖者造成赏一定要厚，不厚就没有积极性，滋长他们一味追求物质利益的不健康思想。再一方面，因为奖赏过高，引起其他学生的不满，反而使多数人的积极性受到抑制。三是“赏”一定要以精神奖励为主。因为靠物质刺激是很难培养学生成为具有觉悟的“四有”新人的。明末清初的思想家王夫之曾发过这样的议论：“子之能孝者，必其不以亲之田庐为恩者也；臣之能忠者，必其不以君之爵禄为恩者也；友之能信者，必其不以友之车裘为恩者也。”指望以物质利益来刺激积极性，连“孝子”“忠臣”“挚友”都培养不出，何谈培养大批社会主义事业的接班人。至于讲到“罚”，这里主要指对违纪学生的处罚，必须量罚得当，杜绝“以惩代教”。孔子曾说：“不教而诛，非也。”说明“教”是教育的最高原则。“罚”，一定要有足够的惩戒性质，否则是不可取的。

所谓赏罚公平，是指教师在赏罚学生的问题上，决不能为个人的爱憎亲疏所干扰，要做到“有功虽仇亦赏，有过虽亲必罚”；不管是赏是罚都要经过一定的民主程序，不能个人说了算，同时要让学生明了因故，这样才称得上赏罚公平。

③做到公正与仁慈的结合。

教师教育学生，必须是爱与严相结合。公正原则要求爱不是出于个人的狭隘感情或“自然好恶”，而是出于教师对祖国和民族未来的热爱、对教育事业的热爱，出于一种高尚的道德感、责任感；严，也不是随心所欲，而是严中有爱、严中有理、严中有方、严中有度。教育不是知识的发售、更不是单纯的灌输，教师应深入了解学生，潜心研究教育的自身规律，选择公正合理态度、方法教育学生。

2. 教师良心

(1) 良心

《孟子》中将恻隐、羞恶、恭敬、是非之心称之为良心，主张人应当注意找回被流放的良心。朱熹则将良心视为宰制人心的“道心”。王阳明将良心看做澄澄朗朗的“本心”。

英文中的“conscience”来源于拉丁文的“conscire”，意即“知道”。后来知行合一，就有了按良心办事的意思。

在弗洛伊德的心理学中，良心就是“超我”制约“自我”的人格命令的一部分。

从心理结构上说，良心有三种主要的构成成分，即认知、情感、意向。

①良心的认知成分。良心首先是一种对于道德责任和道德义务的认知。一

个“有良心”的人，实际上就是一个对自己应当做什么和不应当做什么有理性和明确的自我觉悟的人。

良心也只有凭借对道德责任和义务的内化的认知，才能对人的行为作出评价和调控。

②良心的情感成分。从某种意义上可以说，良心主要是一种情感体验。

我们知道，良心的自我评价和调控之所以有效，在作用方式上讲，它凭借的主要是情感武器。当主体选择一种合乎良心的行为时，主体获得一种欣慰、自豪、愉快、积极的心理愉悦感受。当主体遇到一种合乎人性和道德的事情时，会发自内心地予以赞许、敬佩和羡慕等。

③良心的意向成分。意向是良心的认知和情感的自然延伸。良心结构中的“意”，首先是“意向”的“意”，其次才是“意志”的“意”。这是因为许多情况下良心只表现意向而不表现为意志，或者只有意向而没有意志的参与。

良心所具有的意志成分具有较大的自由特性，与那些由纯粹外力产生的强制性的意志力有明显的感受上的差异。

(2)教师良心

①教师良心的概念。

教师的职业良心就是教育良心。它指的是教师在教育实践中社会向教师提出的道德义务的高度自觉意识和情感体认，自觉履行各种教育职责的使命感、责任感，对自己的教育行为进行道德调控和评价的能力，等等。

②教师良心的作用。

任何职业良心的意义都主要体现在对职业以及对从事这一职业的主体自身的价值两个方面。教师的职业良心也主要体现在这样两个维度。

教师的职业良心对教育行为的调控作用表现在教育过程的全部环节中。教育良心对特定教育行为或褒或贬，教师也就或者自豪、或者忏悔。教育良心因此就成为教师职业道德和职业技能水平提高的最好的导师或学校。

我们在谈及教育劳动的特点时早已提及，教师的具体劳动过程具有个人性和自由性。由于教师劳动的个人性和自由性，教师的劳动就表现出“良心活”的特点。良心作为一种道德自律机制，对教师的调控及教育工作的质量能够起十分关键的促进作用。此外良心也会使教师拥有较高的人格，对学生本身有教育意义。

教师的职业良心实际上意味着一种自我评价机制的存在。在实际生活中，教师常常会遇到社会、学校、同事甚至学生的不公正的对待，会面临许多的矛盾。教师的职业良心一方面抚慰自己，对自己的职业生活作出公正的评判；另一方面则要求教师即使是遇到较大的委屈时仍然能够按照职业良心的指示行事，做到所谓的“事业为重”。所以教师的职业良心是教师精神人格的保护神，是教师鞠躬尽瘁、积极耕耘的重要精神支柱之一。

③教师良心的内涵。

教师的职业良心可以表现在教育工作的每一个环节。其主要的内涵有这样四个方面：恪尽职守、自觉工作、爱护学生、团结执教。

“恪尽职守”实际上就是一种工作责任和纪律的要求。“自觉工作”的要求是由教师的劳动特点决定的。“爱护学生”是教师的天职。“团结执教”也是教师良心要求的重要组成部分。

教师良心的上述四个方面，分别反映了教师与社会，教师与自身，教师与学生以及教师与同事之间的道德关系。这四个方面的联系共同反映了教师对教育事业的责任、义务意识和情感等。

(3)教师职业良心的形成与修养

“教师良心的形成”有两个方面的内涵。一是整体意义上的教育良心是如何形成的（它是社会生活、教育工作中道德关系的反映等），一是教师个人是如何形成自己的职业良心的。这里我们主要着眼于后一个角度。从教师个体职业良心形成的角度看，教师的职业良心首先会受到社会生活和群体的影响。这一影响的最直接的因素可以归纳为以下几个方面：

①社会正义较多、道德水平较高的社会，会自然对每一位社会成员的职业道德提供涵养上的环境和舆论上的保证，从而有利于职业良心的形成。

②教师的同侪群体对个体教育良心的形成作用更为直接。实际上良心的形成很大程度上是一种习俗的传承。教师对教育道德关系和道德要求的认知大多是通过工作环境的潜移默化式的影响去获得的。“近朱者赤，近墨者黑”，如果教师的同侪的职业道德水平和教育道德的传统的质量较低，当然不利于教师的职业良心的形成与提高。

教育社会学研究表明，新教师在任教数月后，其教育态度与任教学校同事的相似性便已大于受教学校教师的相似性。任教学校的校长、同事形成的教师群体的职业文化与教师职业社会化之间有密切的联系。所以教师的同侪群体对个体教育良心的形成作用十分重要。

③教育对象也会以舆论的形式参与教师良心的修养。由于教育活动的特殊性,教师劳动的意义必须在教育对象身上才能获得。所以学生的尊敬、赞扬或蔑视、批评对教师的道德行为会起非常大的制约作用。这种制约的长久影响最终也会影响教师职业良心的形成。一个有修养的教师肯定会以"学生"为鉴。

④教师从知、情、意、行等方面进行主动自我修养。所谓"知"就是不断提高自己的教育责任和使命等意识;所谓"情",就是要不断加强自己的职业道德情感的涵养,爱其所当爱,恨其所应恨;所谓"意",是指道德意志力的培养。中国古代伦理思想中有许多修养的方式,诸如尚志、静虚、省思、知行合一等都值得教师在良心修养过程中加以借鉴。

3. 教师幸福

(1)什么是幸福

①幸福与人及人生的本质。

所谓幸福,就是指人们在创造物质财富和精神财富的实践中,由于感受和理解到目标、理想和信念的实现而得到的精神上的愉悦和满足。幸福是人生的主题。对幸福范畴的理解与对人和人生的本质的认识联系密切。幸福是人的目的性自由实现的一种主体生存状态,幸福感是对这一主体状态的主观感受。而人和人生的本质实际上就是一个目的性的命题。

②幸福与快乐。

幸福与快乐非常相似,都是人的主观愉悦状态。"快乐"一词虽然可以包括精神上的愉悦,也可以包括幸福在内,但是它主要的内涵仍然是感官上的愉快状态。

幸福与快乐的首要或根本区别在于有无目的性、意义性或价值性。

幸福是伦理生活的一大公理,生活却不以快乐为最终的目的。这是因为感官快乐只是生理欲求的满足,本身无所谓对错或善恶。快乐之所以不能作为生活的目标还因为存在着与快乐、快感作为生活目标的反命题:痛苦也是生活中必需的。

幸福与快乐的第二点区别在于主体感受上的无限和有限。

幸福感具有无限性,快乐具有"消费性"。快乐具有随欲望的满足而消失的特性,逐步递减最终消失,而后走向反面。所以快乐本身具有非常大的时空的有限性。有限性既是无目的性或无价值性的结果,也是它们产生的原因。就是说,正是因为它的极其有限,才不可能作为生活的目标。

幸福与快乐的第三点区别在于有无对于牺牲的超越性。

幸福具有超越性。幸福高于快感，同时幸福也超越了“牺牲”。非功利的幸福生活和道德人格由于人的自由本质的灌注必然具有肯定人的特征。快感无价值，许诺或追求快感都只能带来人格的畸形。这是因为假如以快乐作为生活的目标，主体所能获得的快乐永远都小于其主观的期待。

幸福与快乐相比，都具有动机色彩，但前者对人的推动更恒久，力度更强。快乐与生物性需要的满足相联系，而幸福与对真、善、美等价值追求的超越性需要的满足相联系。

(2)教师的幸福及其实现

①教师幸福的特点。

教师的幸福也称教育幸福。教师的幸福就是教师在自己的教育工作中自由实现自己的职业理想的一种教育主体生存状态，对自己生存状态的意义的体味构成教师的幸福感。因而，教师幸福体现其在具体的职业劳动中，由于工作目标、理想的实现而获得的精神上的满足、愉悦，是教师能够保证在给予学生快乐的同时也感受到快乐。教师的幸福有以下几个主要特点：

一是教师幸福的精神性。教师幸福的精神性首先表现为劳动及其报酬的精神性。师生之间在课业授受和道德人生上的精神交流、情感融通都是别的职业所难以得到的享受。教育主体只有充分认识这一精神性质才能发现包围自己的人生诗意。

孟子曰：“君子有三乐”，“父母俱存，兄弟无故，一乐也；仰不愧于天，俯不怍于人，二乐也；得天下英才而教育之，三乐也”(《孟子·尽心上》)。将“得天下英才而教育之”与“父母俱存，兄弟无故”的天伦之乐和“仰不愧于天，俯不怍于人”的德性生活之乐相并列，而称之“三乐”，表明孟子作为人师对自己职业重要性的充分肯定；同时，这一肯定中也明显含有对教育劳动的精神审美意蕴。

二是教师幸福的关系性。教育幸福的特点之一就是关系性或给予性与被给予性。学校教育中教师的使命是给予而非索取。这只要对比一下一般的“师徒”关系与“师生”关系在性质上的区别即可。给予性的另一个表征是教育劳动的成果必须建立在交流之上，必须通过对方才能肯定自身——即教师的幸福是被给予的。教师也只有进行了富于热情和智慧的给予才能从自己的教育对象身上看到自己的劳动成果，进而实现精神享用——体验幸福。当然被给予也包括那种直接来自于学生的积极反馈。

三是教师幸福的集体性。教育劳动的特点之一是它的集体幸福与个人幸福统一的集体性质。任何一个学生都是教师集体劳动的结果,也是学生集体劳动的结果。因此,教师的幸福及其体验既具有一般幸福所具有的个体性,更具有集体的性质。一般说来教师在教育工作中至少直接存在这样四种合作关系,即教师个体与学生个体之间、教师个体与教师集体之间、教师个体与学生集体、教师集体与学生集体之间的合作关系。因此,教师的幸福具有合作与共享性,也具有超越性。

四是教师幸福的无限性。教师的幸福具有效果上的无限性,表现在时间和空间两个维度。

时间上,教师的幸福是无限的。教师对学生在人格与课业上的影响具有终生性质,通过学生教师的劳动与生生不息的人类文明联系在一起。因此,教师所收获的幸福也是超越时间限制的。教师幸福无限性与教师劳动的精神性、给予性有密切的联系。

空间上,由于教师的劳动产品与社会网络联系起来,教师的劳动效果就远不会局限于某一个校园之内。一代一代的伟人、一代一代的普通劳动者都是由于教师的劳动而对世界的进步做出伟大的贡献的。教师因而可以通过自己的劳动对整个世界的影响而理解工作的意义,体会自己的成功。所以教师的幸福具有空间上的无限性。

②教师的幸福能力及培养。

教师的幸福能力及其培养实际上就是教师幸福的实现问题。教师幸福的实现需要两个方面前提条件:

一是狭义幸福能力的培养。所谓狭义的幸福能力,主要是指主体必须具有健康向上的人生观、价值观,具有品味人生意义的价值性条件。

幸福能力之所以需要培养最主要的原因在于幸福与主体的联系。

主体要具有的幸福能力至少有三个方面:主体必须有一个合乎人本质的人生目的;主体必须有一种走向最终目标的创造性活动;主体的合目的的创造性活动本身必须合乎人之为人的道德法则。

幸福能力需要培养或教育的第二点理由是大量幸福病态的存在。人们往往很容易地用享乐取代幸福,因为人对物质需求的满足及其快感更带有生物本能的特质,且幸福比快乐更需要人的努力。换言之,幸福追求比之即时快乐更难获取。

幸福能力首先是一种价值生活的能力。教师的幸福感受与追求的能力培养，要求教师充分认识自己的职业意义，并将自己的生命意义与之联系起来；教师必须有较高的德性水平和人生境界；教师要有自己对教育活动的主体实践能力。

二是广义幸福能力的培养。广义的幸福能力是指对幸福的感受力、创造力。幸福的创造与感受所需的一般性条件我们称之为广义的幸福能力。要做一个幸福或实现教育幸福的教师，教师应当具有下列三个方面的广义的幸福能力或技术性能力。

首先，教师应当具有良好的知识结构。这一知识结构主要包括本体性知识、背景性知识和条件性知识三类。本体性知识是指教师所教科目的学科专业知识。背景性知识实际上是教师应有的综合性的文化涵养。条件性知识是指教育学、心理学知识，包括对教学过程规律性的认识，对教育对象的了解，等等。

其次，教师必须具有高超的教育能力。这里的教育能力是教育劳动的实践能力，如教学能力，语言表达能力，教育观察能力，注意分配能力，思维的系统性、逻辑性和创造性，教育想象能力和教育机智，等等。

最后，教师还应当具有审美的素养。要收获教育幸福，教师既要有较高的精神境界、创造性的教育能力，还应当具有对教育活动过程以及教、学双方的审美能力。这一审美能力既是乐教、乐学的中介环节，也是激发进一步创造性的重要因素。教师应当自觉掌握教育的审美评价尺度，学会以审美的心态看教育、看学生、看自己。

（二）《教师职业道德规范》解读

1. 中小学教师职业道德规范（2008 年修订）的主要内容

信息窗 3－2

一、爱国守法。热爱祖国，热爱人民，拥护中国共产党领导，拥护社会主义。全面贯彻国家教育方针，自觉遵守教育法律法规，依法履行教师职责权利。不得有违背党和国家方针政策的言行。

二、爱岗敬业。忠诚于人民教育事业，志存高远，勤恳敬业，甘为人梯，乐于奉献。对工作高度负责，认真备课上课，认真批改作业，认真辅导学生。不得敷衍塞责。

三、关爱学生。关心爱护全体学生，尊重学生人格，平等公正对待学生。对学生严慈相济，做学生良师益友。保护学生安全，关心学生健康，维护学生权益。不讽刺、挖苦、歧视学生，不体罚或变相体罚学生。

四、教书育人。遵循教育规律，实施素质教育。循循善诱，诲人不倦，因材施教。培养学生良好品行，激发学生创新精神，促进学生全面发展。不以分数作为评价学生的唯一标准。

五、为人师表。坚守高尚情操，知荣明耻，严于律己，以身作则。衣着得体，语言规范，举止文明。关心集体，团结协作，尊重同事，尊重家长。作风正派，廉洁奉公。自觉抵制有偿家教，不利用职务之便谋取私利。

六、终身学习。崇尚科学精神，树立终身学习理念，拓宽知识视野，更新知识结构。潜心钻研业务，勇于探索创新，不断提高专业素养和教育教学水平。

2. 新《中小学教师职业道德规范》（以下简称《规范》）的亮点

《规范》在内容表述中具有鲜明的时代特征，集中体现新时期教育改革和发展的要求。

（1）突出强调培养学生品行和创新精神

实施素质教育就是要以提高人的思想道德素质、文化素质、身心素质为根本目的。实施素质教育最基本的价值取向就是培养学生既要成人，又要成才。

（2）突出强调“爱”和“责任”

“爱”和“责任”贯穿于《规范》的始终。时代赋予了“爱”和“责任”新的内涵。教师的“爱”要一视同仁，更要持之以恒。要有真情实感，更要严格要求，严慈相济。教师的责任，就是要点燃每个学生生命中理想和希望的火炬，让学生主动地、创造性地调动自身的一切能量和智慧，学会自我教育、自我学习、自我选择和自我发展。循循善诱，诲人不倦是教师“爱”和“责任”的最高体现，“爱”和“责任”是师德的灵魂。

(3)突出强调教师的魅力

教师要完成社会赋予的使命,适应角色的新变化,就必须从过去的"角色权威"转变为新的"认同权威",做有魅力的教师,以自己的魅力教育引导学生,发挥教育的主导作用,履行自己的神圣职责。

教师的魅力是一个综合性系统,由人格魅力、学识魅力、个性魅力、形象魅力等组成。一个有魅力的教师应该是品德高尚、学识渊博、个性鲜明、是非分明、气质形象俱佳的人。要从言行到举止,从心灵到外表,从课堂内外到学校内外,在各个方面率先垂范,做学生的榜样。加强学识修养,教师需要淡泊名利,静心读书,终身学习,不断拓宽知识视野,更新知识结构,不断提高专业素养和教书育人的能力。教师的魅力来自于修养和学习。魅力教师令学生景仰,令世人景仰。

3. 全面准确地把握《规范》的精神实质

《规范》共六条,体现了教师职业特点对师德的本质要求和时代特征,"爱"与"责任"是贯穿其中的核心和灵魂。

(1)"爱国守法"——教师职业的基本要求

爱国主义就是千百年来巩固下来的对自己祖国的一种最深厚的感情。邓小平同志曾说:"我荣幸地以中华民族一员的资格,而成为世界公民。我是中国人民的儿子,我深情地爱着我的祖国和人民。"这话看似质朴,却蕴含着一位伟人对自己国家和人民无比热爱的崇高情怀,这是一种自然流露,是爱国情操的最深切表达。

人们常把祖国比作母亲,把对祖国的热爱和忠诚、为祖国奉献一切的行为看做是"世界上最伟大的情操"。而作为这一情操的感染者、传播者的教师,我们更应该把爱国视为自己首要的追求目标。

"爱国"是调节公民与祖国之间关系的道德要求、政治原则和法律规范。作为道德规范,"爱国"要求每个公民都应当把热爱祖国作为自己神圣的道德义务和责任,爱祖国的大好河山,爱自己的骨肉同胞,爱祖国的灿烂文化,爱自己的国家,树立民族自尊心、自信心和自豪感,关心祖国的命运和利益,为国家的发展和富强贡献自己的一份力量。"守法"作为道德规范,就是要求公民不仅有知法、懂法、守法的法律意识,还要把法律意识转化为依法行使权力、自觉履行义务,使自己的言行合乎法律的要求和精神。热爱祖国是每个公民,也是每个教师的神圣职责和义务。建设社会主义法治国家,是我国现代化建设的重要目标。要实现这一目标,需要每个社会成员知法守法,用法律来规范自己的行为,不做法律禁止的事情。

做爱国守法的好老师具体表现:

①追根溯源,把爱国主义情怀传承下去。

②身为教师,改变祖国的教育现状就是最坚定的爱国。

③遵纪守法,从不体罚学生做起。

④严格自律,绝不做有损国家利益和形象的事。

(2)“爱岗敬业”——教师职业的本质要求

“爱岗”就是热爱本职工作,“敬业”就是忠于职守,尽心尽职。爱岗是敬业的基础,敬业是爱岗的具体表现。没有责任就办不好教育,没有感情就做不好教育工作。教师应始终牢记自己的神圣职责,志存高远,把个人的成长进步同社会主义伟大事业、同祖国的繁荣富强紧密联系在一起,并在深刻的社会变革和丰富的教育实践中履行自己的光荣职责。

使学生对教师尊敬的唯一源泉在于教师的德和才。

如果人生真有意义与价值的话,其意义与价值就在于对人类发展的承上启下、承前启后的责任感。

做爱岗敬业的模范具体应做到以下几点:

①甘于寂寞,乐在爱岗敬业。在读书中沉淀思想;知足常乐,安心乐教;舍得放弃才能甘于寂寞。

②以仁树人,以敬业完善自我。以仁爱之心善待学生,把全部精力用在岗位上,养成爱岗敬业习惯。

③廉洁自爱。淡泊名利才能廉洁自爱,树立正确的义利观,公正、廉洁从教,用廉洁的标准进行自我约束。

(3)“关爱学生”——师德的灵魂

亲其师,信其道。没有爱,就没有教育。教师必须关心爱护全体学生,尊重学生人格,平等公正对待学生。对学生严慈相济,做学生良师益友。保护学生安全,关心学生健康,维护学生权益。

①教师之爱就是教师对学生的爱。它既是一种情感,也是一种能力、一种态度。

②教师之爱是自觉之爱、有目的之爱;教师之爱是严慈相济之爱;教师之爱是

泛爱，是广博之爱、一视同仁之爱；教师之爱是具有教育艺术之爱。

(4)“教书育人”——教师的天职

教师必须遵循教育规律，实施素质教育。

①不放弃“后进学生”。为“后进学生”构筑一个牢固的知识地基；做“后进学生”的书友，培养他们的阅读兴趣。

②做个学问高、师德更高的专业化教师。以实践提高自身的专业化水平；加强理论探究，并应用于教学实践；知识是专业化的基础；做教育改革的探究者；建立自我评价标准，促进专业化发展。

③转换观念，思路决定出路。转变身份，用民主照亮学生的心灵；打破思维定势，关注学生心理。

④因材施教，努力尝试个性化教育。尊重学生身心发育规律，不拔苗助长；注重情感激励；良好的师生关系是个性化教育的基础；鼓励长处，避免揭短。

⑤“为人师表”——教师职业的内在要求。

为人师表是古往今来对教师的永恒要求，教师应该成为学生心中的模范，教师的形象应该是令人敬重的，教师应该懂得怎样尊重他人，教师应该在自律自省上作出表率。

首先是遵守公德。遵守社会公德，做到爱护公物、保护环境、文明礼貌；坚持男女平等、尊老爱幼、夫妻和睦、勤俭持家、邻里团结，做遵纪守法的模范。

其次是文明执教。文明执教，举止端庄，服饰整洁得体、朴素大方，注重职业形象。语言规范、健康、准确、纯洁，日常行为举止文明、高雅。

最后是作风优良。思想作风实事求是，表里如一；工作作风认真严谨，讲求效率；待人处事光明正大，诚实守信；生活作风端庄，稳重大方。坚持健康文明的生活方式，积极参加健康的社会公益活动和文体娱乐活动，不参与黄、赌、毒等违法活动。

总而言之，教师自身应做践行道德行为的楷模。

⑥“终身学习”——教师专业发展的不竭动力。

教师不能仅仅是传道、授业、解惑，还需是终身学习的学者。《规范》的制定对教师职业本身也提出了与时俱进的要求。终身学习是时代发展的要求，也是教师职业特点所决定的。教师必须树立终身学习理念，拓宽知识视野，更新知识结构。潜心钻研业务，勇于探索创新，不断提高专业素养和教育教学水平。

教师必须认同终身学习是现代社会的基本特征;终身学习是教师职业、教师专业化发展的必然要求;终身学习的主要内容包括加强对师德的学习、教育科研能力的学习、反思能力的培养、现代教育技术的学习、对学生和自身的研究;教师应该坚持在工作中不断学习。

三、践行篇——教师职业道德修养

(一)加强教师职业道德修养的必要性

1.教师职业道德修养是教师道德人格不断发展完善的需要

教师良好的道德人格不是与生俱来的,也不可能自发地形成,而是在后天的社会实践中形成的。

教师只有在教育实践中,通过努力学习,认识到社会发展的规律和特点,了解到社会主义教师道德的内容和意义,并通过自身的修养,将认识内化为自己的道德情感、意志和信念,进而外化为自己的道德行为和习惯,才能形成一定的道德品质。

教师职业道德修养,对于教师来说,在其自身道德品质的形成和发展中,具有决定意义。通过积极的自我教育,不断提高自身的道德认识和选择能力,不断克服自身一切非社会主义道德意识的影响,从而不断提高自己的精神境界。

2.教师职业道德修养是做好教育工作的需要

一个合格的教师,不仅应掌握一定的专业知识,懂得教育的规律,具有教学和教育的各种能力,而且必须有较高的职业道德修养。

这样才能在职业劳动中,不断提高对教师道德的认识,规范自身的教师道德行为,以培养出崇高的思想情操和良好的道德品质,才能充分调动和发挥教师自身的积极性和创造性。

人民教师肩负着教育和培养社会主义一代新人的崇高使命,为了培养好青年一代,应重视自己职业道德修养。

3.提高教师职业道德是实施新时代教育理念的基础

新教育理念实施的成功与否,教师起着关键作用。教师是新教育理念的直接应用者，是课程实施过程的直接参与者，其素质高低直接影响新课程的实施效果。解决教师职业道德素质构成实施课程改革的深层矛盾，加强教师职业道德建设是保障实施新教育理念成功的前提和基础。

（二）教师职业道德修养的基本原则

教师职业道德修养的过程实质上是一个多因素、多矛盾相互交织、相互作用的运动过程。在这一过程中，每一教师要实现自身道德品质从无到有、从低到高的转变，就必须注意把握和坚持如下基本原则：

1. 坚持知和行的统一

知即对教师道德的认识及其在这一基础上所形成的观念等，这是师德修养的前提。行即行为，也就是教师把职业道德的理论认识付诸行动，这是师德修养的目的。

坚持知行统一的原则，就是要把学习道德理论、提高道德认识同自己的行动统一起来，使理论与实践相结合。

教师的师德观念不是自发产生的。教师只有掌握了科学的世界观、人生观、教育学、心理学、文学、伦理学、美学知识和教师职业道德的基本常识、基本原理，懂得了什么是善，什么是恶，什么是美，什么是丑，什么是高尚的行为，什么是卑劣的行为，什么是人民教师应当具备的职业道德品质，为什么应当具备这些道德品质，等等，才能提高对师德的认识，形成师德观念，为师德修养提供科学的理论指导。

2. 坚持动机和效果的统一

动机和效果是人的行为的互为存在、互为转化的两个要素。动机是人的行为的思想动力。离开动机，就不会有行为的产生，也就谈不上什么效果。

教师职业道德的修养过程同样是动机和效果的相互依存、相互转化的过程。教师要真正担负起为人师表、教书育人的职责，还必须把这内在动机转化为行动，用教师道德的基本原则规范自己的言行，运用于自己的工作和生活的实践，以提高实际效果。

3. 坚持自律和他律的结合

自律和他律的关系，实质上就是内因和外因的关系。在师德修养中，教师自身的内因——内心信念是起决定作用的因素。

一个教师只有真正懂得了师德要求的重要性，只有发自内心地对人民教师道德义务的真诚信服和具有强烈的责任感，才会在教育实践中恪守人民教师的道德要求，并会由于自己在教育活动中履行了某种道德义务而感到一种精神上的愉悦和满足，形成一种信念和意志，在今后的教育工作中勇于坚持这种行为。

4. 坚持个人和社会的结合

在教师职业道德的修养中，个人与社会同样是相互作用的。教师职业道德修养的每一步又都离不开社会，离不开社会舆论的评价和监督。社会在道德上对教师提出了很高的要求，这就为教师进行师德修养提供了外在的动力和努力方向。社会要尊重教师的身份和地位，给每个教师提供道德行为选择的客观基础，并通过好的环境、舆论、评价等方式促使教师道德品质的升华，达到崭新的道德境界。

5. 坚持继承和创新的结合

师德并不是一成不变的，它是随着社会经济关系的发展变化而不断发展变化的。在进行师德修养中，创新与继承必须同行。必须在当代社会主义经济政治的基础上，在新的教育实践中，借鉴传统的优秀师德，重建新的、更高的社会主义师德。

社会主义教育事业是不同于以往旧教育的崭新事业，教师处于新的社会环境中，肩负着新的历史使命，会不断地遇到和提出新的问题，师德修养也就不能停留在一个水平上，而要不断创新。

（三）教师职业道德修养的基本方法

1. 道德修养要加强理论学习

第一，教师要认真学习理论，树立正确的世界观和人生观。不学习理论，就不可能科学地、全面地、深刻地认识社会，认识人与人之间的正确关系，因而也就不可能形成正确的、科学的人生观和世界观。从根本上说，一个教师高度的社会主义师德觉悟，正是以正确的、科学的世界观、人生观和革命理想为指导的。只有确立这样的科学世界观、人生观，才能坚定不移地热爱祖国，热爱和献身人民教育事业，自觉地把个人生命的意义、价值与人民教育事业紧紧地联系在一起，把教育和培养好学生，为教育事业做贡献，看做人生最大的幸福和快乐，才能矢志教育，义无反顾，以坚忍不拔的精神，战胜前进道路上的一切困难，为人民教育事业而努力奋斗。

第二,教师应在理论学习中深刻理解教师道德规范和要求,明辨道德是非,提高遵守师德规范和要求的自觉性。教师道德的规范和要求,则是社会道德在教师职业活动中的具体体现。要将师德要求转化为教师个人的内心信念,需要教师有一个自觉学习、接受教育的过程。有的教师违背师德要求,常常不是有意的,而是对遵守师德规范和要求的必要性、重要性缺乏了解和认识引起的,因而,教师学习和掌握社会主义师德的基本知识是非常重要的。

第三,教师应当学习教育科学理论和丰富的科学文化知识,掌握教书育人的本领。教师学习教育科学理论,掌握教育规律,按教育规律办事,才能更好地完成教书育人的职责,这本身是教师职业道德规范的一个要求。同时通过学习教育理论,教师能进一步明确自己在教育教学中的主导地位,对学生的身心发展起重要作用,这就更能使教师进一步严格要求自己加强职业道德修养。教师还应学习丰富的科学文化知识,只有广泛地学习有关自然科学和社会科学知识,才能使教师从各种关系和联系中来认识和改造世界的任务,认识社会和人生。

2. 道德修养应投身教育实践,积累情感体验

在教师道德修养中,只停留在学习和反省上,还远远没有完成修养的全过程。只有积极投身教育实践,不断积累情感体验,才是完成修养全过程的关键。

第一,教师道德修养不能脱离教育实践。教师只有投身教育实践中,才能与他人、与社会发生关系,了解人与人之间的各种道德关系;才能不断积累情感体验,提高道德意识水平,并形成相应的道德行为和习惯。同时,也只有投身教育实践,才能暴露出个人道德品质在某些方面的不足,并努力在实践中克服和纠正,使自己趋于完善。

第二,教育实践是检验教师道德修养的标准。教育实践不仅是教师道德修养的现实基础,而且也是检验教师道德修养有无成效以及成效大小的标准。这是因为,教师道德修养一旦离开教育实践,不仅会因为失去现实基础而成为无源之水、无本之木,而且也会因失去检验的标准而无法进行客观评价。虽然教师道德原则和规范都比较明确,但付诸实践后,就不像想象的那样简单。比如在师生关系上,教师要了解、尊重学生,说起来简单明确,但实际上怎样做、做得怎样、具体的标准是什么,则只有通过教育实践经验的积累和对实践效果的考察,才能逐步做出客观的评价。

第三,教育实践是教师道德修养的目的和归宿。师德修养本身不是目的而是手段。教师道德修养的根本目的,在于使教师能够自觉遵照社会主义教师道德的要求,培养出适应我国经济发展和社会进步需要的品质。这里包含两层意思:一是为社会主义教育实践服务,二是追求理想人格的自我完善。这两者是有机统一的。这说明,教师的自我修养一旦离开教育实践活动,不但教师道德修养无法完成,而且也会因失去目的而变得毫无价值。与此同时,教师的理想人格,也只有在教育实践中才能得到不断充实、提高和完善。

3. 道德修养应注重内省和慎独

"内省"和"慎独"也是教师提高职业道德修养的重要方法。教师要注重在理论学习过程中进行"内省"和"慎独"。

"内省",即指自觉地进行思想约束,内心时时反省检查自己的言行。内省是靠自觉性来约束的,不自觉或自觉性不高就难以真正进行内在的自我反省。"慎独",既是一种崇高的道德境界,又是一种道德修养的重要方法。进行教师职业道德修养,也要"慎独"。古人云:"为人师者可无慎耶?"教育劳动是教师个人劳动和集体劳动的有机结合。每个教师在教育职业活动中既具有重大的职责与义务,又拥有独立而自由的选择教育行为方式的权利。在许多情况下,教师的职业活动是单个进行的,他的许多教育行为具有"隐蔽"的特点。教师能否"慎独",即在无人监督的情况下,处处按照社会主义教师道德的要求行事,直接关系到学生的德、智、体全面发展。因此,在职业道德修养中要自觉进行"慎独"。离开了"慎独",也就无所谓真正的道德修养。

如何做到"慎独"?首先教师要注意把师德规范内化为教师的内心信念,化作行为的品质,并且以此来支配教师的行动,即使在无人监督之时,也依然按照师德规范行事。其次,要在"隐"和"微"处着手,狠下功夫。别人看不见、听不到的地方,是我们锻炼自己师德品格的重要场所,是自我道德修养的"根据地"。只有在别人看不见、听不到的地方自觉进行修养,才能成为品行高尚的人。俗话说:"积小善而成大德。"优秀的师德品行,常常是从小事上开始培养起来的。教师要注意从细微的事上锻炼自己廉洁的师德,设起人民教师的"人格防线"。最后,要重视在无人监督时,自觉履行师德规范,养成良好的师德行为习惯。

问题思考与讨论

1. 根据下面所提供的案例，谈谈你对教师职业劳动对象特殊性的认识。

这个孩子口齿伶俐，学习成绩优良。我首先向他祝贺“六一”节快乐，我们的谈话就从节日开始。

（我先问）“今天上哪去玩了？”

“没上哪儿，在家和同学玩电脑。还看了柯受良飞车过黄河。”

“当时有什么感觉？”

“很紧张，心都提到了嗓子眼儿。不过……我更希望他掉下去。”

（我大吃一惊）“为什么？”

“叔叔，你不觉得那样才更刺激吗？许多人急得团团转，追踪、打捞、抢救……当然，他最后成功了，也挺不错。”

“你崇拜柯受良这样的勇士吗？”

（眨眨眼，坚决地）“不，不崇拜。我有自己的理想。”

“你的理想是什么？”（笑起来，很干脆）“挣大钱。”

“我是问你将来想当什么样的人，比如工程师、科学家、商人……”

“那还用问，哪个挣钱多就当哪个。”

“你为什么想挣大钱呢？”

“叔叔，你想想，这个世界没有钱怎么行？有很多钱才能享受，我将来要买汽车、买房子，还要周游世界。”

“如果你的老师让你谈理想，你也这么说吗？”

“不，那可不行。跟他随便谈一个他希望听的就行了，反正将来他也不会跟着我调查。”

“你说你将来要买汽车，有了汽车，你会不会像柯受良一样去冒险？”

（轻蔑地一撇嘴）“我才不会像他那么傻呢，那多危险呀，一不小心，命就没啦。”

“你不是说你要挣大钱吗？像他那样冒险也能挣大钱呀？”

“咦，叔叔，钱挣得再多，也得活着花呀，人死了，钱就是一堆纸，这个道理,你还不明白。”

“你这么喜欢钱,如果身上的钱突然有坏人来抢,你会跟他们搏斗吗?”

“不会。我会把钱给他们,然后再去报告警察。”

“你喜欢警察?”

“喜欢。”

“将来愿意当警察吗?”

“不愿意。”

“这么说你只喜欢别人帮助你,却不愿意帮助别人?”

“世界上这么多人,干吗非要我当警察不可呢?叔叔,你怎么比老师还要讨厌啊”……

2. 当今社会,一些教师从事有偿家教或利用各种途径办学获取经济利益,是否背离了教师的职业良心?

3. 阅读下面材料,谈谈教师教会学生培养品德的重要性。

情境:班会上,黄老师对学生进行“学雷锋,树新风,送温暖”活动的动员,突然张弛站起来说:“没问题,我再去捡钱!”全班同学堂大笑,黄老师不禁想起了前一段时间张弛拾到人民币 3600 元上交保卫科,受到领导表扬,群众称赞,并被授予“拾金不昧好少年”荣誉称号的事。她也被这天真、纯洁的童心逗笑了。不久,黄老师收到附近电影院一位同志的短信,信上说张弛等几位同学主动帮助打扫电影院,但一开始却要求要给学校去表扬信。刚读完信,低年级的一位同学又来告状说张弛抢她的刀。原来这个小女孩跳绳时不小心将刀掉在地上,张弛捡起来就跑,小女孩追着要他也不给,一口气跑到中队长那儿,在好人好事登记本上又记了一次拾物交公。这几件事联系在一起对黄老师震动很大。放学后她找到张弛,随手翻着好人好事登记本问张弛,“你最近做了不少好事吧?”“嗯。”张弛笑着,听了很高兴。黄老师也鼓励地朝他点点头,然后话锋一转:“可今天却有人说你抢了她的小刀。”“不是抢的。”他急切争辩,“是我看见她跳绳时掉在地上,我捡到交给中队长了!”“那你明明看到是别人掉的东西,为什么不当面交还呢?”张驰不吭声了。黄老师接着说:"你这样做,把小同学都急哭了,要是雷锋叔叔看见别人掉了东西,会像你这样做吗?"他摇了摇头。

黄老师说:"学习雷锋叔叔,就要学习雷锋的精神。雷锋叔叔并没有捡过许多东西,他帮工地运砖,送大嫂和孩子回家,寄钱给灾区人民,在火车上当义务服务员……走到哪,好事就做到哪儿,而且不留姓名,不是为了要表扬。"黄老师说着从书架上拿过来《雷锋日记》和《雷锋的故事》两本书给他,要他好好学习,想一想雷锋叔叔做好事时是怎么做的。几天后的一个傍晚,黄老师有事路过教室,竟然看见张弛一个人站在窗台上擦玻璃。第二天,老师故意没有把这件事提到班上表扬。当同学们猜测着是谁把玻璃擦得这么干净时,张弛也没说什么,只是交给黄老师一篇读书心得,上面写着:"《雷锋日记》和《雷锋的故事》两本书,使我懂得了做好事不论大小,只要是对人有利的事,就去做。最值得我学习的是雷锋叔叔做好事不留名,不为名不为利的可贵精神……"从此,张弛的确按他所说的像雷锋那样从一点一滴的小事做起,甘当无名英雄了。

4. 作为师范生,你打算怎么提高自己的教师职业道德修养?

5. 你怎么理解"教师是人不是神"这句话?教师的职业身份与社会责任怎样达到和谐统一?

6. 师德养成最关键的还是在实践中体验、感悟、反思和行动。面对一些特殊儿童,比如离异家庭的儿童、患有抑郁症的儿童、身体有些残疾的儿童、学习成绩差的儿童、经常捉弄老师的儿童时,你会持怎样的态度?你会选择怎样的教育方式与方法?

7. 有人说:"备好每一节课,上好每一堂课,命好每一道题,评好每一分,是师德为先,教书育人的基本要求,是底线也是红线,没有讨价还价的余地。"谈谈你对这段话的认识。

阅读指南

[1]傅道春. 教育学[M]. 北京:高等教育出版社,2000.

[2]黄蓉生.教师职业道德修养[M].重庆:西南师范大学出版社,2001.

[3]杨鼎家,李占舫,唐杨.教师职业道德规范与素质修养[M].北京:中国言实出版社,2012.

[4]蔡亚平.教师与学生道德行为的发展[M].北京:教育科学出版社,2011.

[5]檀传宝.走向新师德——师德现状与教师专业道德建设研究[M].北京:北京师范大学出版社,2009.

[6]卫建国.教育法规与教师道德[M].北京:北京师范大学出版社,2012.

第四章　教师专业发展

学习目标

识记教师专业发展、教师专业发展规划、教师专业知识、教师专业能力等概念；了解教师专业发展的基本阶段、中学教师的专业知识领域及其基本要求；了解教师发展形成能力期、热情与成长期以及稳定期的主要表现和发展路径；理解《中学教师专业标准》的基本特点；掌握中学教师的专业能力领域、基本要求及其形成的主要途径；掌握制订专业发展规划的基本要求并加以运用。

一、何谓教师专业发展

（一）教师专业化与教师专业发展

1. 教师专业化

教师专业化（teachers' professionalization）是职业专业化的一种类型。教育界对教师专业化的探索由来已久，早在20世纪初期，美国教育家杜威（John Dewey）就提出要像培养建筑师、工程师、医生和律师一样培养教师。1955年，世界教师专业组织在土耳其伊斯坦布尔召开会议，率先强调建立完善的教师专业组织。1966年，联合国教科文组织与国际劳工组织在法国巴黎召开“教师地位之政府间特别会议”，通过了《关于教师地位的建议》。其中指出：“教育工作应被视为专门的职业Profession，这种职业是一种要求教员具备经过严格而持续不断的研究才能获得并维持专业知识及专门技能的公共业务；它要求对所辖学生的教育和福利具有个人的及共同的责任感。”①这是世界上首次以正式文件形式对教师专业化作出的明确说明。1975 年，联合国教科文组织第 35 届国际教育会议通过决议，强调教师职前培养和在职进修相统一的必要性。此后，“师范教育”逐渐延伸为“教师教育”。这意味着：第一，教师培养的渠道由单一封闭走向多元开放；第二，教师培养的过程由职前培养走向终身发展；第三，教师形象由“教学技术员”走向“反思性实践者”②。1996 年 9 月，第 45 届国际教育大会在瑞士日内瓦召开，主题为“加强变化着的世界中教师的作用之教育”，提出“在提高教师地位的整体策略中，专业化是最有前途的中长期策略”。1998 年，在北京召开“面向 21 世纪师范教育国际研讨会”，明确师范教育改革的核心是教师专业化。

教师专业化包括静态和动态两个方面。静态的教师专业化是指教师职业真正成为一个专业，教师成为专业人员得到社会承认这一发展结果。动态的教师专业化主要指教师在严格的专业训练和自身不断主动学习的基础上，成长为一名专业人员的发展过程。教师作为一个专业人员，要经历一个由不成熟到成熟的发展过程。

信息窗 4 - 1

教师专业发展

西文语境中的“专业”，指任何有声望的职业。一般说来，从事专业的人员不仅报酬丰厚，而且需要具有系统的知识体系和长期的学术训练，在日常工作中能行使自由的抉择，认识活动的伦理准则，服务于社会，在实践专业时能继续学习并发展专业。

教育与其他专业的差异在于我们很难在作为教师的人和作为人的教师之间，在教师的日常生活和工作生活之间，在教师的教育素养与非教育素养之间划分出明晰的界线。

先是人，然后才是教师；先做人，然后才能做教师；先做好人，然后才能做

①筑波大学教育学研究会. 现代教育学基础[M]. 钟启泉，译. 上海：上海教育出版社，1986：443.

②教育部教师工作司. 教师教育课程标准（试行）解读[M]. 北京：北京师范大学出版社，2013：4 - 6.

好教师。这是我们批判教师专业发展及其认识论基础后得到的基本结论。我们坚持"教师发展"而非"教师专业发展"。教师发展内容既必考明言知识,也包括默会知识,既包括知识,也包括智慧,既包括规范,也包括德性,既包括理性,也包括悟性。

[资料来源]王加强.教师发展的非反思路径[J].华东师范大学学报(教育科学版).2014,32(4):40－46.

2.教师专业发展

在教师专业化研究进程中,20世纪60至70年代,人们强调群体专业化策略,关注教师作为专业性职业的地位及其提高问题。20世纪80年代以来,教师专业化的重心由群体转向个体,强调教师个体的专业化。强调教师群体的、外在的专业提升,一般被称为狭义的教师专业化;强调教师个体的、内在的专业化被称为狭义的"教师专业发展"(professional development of teachers)。广义的教师专业发展包括教师群体的专业发展和教师个体的专业发展。

教师专业发展,是指教师在整个专业生涯中,依托专业组织、专门的培养制度和管理制度,通过持续的专业教育,习得教育教学专业技能,形成专业理想、专业道德和专业能力,从而实现专业自主的过程。教师群体专业发展主要包括以下内容:①教育知识技能的体系化,形成学科专业和教育专业,国家对教师任职既有规定的学历标准,也有必要的教育知识、教育能力和职业道德的要求;②国家有教师教育专门机构、专门教育内容和措施;③国家有对教师资格和教师教育机构的认定制度和管理制度;④形成社会公认的教师专业团体。教师个体的专业发展主要包括:①专业理想的建立;②专业知识的拓展;③专业能力的发展;④专业自我的形成。

(二)教师专业发展阶段

自20世纪60年代开始,教师专业发展阶段问题引起诸多学者的关注,研究者从不同视角对教师专业发展的过程、特点以及规律进行研究,提出了多种教师专业发展阶段理论。代表性的理论成果主要有:①美国学者卡茨(Katz)的教师发展时期论,该理论将教师专业发展划分为求生期、巩固期、更新期、成熟期;②美国学者伯顿(Burden)的教师发展阶段论,该理论将教师专业发展分为三阶段:从事教学的第一年为生存阶段、从教的第二至第四年为调整阶段、从教五年以上为成熟阶段;③美国学者费斯勒(Fessler)的教师生涯循环论,该理论将教师职业周期分为八个阶段,即职前教育阶段、入门阶段、能力建立阶段、热心和成长阶段、生涯受挫阶段、稳定和停滞阶段、生涯泄劲阶段和生涯退出阶段;④中国台湾学者王秋绒将教师专业发展划分为师范生的专业社会化、实习教师的发展和合格教师专业化三个阶段;⑤申继亮将教师专业成长分为熟悉教学、个体经验积累和理论认识三个阶段。

教师在专业发展过程中必须经历职前教育阶段、初任教师阶段和在职教师阶段。

职前教育阶段是教师职业的准备期,其主要任务是为毕业后从事教师职业打下必要思想、知识和能力基础。我国教师职前教育的培养任务主要由师范院校承担,其他综合性大学或机构也参与培养。师范院校主要通过开展通识课程、系列学科专业课程、教育类课程教学和教育实践活动,培育师范生良好的职业道德,使其掌握系统的专业知识和专业技能。

初任教师阶段是指毕业走上教师工作岗位的教师,通常被称为新手教师,他们刚从高等院校毕业,走上工作岗位,处于从学生到教师,适应教师角色的过渡阶段。他们在这个阶段的主要任务就是尽快地熟悉并适应教学环境,尽快掌握教育教学常规,提高组织教学、班级管理、课余活动和教育学生的能力。研究表明大部分初任教师在班级管理、上课、听课、激发学生学习动机、遵守学校行为规范、与家长的关系等方面存在不同程度的困惑,在心理上的依赖和自立、理论知识与实践智慧、教师所扮演的不同角色上存在不同程度的困扰。初任教师改善自我生存状态的个人作为主要有:进行合理的职业生涯规划,积极参加培训,向有经验的教师学习,扬长补短,学会正确评价自己。

在职教师阶段是教师通过日积月累的教育行动践行教育理想信念,提高教育教学技艺,实现教育价值追求的阶段。这个阶段的教师关心学科教学的业绩,努力提高自己的教学水平,积极争取参加国家级、省级教师培训项目,参加学术研讨会,参加各种“赛课”活动以及其他学科素养提升活动。正是在这个过程中,教师完成从新手教师向熟练教师、专家型教师的发展。参照费斯勒的教师职业周期动态模式理论,我们将完整的教师发展的在职期区分为以下几部分:形成能力期热情与成长期、职业受挫期、职业稳定期、职业低落期和职业退出期。

1. 形成能力期

形成能力期是教师增加专业知识和掌握、运用新的教育教学技能，掌握教学要领的时期。掌握教学所需的专业知识是技能形成的基础，教学技能及其他教学能力则是在专业知识的教学过程中逐步提高并固定下来，从而掌握了教学的知识、技术和活动程序等要领。当教师缺乏专业知识导致教学过程不顺畅，甚至出现教学“冷场”“难堪”，教学能力的发展便失去了它的附着之物，而这种情形下的教师的教学信心也会渐渐失去，最终离开教学岗位。

形成能力期的影响因素主要是个人和组织两个方面。个人影响因素包括家庭和重要事件。家庭的经济条件、家庭成员对在职教师购书读书、进修、培训、参与名师工作坊活动的支持程度，直接影响形成能力所需物质或环境基础；在职教师参加“学术会议”“培训”“赛课”等重要活动，则可能促成能力发展质的飞跃。组织影响因素包括学校制度和社会期待。学校青年教师考核、选拔、评比、晋级、分配等制度是形成能力的“航标”和动力加速器；家长、社会民众对教师的褒奖、信任、期望、支持、监督和鞭策是促进教师形成能力的催化剂。

形成能力的途径主要有两条：一是学习领悟知识，二是“转知成技”。学习领悟知识的通常做法是结合自己教授的学科，研读课程标准、教学用书、教学参考资料，参加学术会议，参加校本或校际教师专业发展研究活动，增加自己的专业知识储备；“转知成技”的通常做法是将自己的教学设计付诸实施，在反思基础上完善设计并实施，固化有效教学技能，或者将反思的认识转化为文本，修改为论文或研究报告，或者将学生成长中的问题转化为自己去研究和解决的问题，通过做学生工作，提高自己解决实际问题的能力。

2. 热情与成长期

这个时期是教师教学能力不断提高，教学状态持续变好，教学自信心不断增强，习得或建立了一整套行之有效的学科教学模式。当教师缺乏教育教学热情，就会把教学视为自己的“烦心事”“交差事”，而当教师对教学的这种应付状况呈现在学生面前时，只能换来学生对教师和教师教学的冷面相对和不满，此时，教师成长便无从谈起。

热情与成长期的影响因素主要是个人和组织两个方面。个人影响因素包括家庭和交流学习机会。热情与成长期教师的家庭建设基本成型，有相对稳定经济收入，父母健在、子女年幼，家庭和睦，生活负担相对较轻，有利于教师热情洋溢地投身教学工作。在与同事、管理人员、家长和学生的交往方面表现得得心应手，有精力、有时间参加各级教育培训，参与各级课题研究，开展学科教育实验和经验交流。组织影响因素包括专业组织和学校制度。热情与成长期的教师在教育教学工作上已经达到了较高水平，但在专业能力上还需要继续提高。此时，教师希望有机会与学科专家接触，成为专业学会成员，有机会在更大的发展平台上与知名专家交流，掌握学科教学的新方法、新手段。学校制度是规范成长期教师行为的工具，也是成长期教师批判的对象，他们往往能够发现特定情境下现存制度的不合理成分，提出完善制度的合理建议。

热情与成长期教师发展的途径主要有教学革新和教学研究两条。热情与成长期教师往往不满足于按部就班式的教学，他们把课程开发，对青年教师的指导，探索新的、更加有效的教学方式视为自己的责任，教师在这些教学革新活动中，课程设计、课程编制、课程实施和课程评价、项目设计、项目实施和项目总结等能力随之得到提升；热情与成长期教师，不仅重视学生成绩，而且专注教学研究。教师在追求更好教学成绩的情况下，也希望通过自己的研究解决一些教育教学方面的现实问题，希望写成书面文字，出版或发表。教师在努力实现研究目标的过程中，逐渐成长为研究型教师。

3. 职业挫折期

这个时期是教师面临多种选择，而没有做出明确选择，没有走出选择期的困难境地。职业倦怠是这个时期教师容易出现的问题。

职业挫折期的影响因素主要是个人环境和组织环境两个方面。个人环境影响来自孩子开始工作或外出读书，出于对孩子健康、安全、适应性等方面的担心，与孩子对父母担心的不以为然形成的反差；在学科教学方面，教师希望突破自己的教学成绩，却找不到突破之法；比较容易受生活事件影响、习惯把教育中的困难归结为自身原因、对竞争性生活采取逃避和抵制性处事策略；等等。

组织环境影响对职业挫折期教师的教学态度起着极其重要的作用。家长对学校教育质量、升学率不断提高的要求，使得教师工作任务加重、工作时间加长、教师的工作压力加大；学校各类竞争性考评造成教师人际紧张；教育行政部门和学校领导评价机制单一、指标不合理；社会成员对教师职业赋予的责任过多和期望过高；等等。

职业挫折期教师发展的途径主要是学习和“减负”。解决职业倦怠的个体出路在于教师作为学习者不断丰富教学技能，寻找适合新环境的有效的教学方式方法。组织帮助教师摆脱职业倦态的有效做法是在严格要求教师的前提下，解开捆绑在教师身上的重重绳索。通过给教师提供外出学习的机会，帮助教师找到新的有效的教学方式方法；通过与青年教师“结对子”，加强与青年教师的沟通与交流，了解教学的新思想、新要求；通过吸收教师参加校级以上教学评估和督导，畅通社会期待与教师工作交流的渠道。

4. **职业稳定期**

稳定期教师已经进入职业生涯的高原期，它可以是教师的巩固和更新期，也可以是停滞不前的时期，或者是得过且过的时期。他们在学校工作了相当长的时间，有了丰富的教学和工作经验，通常是已经适应了工作的老手、熟手或专家。他们中间的一些人在完成应该完成的工作之后，不想再多做一点点。他们不再愿意追求成长与完美，认为职称和学问都到头了。稳定期教师的职业预期目标的逐渐实现，志向水平开始下降，对教学逐渐失去了热情，感觉教学工作已经不具有挑战性，对专业的投入也有所减少。当然，他们中间的另一些人则时刻要求自己在变化的环境中保持着更新状态。

职业稳定期的影响因素主要是个人环境和组织环境两个方面。处于职业生涯高原期的个人环境影响，主要囿于家庭的稳定生活产生的满足感，对子女教育或工作高度关注产生的紧张感，对长辈身体健康状况担忧产生的忧虑感，交织在一起，形成这个阶段教师超负荷的生活重担和心理压力，部分教师因此选择维持现状，不愿意在教学工作上额外投入更多的时间和精力，不愿意对自己熟悉的工作方式、方法进行改革。组织环境影响来自学校管理的优待和家长的信任。稳定期的教师多数是取得高级职称资格者，是学校管理的主要承担者和重要政策的制定者，是学校各种荣誉的享受者和受青年教师尊敬者。稳定期的教师往往能够获得家长的信任，家长愿意将子女的教育委托给教育教学经验丰富，教学风格稳健，教学功底深厚的教师。

职业稳定期教师是向熟手型或专家型教师过渡时期，其发展的路径：一是制定专业生涯规划，重新梳理影响自己专业发展的错综复杂的因素，理清不同层次、不同程度的问题，理顺不同影响因素之间的关系，制订克服专业发展障碍的具体措施和时间表，争取专业成功发展。二是带领教师开展校本研修。针对学校教师在教学或其他工作中存在的问题,带领教师学习理论,开展行动研究,在同伴互助中重新设计教学,采取新行动。三是寻求专家引领。面对难以解决的复杂的教育问题,通过向专家咨询的方式,获得专家的理论指导,结合自己的教育教学研究,公开发表自己的研究成果。四是借助新媒体加强学习。利用网络资源丰富课程教学内容,利用 MOOC 等资源改进课堂教学组织形式,利用名师工作坊更新教学观念,等等。部分教师如果利用好上述路径充实自己,挑战自我,便可使自己进入较长时间的更高水平的发展状态。

5. 职业低落期

它是教师正准备改换职业或退休的时期。教师可以从职业生涯周期的其他任何一个阶段进入低落期。这个时期的教师通常有三种不同的表现。第一种表现是虽然心理上有些伤感,情绪上有些低落,但能愉快地接受离岗现实,做好离岗前的各项工作安排,工作之余参加兴趣爱好类的培训,准备过自由自在、丰富多彩的退休生活。第二种表现是心理上极度不适,情绪低落,难以接受离岗现实,工作中表现得烦躁难耐、易怒或无精打采,不喜欢被迫停止工作或迫不及待地要离开现有工作岗位。第三种表现介乎这两种之间。

职业低落期的影响因素主要是个人环境和组织环境两个方面。职业低落期的教师受到家庭、业余爱好、个性特征和危机等个人环境因素的影响。当教师准备退休时,个人环境因素对他的影响要远远大于组织环境。家庭关系对低落期的教师具有新的意义:一方面,他们认为重新确定家庭关系,可以为退休后的生活做积极准备;另一方面,他们也为将要承担无休止的繁杂家务而担忧。如果家庭经济状况不佳,家庭成员可能会说服教师去寻找新的工作,如果成功的话,就会使教师进入低落期。兴趣和业余爱好也能对低落期的教师产生关键的影响。教师可能会决定把精力毫无保留地用于他的校外兴趣,如钓鱼、下象棋、写作等。业余兴趣爱好不只是推动教师退出专业的力量,还是教师活动的鲜活内容。如果这些兴趣爱好涉及智力训练或健身,这些活动能使教师们平稳地度过低落期。个性特征也是影响低落期教师的一个主要因素。具有积极进取个性品格的教师,可能会去选择一份具有挑战性的新的工作,学习新的知识、技能,或者去培养一种难度较大的兴趣类活动;而具有随遇而安个性品格的教师,则可能只愿意从事轻车熟路的教学辅导类工作。组织环境因素主要有学校规章制度和专业组织等。如果学校的规章制度不适合教师的需要,就会对教师产生影响,教师工作的积极性、主动性受压制，可能使教师进入职业低落期。教师将参与专业组织活动看做是退出教学岗位之后继续接近专业的一种手段。这些专业组织因为提供额外的认可方式，从而对职业低落期的教师产生影响。专业教育或培训组织非常需要志愿者利用自己的时间为他人提供专业指导或其他服务。低落期的教师在相互施行的专业指导或服务过程中获得价值认可和兴趣爱好发展的满足。组织环境的极端影响是指教师犯错误被调离教学岗位，或教师的教学胜任力不足而被排除在教学工作之外，教师因此进入低落期。

如果教师出现职业低落，离开教学岗位，其原因是由于缺乏能力或教学的有效性差，那么成长需求就应该是学习学科知识，提高班级管理的能力，参加提高教学设计或教学策略水平的教师培训。如果教师是自然发展进入低落期，其专业发展的主要方向是发展自己的兴趣爱好。教师可以借助网络掌握发展兴趣爱好的知识和方法，也可以参加老年大学相应的兴趣班，学习一技之长。

6. 职业退出期

教师职业退出期是指教师离开教学工作后的一段时间。传统上，退出期指教师多年服务后的自愿退休。一旦进入退出期，能使这些教师发生改变的组织或个人环境影响相对少一些。退出期教师的生活中编织着各种各样有关他们教学经历与活动的回忆和反思。

在退出期教师的个人环境中，有两类影响比较重要：家庭和业余爱好。家庭成员对教师退出岗位的接纳和教师对全职从事过去兼职那份工作的渴求，都会加速教师进入退出期。受到吸引，去做自己想做但没有时间做的事情，比如，退休去旅游，从事户外运动，专业写作或参与社会活动，满足自己的夙愿，可能是教师退出岗位的重要诱因。组织环境影响对退出期教师的作用，可以使教师继续处于离岗状态，也可以吸引他们回到专业岗位（返聘）。组织环境的影响主要来自工会、公众态度和学校规章制度。一般来说，教师工会对退出岗位的教师影响是积极的。他们常常把有专长的教师组织成各种活动团队，让他们参加有吸引力的活动，推荐他们返回教学专业岗位或担任咨询辅导员，形成退休教师相互支持体系。公众态度对刚退出岗位的教师生活有重要影响，教师愿意享受来自公众对他们的褒奖或怀念，公众的意见甚至可以促成他们中的一些人重返专业岗位。学校规章制度若允许优秀教师重返岗位或分担部分任务，则对退出期教师重返教室产生吸引。

退出期教师的成长与他们的角色选择和需求相关。如果教师选择了退而不休,愿意担任学校督导的部分工作,参与学校发展规划制订的调研,帮助青年教师形成正确的教育教学态度,提高教育教学能力,担任学生思想发展的兼职导师,等等,则他们仍然处于一种成长状态;如果教师选择了退休,则他们需要适应养老和休闲的美好时光。

(三)教师专业发展规划

教师专业发展过程受诸多因素影响,教师个人环境和组织环境是主要影响因素。教师的专业发展主要取决于教师的发展意愿、努力、价值选择和策略,规划自己的专业发展是实现专业发展的有效手段。教师专业发展规划是教师在从业的不同阶段审视社会需求、周遭环境和个人条件等,对自己的发展目标、发展内容、方式、实现路径以及预期结果等的设计。影响教师专业发展规划的因素很多,但起决定的因素是教师自己。怀特海认为,"发展的本能来自内部:发现是由我们自己做出的,纪律是自我约束,成果是来自于我们自己的首创精神。教师具有一种双重的作用:他以自己的人格和个性激起学生的热情,同时创造具有更广泛的知识和更坚定的目的的环境。他的作用是避免浪费,而浪费在生存的较低级阶段是自然的进化方式。根本的动力是对价值的鉴赏,是对重要性的认识,这在科学、道德和宗教中都是一样的。"①

1. 教师专业发展规划的框架与内容

(1)教师专业发展规划的类型

教师专业发展规划可以从两个层面来理解:一是作为一个过程的教师专业发展规划,二是作为一个结果的教师专业发展规划。具体可以区分为整体规划和单项规划,短期规划和长期规划。

(2)教师专业发展规划的框架

尽管教师专业发展规划是个人化的,不同教师的专业发展规划有不同的内容和组织方式,但依然可以商定教师专业发展规划的一般框架。以下就是教师专业发展规划的两个可行的框架。

①怀特海.教育的目的[M].徐汝舟,译.北京:生活·读书·新知三联书店,2002:70-71.

①总体规划框架。

姓名______________ 部门______________

分析项目	分析内容
自我分析	优势与缺陷、能力、兴趣、需求
环境分析	教育背景、教师专业发展趋势、学校要求、学生需要
专业发展目标	总体目标、阶段目标
专业发展路径	教学、学术、行政,或者多种路径
行动方案	步骤、策略或措施,时间,条件与资源
对各步骤活动的记录、评价	
分析与反思	

②年度规划框架。

姓名______________ 部门______________

目标	具体目标	策略或行动	所需的支持	完成期限	达成的结果	反思与评价

(3)教师专业发展规划的内容

教师专业发展规划的内容主要包括常规信息、自我评价、环境分析、目标设定和发展策略五个方面。

常规信息是你个人工作岗位的重要信息,比如姓名、任教学科、任教年级、任教年限等。

自我评价是对自己的兴趣、能力倾向、已有专业发展水平、当前的专业发展问题和专业发展需要等个性因素的分析和诊断,明确自己的优势与缺陷。

环境分析是制订教师专业发展规划的重要内容,主要包括教师专业发展的方向、学校环境和学生需求等三个方面。教师专业发展的方向分析以我国《幼儿园教师专业标准》《小学教师专业标准》《中学教师专业标准》为依据,对照专业理念与师德、专业知识和专业能力的基本要求,找准自己与基本要求的差距,确定自己专业发展的方向;教师专业发展总是在特定的学校环境中进行的。学校环境的分析主要包括学校的发展规划、学校的历史、学校的传统优势、学校的物质环境、学校的文化氛围、学校的教师教育资源等。学校的根本任务是促进学生发展,充分考虑学生的需求是教师专业发展规划的应有之义。教师专业发展规划应考虑学生在学习内容或资源呈现形式、学习方式方法、师生互动形式、课堂组织形式、课堂教学模式、学习活动表现形态、学习效果评价、学习反馈等方面的需求。

目标是教师专业发展规划的核心内容。目标有标准作用、引导作用和自我激励作用。目标设定必须做到三个一致:一是与自我评估相一致,做到扬长补短;二是与学校的发展目标相一致,呼应学校对教师专业发展的期望,借助学校发展平台和各种资源,实现发展目标;三是与学生的发展需求相一致,通过教师专业发展满足学生在学习内容、形式、方法、组织、效果等方面的高质量需求。目标有短期目标和中长期目标之分。若干阶段性短期目标构成中长期目标或总体目标。阶段性目标应当清楚、准确地加以陈述。

发展策略即由具体的措施和活动构成的行动方案。教师专业发展的可选策略主要有:借助工具进行课堂观察和分析,发现自己与优秀教师的差距;参与专家引领的课例研究,剖析课堂教学成功的内外因,获得关于成功教学的规律性认识;参加学术性会议,把握学科发展前沿,更新学科教育观念,改进教育教学方法;参加高级别培训,提升专业理论涵养,增强甄别教学薄弱环节的能力,提高学科专业实践能力;寻找一位教练或充当教练,运用教学相长原理,历练自身本领;大胆尝试新的教学技术,通过新技术运用,带动自己的技术革新,提高教学综合能力,等等。

(4)教师专业发展规划的实现

最好的教师专业发展规划是能够实现的规划。教师专业发展规划实现的策略主要有:反思教师专业发展活动、建立教师专业发展档案袋和寻求他人的帮助。

反思教师专业发展活动。教师专业发展包括规划的制订和执行,反思贯穿于它的始终。对规划制订的反思可能涉及的内容有:目标是否真正反映了自己、学生和学校的需求?是否反映了学校的目标和发展计划?是否反映了专业发展标准的要求?是否反映了真正的学习,而不只是时间安排?是否有不断进步的要求?是否有系列可行的活动?是否可以收集到发展证据?等等。对规划执行的反思可能涉及的内容有:活动目标或阶段目标是否达成?个人发展目标与学校发展目标是否一致?专业发展标准是否达成?学习活动的过程质量是否高?学习效果是否明显?行为改进是否有收获或可测?等等。

教学日志是反思日记的系统化和概括化。教师每周用半小时时间,对本周经历的重要工作和生动的细节做一次回顾、记录与整理,有助于观照自己在关键时刻的价值选择、行为反应、态度表现和策略应对,从而帮助自己深刻反思和改进工作。下面所列的系列问题,是教师撰写教学日志可能涉及的。

信息窗4－2

教学日志的问题单

布鲁克·菲尔德建议在撰写教学日志时可以考虑一下问题,但不要为这些问题所束缚:

1. 作为一个教师,我在这周里感到与学生联系最紧密、最投入或最能确证自己的时刻——这一时刻我对自己说“这就是作为一个教师的本来面目”吗?

2. 作为一个教师,我在这周里感到与学生失去联系、最不投入或最令人厌烦的时刻——这一时刻我对自己说“我刚才表现了这种糟糕的样子”吗?

3. 让我感到最焦虑、沮丧的情形——在我要入睡时萦绕于我脑海的情形,或者那种我对自己说“我再也不能忍受它了”吗?

4. 最惊奇的事件——这样的事件,让我震动,让我失去警觉,让我停止前进,让我惊奇或让我感到意想不到的幸福吗?

5. 在我这周所做的事件中,如果给我重试的机会,哪些我会做得更好?

6. 在这周中我感到自豪的教学活动是什么?为什么?

[资料来源]Stephen D. Brookfield. 评判反思型教师ABC[M]. 张伟,译. 北京:中国轻工业出版社,2002:37.

建立教师专业发展档案袋。专业发展档案袋是教师提供的自己专业发展进程的记录,是对自己工作历程、典型事件、专业成就、教学风格、工作态度和价值观的个性化描述。

专业发展档案袋的具体内容可以多种多样。不同学者出于对专业发展档案袋功能的不同界定,对档案袋的内容有不同的要求。例如,兰格认为,档案袋应包括一个主题,若干证据,对这种证据的描述和分析,以及一个结论;布罗根认为,档案袋应该包括目标陈述、职责描述、教学策略、教学设施成果及教学反思;沃尔夫认为,档案袋应包括基本资料(教师的教学经历、教育理念与目标),教学记录(教学活动、教学实况录像、学生作业、自我反思),专业成长记录(研究记录、评价记录、各种表现记录);迪亚兹认为,教学档案袋应包括与目的有关的所有文件,以及关于成长过程的证据与反思。教师专业发展档案袋有两方面内容:一是专业发展规划。二是专业发展过程的记录,包括教师经历的重要的专业发展活动及其影响的具体描述;专业发展活动中的重要资料,如课程与教学文字、影像资料,活动总结与反思资料等;所取得的成就以及证据,如发表的论文、研究报告、获奖作品及证书、他人和社会评价材料等。总之,档案必须回到个人,回到具体生命的无限创造中。

寻求他人的帮助。教师专业发展中的他人主要指学科同伴和学科专家。同伴合作互动是帮助教师实现专业发展的重要条件。同伴由于学科相近,认识问题和解决问题的共通性多,他们结成互助关系之后,能够通过学科教学活动和情感交流,增强彼此信任,从而帮助对方更加全面地认识存在的问题、分析工作存在的不足,有效地找到改进工作的办法。同伴合作互助的方式很多,主要有教学沙龙、博客群、课题组、读书会、教学伙伴等。

学科专家对教师的发展有引领作用。学科专家由于其长期从事和研究学科问题,不仅术有专攻,而且高瞻远瞩,能够帮助教师及时准确诊断出教师发展中的“迷茫”“瓶颈”“高原现象”“职业倦怠”“钻牛角尖”等问题,并能够与教师协商制订解决这些问题的具体方案,从而有效地推动教师的专业发展。专家引领的方式主要有教学问题诊断、课题申报指导、行动研究指导、课例开发、学科专题讲座、工作坊、影子教师等。

二、《中学教师专业标准（试行）》与教师专业发展方法①

（一）《中学教师专业标准（试行）》的框架与特点

《中学教师专业标准（试行）》（以下简称《专业标准》）是由前言、基本理念、基本内容和实施建议四部分构成，对该标准的制定依据、目的、性质定位，教师应秉持的基本理念，应具备的专业理念与师德、专业知识和能力以及标准的实施意见等作了明确的说明，并构建了以"基本理念"为引领的中学教师专业素质与行为规范体系。这里着重阐释《中学教师专业标准（试行）》的框架、特点、专业知识、专业能力等相关内容。

1. "前言"的定性

前言部分对《专业标准》的制定依据、目的、适用对象和功用方面等作了简要的描述，确定了标准的基点与范畴，揭示了标准的基本性质和价值意义，明确提出了实施建议。《专业标准》开篇提出其目的是"为促进中学教师专业发展，建设高素质中学教师队伍"，其依据的法规是《中华人民共和国教师法》和《中华人民共和国义务教育法》。《专业标准》以《中华人民共和国教师法》对教师的"专业人员"地位定性为前提，阐述了作为"专业人员"的中学教师需要的成长过程与需要具备的素质要求，依此确立标准的性质定位是"对合格中学教师的基本专业要求"，并进一步提出《专业标准》是中学教师培养、准入、培训以及考核等工作的重要依据。

2. 专业素质体系的结构关系和基本内容

《专业标准》的主体部分是由"基本理念"和"基本内容"构成的中学教师专业素质体系及基本要求。《专业标准》在比较研究国际教师专业标准的基本架构基础上，吸收国内外有关教师有效教学的研究成果，从我国中学教育实践出发，分析中学教师开展教育教学活动所需要的基本素质及其结构关系，确立了以基本理念为核心和引领的教师专业素质体系。可以用一个三棱锥比拟中学教师专业素质

①教育部教师工作司组. 中学教师专业标准（试行）解读[M]. 北京：北京师范大学出版社，2013.

的结构关系，处于三棱锥顶端的是教师的“基本理念”，即“师德为先”“学生为本”“能力为重”“终身学习”。它是教师教书育人的核心价值观，是教师专业素质与专业实践的灵魂，在教师专业素质发展及专业活动中起着导向、引领和定位的作用；在“基本理念”之下的是在教师专业素质体系中起基础和支柱作用的“专业知识”和“专业能力”以及起调节和保障作用的“专业理念与师德”。“专业理念与师德”“专业知识”和“专业能力”共同构成教师专业素质体系的“基本内容”。“基本内容”的三个维度各有自己的独特领域，“专业理念与师德”主要包括职业理解与认识、对学生的态度与行为、教育教学的态度与行为和个人修养与行为等领域；“专业知识”主要包括教育知识、学科知识、学科教学知识和通识性知识等领域；“专业能力”则包括教学设计、教学设施、班级管理与教育活动、教育教学评价、沟通与合作以及反思与发展等领域。“基本内容”的三个维度之间还相互影响、相互作用，是动态、交互、一体化的关系。

3. **主要特点**

《专业标准》以中学教师为适用对象突出了中学阶段教育教学及中学生成长与发展的特点和规律，突出了中学教师培养与专业成长的特点和规律，有其自身的特点。一是突出理念引领。教师只有秉持并践行四个“基本理念”，才能形成良好的专业理念与师德，才能优化专业知识，提高专业能力，并最终以恰当而优质的教育教学活动，促进学生的全面、健康、快乐发展。这种以理念为引领的教师专业标准，突破了以往更加关注知识和技能的教师素养认识，超越了很多国家以专业态度、专业知识、专业能力或行为表现等为基本构成要素的教师专业标准的局限，更能适应新时期中学教师教育教学实践活动的要求。二是强调师德要求。我国教师专业标准把师德作为教师专业素质的主要成分提出来，不仅把“师德为先”作为四个“基本理念”之首来强调，而且也是“基本内容”的三个维度之一。三是注重学生主体地位。《专业标准》不仅把“学生为本”作为四项“基本理念”之一，而且在“专业理念与师德”“专业知识”“专业能力”等维度中都有强调了解和遵循中学生身心发展特点与规律，发挥中学生主体地位等要求，如引导学生自主学习、自强自立，引发中学生独立思考和主动探究，引导学生进行自我评价，等等。四是重视专业能力。我国《专业标准》把教师的专业能力放在突出的位置，不仅在“基本理念”中提出“能力为重”的要求，而且在“基本内容”中，“专业能力”维度下设置了六个教师能力领域，并有二十六项专业能力方面的“基本要求”，由此可见对教师专业能力的重视。五是关照“教”与“学”结合。教师专业标准是对教师专业素质和专业学位的规范要求,强调教师的教学是必然的结果。前面所讲述的“注重学生主体地位”特点,就是这种兼顾的体现。比如,教学设计能力领域中就明确体现出“引导和帮助中学生设计个性化的学习计划”,要求教师把教学目标设计和过程设计转化为学生的个性化学习计划等。六是体现时代特点。《专业标准》在内容上要求教师秉持有新时代特征的“基本理念”,主动适应经济社会和教育发展的要求,做终身学习的典范。七是兼具“基准”与“导向”的双重特征。我国教师专业标准虽然是“国家对合格中学教师的基本专业要求”,是“中学教师实施教育教学行为的基本规范”,应属于基准性教师专业标准范畴,但也兼具有发展性和导向性功能,起到引导教师朝着不断提高综合素质方向发展的作用:一方面,专业标准所确立的“终身学习”理念,以及“针对教育教学工作中的现实需要与问题,进行探索和研究”“不断反思,改进教育教学工作”“注重自身专业发展”“制定专业发展规划,积极参加专业培训,不断提高自身专业素质”等内容要求,已经把具有终身专业发展的理念、能力等作为专业规范要求提了出来;另一方面,专业标准所提出的六十三项基本要求,在表述上既考虑了底线和基准要求,也指明了发展的方向和提升的空间,体现了引领教师专业发展的作用。

(二)中学教师的专业知识及其获得

教师专业知识是教师专业发展的重要组成部分,是支撑教师教育教学的基础。教育的最终目的是为了促进学生的发展。教师的专业知识水平不仅影响着教育教学工作的开展,而且影响着学生的学习。中学教师专业知识主要由教育知识、学科知识、学科教学知识和通识性知识构成。

1. 教育知识

教师的教育知识是指教师在从事教育教学过程中所具有的教育学知识和心理学知识,这是教师知识结构的重要组成部分,是开展教育教学活动的基础和前提。只有具备了教育知识,才能使教师认清各种复杂的教育教学现象和问题,准确把握学生身心发展的特点,根据学生发展的需要,运用教育教学规律,促进学生发展。

(1)掌握中学教育的基本原理

中学教育是基础教育的重要组成部分,是促进学生认知增长、情感发展、人格成熟的主导力量之一。作为中学教师应该清楚地掌握中学教育的性质、目的和任务，以及中学教育教学的方法策略、管理艺术和教育机智等。

信息窗 4－3

教师掌握教育基本理论的主要途径

中学教师掌握教育的基本理论，对教师进行教学、管理以及自身的发展都有重要的作用，通过以下途径可以帮助教师更好地掌握中学教育的基本理论：

1. 进行理论学习，让教师认识到掌握基本原理的重要作用，从而使教师能够自主、积极地通过阅读书籍、独立思考等方式掌握基本原理；

2. 理论联系实际，仅仅掌握理论是远远不够的，必须与教育实践相联系，运用理论指导实践，通过实践的亲身感受，才能体验，领悟、理解理论，才可能检验和发展理论，从而使教师真正认识到理论的作用；

3. 教育反思，教师依据一定的教育理论、理念，对已进行过的教学、教育活动或学校工作进行回顾，总结经验教训，分析成败原因，提出改进措施。这是教育工作者学习和运用教育理论指导教育实践的一种最直接和有效的方法。

［**资料来源**］教育部教师工作司组．中学教师专业标准（试行）解读［M］．北京：北京师范大学出版社，2013：83－84.

（2）了解中国教育基本情况

我国正逐步实现从人口大国向人力资源强国的转变。到2020年，要基本实现教育现代化，基本形成学习型社会；实现更高水平的普及教育；形成惠及全民的公平教育；提供更加丰富的优质教育；构建体系完备的终身教育；健全充满活力的教育体制。

教师只有了解基本情况，才能立足我国的国情，根据我国的实际发展需要，合理地安排教育教学；只有了解教育改革的发展趋势，才能积极地、从容地应对改革给教师带来的机遇与挑战，促使教师主动学习先进的教育理念，采用先进的教学手段，用更加科学的理论来指导教学实践，最终促进我国教育改革的顺利进行。

（3）了解中学生身心发展的情况

学生作为教育的对象和教育的主体，了解学生身心发展的情况是一切教育工作的出发点和归宿。作为一名教师，要教好学生必须先要了解学生，只有了解和掌握学生心理活动特点和发展变化的具体规律，才能真正做到有的放矢，因材施教，才能避免因无视学生身心发展的具体要求而使学生成长受到限制，甚至阻碍学生成长。

第一，要了解中学生身心发展的一般规律。中学是一个人由儿童向青少年过渡的时期，在这一时期学生既要经历生理变化又要经历心理的变化。进入青春发育期的中学生，生理上正发生着急剧的变化，身高迅速增长，体重明显增加，身体形态变化大；大脑趋于成熟，神经系统趋于健全并且开始了性的发育。

信息窗 4－4

中学生生理特点的具体表现

一是外形的变化：

身高的迅速增长，每年至少要长高 6～8 厘米。

体重平均每年增长 4.4～5.5 公斤，初三以后，男女生的体重已接近成人。

第二性征的出现：在男生身上，主要表现为喉结突出，嗓音低沉，体格高大，肌肉发达。在女生身上，表现为嗓音细润，乳房隆起，骨盆宽大，皮下脂肪较多，臀部大，体态丰满，使得男女初中生在外形上的差异日益明显。

二是内脏机能的变化：

进入青春期后，中学生身体各个系统和器官的生长发育很不平衡，骨骼的生长比肌肉快，四肢的增长又比躯干快，因此部分少年的体形很像窄肩、扁胸、长腿的“豆芽菜”。

心脏的发育跟不上各器官和系统的生长，所以青少年容易发生头晕、疲劳、心跳加速、血压升高等现象。

大脑的发育在量上没有显著的增长，因为儿童在 10 岁以前脑重量已有成人的 95%，但在质的方面则有较大进展，以抽象逻辑思维为主，能根据假设进行推理，思维的创造性、批判性日益明显。

[资料来源] 教育部教师工作司组. 中学教师专业标准（试行）解读[M]. 北京：北京师范大学出版社，2013：86.

中学生生理的变化必然对心理的发展产生影响。其一般心理规律可概括为顺序性、阶段性、共同性和差异性。顺序性主要表现为心理发展是由低级到高级、由量变到质变连续不断地发展。如中学生的思维由形象思维发展到以抽象思维为主,记忆从机械记忆发展到意义记忆。由直觉情感心理向理性情感心理发展等。阶段性主要指中学生在不同的年龄阶段会表现出一些不同的心理特征。例如,少年的逻辑思维主要属于经验型,他们在进行抽象概括、归纳总结、推理论证时,仍要用具体形象作支持;而到青年期的成熟阶段,经验型的逻辑思维被理论型的思维所取代。他们已不满足于对已知的经验、材料的了解和记忆,而力求将这些经验和材料从理论上加以证明,发现其规律性,以指导自己的学习。共同性指在不同时代、不同的社会背景下,作为中学生的青少年的心理发展都表现为一定的普遍性或相似性。差异性则指正常发育的相同年龄阶段的中学生,其心理发展水平虽然大体相同,但由于各种主客观因素的影响,其心理的发展也存在着个别差异。比如,发展的速度和水平上,有的人早慧,有的人大器晚成;个性心理方面,如兴趣、爱好、性格、意志、能力等,中学生也存在差异,这种差异还表现在性别之间,如女生的言语能力较优,男生的空间能力较强,等等。

第二,要了解中学生世界观、人生观和价值观(简称“三观”)形成的过程以及教育方法。中学阶段是学生世界观、人生观和价值观形成的关键阶段,教师要树立强烈的使命感和责任意识,在教育过程中,引导学生树立正确的“三观”。

中学教师可以通过以下途径帮助学生树立正确的“三观”:开设思想政治课,通过系统理论学习,形成正确的观念;通过主题班会加强思想引导;通过社会实践活动,让学生在体验中感受“三观”;通过营造积极向上的校园文化环境,陶冶中学生;通过教师的垂范作用,潜移默化影响中学生,等等。

第三,要了解中学生思维能力与创新能力发展的过程与特点。中学生的思维由具体思维向抽象思维过渡,抽象逻辑思维日益占主要地位,但具体形象思维仍然起着重要作用;中学生思维容易产生片面性和表面性,但随着年龄的增长,能够逐步学会全面地理解事物的本质和内在的联系。因此,教师在教学中要有意识地培养学生的思维能力。既要提供合乎学生经验的具体的材料,又要善于及时引导学生向抽象概括的思维发展;既要有意识地培养学生进行思维活动的各种基本能力,包括分析、综合、比较、抽象、概括等,又要在教学中注意培养学生逻辑思维能力和独立思考能力。中学阶段,学生还未形成自己的思维方式和解决问题的模式,知识迁移能力形成速度快,阻滞因素少,是培养学生创新能力的最佳时机。为了促进学生创新能力的发展,中学教师在教学中应努力做到运用启发式教学,引导学生发现问题、解决问题,适时地运用“先学后教、先练后讲”教学模式组织实施课堂教学;为创新能力的发展提供一个平等、民主、开放的环境;创造性运用提问技巧,鼓励学生多提问,多提出与众不同的见解,保护学生的创造性意见和与众不同的观点;在教学中给学生思考的时间,以让学生积极参与、积极思考为主线,指导学生学会思考。

第四,要了解中学生群体文化特点与行为方式。中学生的群体主要是班级群体、学科群体和伙伴群体。班级群体,亦称“行政班”,一般是由年龄相近或相同的学生按学校章程的规定组编而成的,在长期的发展中,逐渐形成一些每个班级独特的班级目标和规范。班级是学生学习和生活的主要场所,班级群体必然对学生产生影响,学生在班级群体中通过人与人交往,逐渐形成了自己的“三观”,学会了人际交往的技巧,学会了社会角色的扮演,学会了与他人的竞争与合作,并规范和调解了自己的行为方式。总之,班级群体对学生的社会化、自我意识、人际关系等方面都有重大影响。学科群体,亦称“学科班”,是在“走班制”背景下形成的学生群体,该群体学生是有相近的发展志向、兴趣和学科学习能力,不受年龄、年级限制,参照学校对学生学习进行的大数据分析(或学科测评结果)与反馈建议,主动选择不同学科、不同水平的学科教室进行学习的,经常变化的学生群体。动态的学科群体对学生学习的主动性、个人兴趣、自信心以及学科志向、责任意识和能力的发展有重要影响。伙伴群体,亦称班级“非正式群体”,大多是因利益相关、爱好相同等原因自发形成的,伙伴群体对学生的个性发展影响非常大,教师要掌握伙伴群体的成因和特点,发挥其在教育教学、班级管理中的积极作用。

(4)掌握班集体建设与管理的策略与方法

班集体建设策略主要有:充分地了解学生;确立共同的奋斗目标;培养班干部,形成班级管理核心;建立、健全班集体制度;有计划地开展班集体活动;培养正确的舆论和良好的班风。班集体管理策略主要有:加强学生的自我管理、自我教育;管理要宽严适度;建立一支优秀的班干部队伍;开展丰富多彩的班集体活动。

(5)具有使用教育内容、教学手段和方法现代化的信息技术知识

教师通过信息技术的掌握,使课堂发生了变革,教师利用现代信息教育技术,充分享有共同资源,使用各种现代化的教学手段,从而极大地提高课堂效率,激发

学生学习的热情和兴趣，让教师的课堂变得更加生动活泼，课堂内容变得更加丰富多彩，教师借助网络中的 MOOC 平台，正在把因材施教、个性化学习的理想变成现实。

信息窗 4-5

慕课与翻转课堂

1. 慕课。所谓慕课(MOOCs)，即大规模在线开放课程。把 MOOCs 翻译成“慕课(即令人羡慕的课)”一词的是华南师大焦建利教授。按照教学模式的不同，慕课分为 xMOOC、tMOOC 与 cMOOC 三类。xMOOC 与一般网络远程教学课程无异，以行为主义教学理论为基础，属于知识复制型。tMOOC 采取基于任务的学习方式。例如，在新媒体传播课程中，要求学生利用工具独立编写一些数字故事，然后在网上提交作品，期间，教师仅起到指点的作用。西蒙倡导的 cMOOC 是让学生运用社交软件，围绕专题开展研讨，每 1 ~2 周探究一个专题，师生共同贡献思想，以建构主义、联通主义理论为指导，属于知识建构型。

2. 微课、微视频、进阶作业、在线互动。微课，即微型课程，它以容量小、内容少而得名。在线微课通常是以微视频的形式出现。微课作为课程的一个种类，具有明确的课程目标或课程标准(碎片化知识)，确定的教学内容或热点问题，恰当途径的师生交流，必要的作业、测试。可以在线，也可以不在线。

微视频是按照课程标准的要求，教师将知识内容按照学科逻辑与学生的认知特点划分为若干较小知识模块，运用现代信息技术手段，整合图文声像等要素而创作的学习资源。时间长度为 5 ~7 分钟。

进阶作业主要用于检测已学微课的情况，要求理解现在的问题，会做低阶作业，才能做较高阶的作业。

在线互动。它是借助于现代数字平台，师生、生生之间交流、讨论以提升学生思维品质的教学形式。

3. 基于系统设计的碎片化学习方式。其特点是紧扣教学目标，始终围绕课程标准。借助于"系统设计"，教师们希望学生能够更准确地把握知识与知识之间的联系，厘清学科的知识结构，使学习变得更有意义。

4. 翻转课堂。它是相对于传统的课堂上讲授知识、课后完成作业的教学模式而言的。学生在课前观看教学微视频以及拓展学习材料，完成进阶作业，参加在线讨论等基本的教学环节（知识传授）；课堂中，教师任务在于解答学生问题、订正学生作业，帮助学生进一步掌握和运用所学知识（知识内化）。

[**资料来源**] 陈玉琨. 中小学慕课与翻转课堂教学模式研究[J]. 课程·教材·教法. 2014,34(10):10－17,33.

2. 学科知识

学科知识就是教师所具有的执教学科的概念、原理、理论、方法等的知识，是教师专业知识的主要内容之一，是教师进行正常的教学，保证基本教学质量的前提、基础及必要条件。学科知识的内涵包括以下三方面：

(1) 了解所教学科的知识体系、基本思想和方法、基本原理和技能

学科知识既包括某一学科基本的知识体系和原理等显性的客观事实，同时又包括某一学科的基本思想、态度和价值观等隐性的知识。了解学科知识体系，就是了解该学科在初等、高等教育中的内容体系，了解该学科的发展历史，了解该学科前言的研究与发展。了解学科知识体系有助于教师准确把握每部分课程内容的性质、重要程度、对未来学习的意义，掌握教学内容的重点、难度、深度、进度，选择恰当的教学方法帮助学生有效学习。学科的基本思想和方法是基于对学科体系、内容的深入理解之上的，是对学科内容体系间的逻辑运动规则高度抽象与概括，是学科体系发展的基本手段与活动规则。当今社会文化处于飞速发展状态，只有掌握了学科的思想与方法，才能运用学习的手段跟上时代发展的步伐。教师不仅仅要注重学科知识内容本身的传授，更要做到在基本思想和方法上的渗透，深知"授人以鱼，不如授人以渔"。预见学科未来的发展方向，才能把握现有学科体系的价值，让学生对本学科的未来发展有深入的理解和思考。

(2) 了解所教学科与其他学科的联系

在教学中，教师加强所教学科与其他学科间知识的横向联系，可以开拓学生

的视野和思路,破除知识分类、分割产生的断裂感,培养学生一个整体、综合的知识观,促进学生创造能力和多元思维能力的发展。

(3)了解所教学科与社会实践的联系

学习上的融会贯通就是知道知识从哪里来,到哪里去。教师了解了知识的去向,才能有效选择课程资源,充分利用课程资源,帮助学生真正建立起知识与实践之间的联系,激发学生学习的热情和创造力。

3. 学科教学知识

学科教学知识就是教师怎样把自己所知道的学科知识传递、转化为学生的知识和智慧。它具有实践性、情境性、综合性、隐蔽性、工作性的特点。学科教学知识具体内容包括掌握学科课程标准,掌握学科课程开发方法,了解中学生的学科认知特点和掌握学科教学方法等方面的知识。教师学科教学知识的形成路径主要有三条:一是自主建构。将学科教材结合一般教学法等知识进行加工,建构形成自身的学科教学中知识;从动态的课程中获得学科教学知识,教师在其中扮演课程的建构者、生成者。二是学习运用"转识成智"策略。"转识成智"即如何把知识变成力量,变成能力,生成智慧。教师可以采用的策略包括质疑求知、实践锤炼、开放课堂场域、开设方法论讲座、开发现代教学技术的"转智"功能等①。三是在实践中反思。首先,教师在实践中反思自己的教育理念,通过对实际经历的思考和感悟,获得对于具体学科、学生、教学方法、教学评价等问题的新认识,产生新的教学思想;其次,教师反思自己的教育思维方式,如是否单一地看待学科问题,是否注意其与其他学科的联系性,是否对学科教学问题的思考过于静态和封闭,等等。四是与他人互动。比如,新入职的教师可以与优秀教师结成师徒对子,听优秀教师的公开课、示范课、常态课,参与学科组的集体备课,参加同课异构教学以及其他教学研讨活动,丰富自己的学科教学知识,提高实践反思的深度。

目前,有些中学还在扩张阶段,青年教师专业教学发展问题很突出。青年教师专业教学发展问题包括让青年教师"站稳讲台"和对青年教师的教学进行管理两个方面。青年教师站稳讲台的内核是青年教师在充分准备的前提下,"争取上

①徐超富. 转识成智:现代教学的认知价值追求[J]. 华东师范大学学报(教育科学版),2014,32(4):23 - 29.

讲台—珍惜站讲台机会—在讲台上赢得学生喜欢和尊重”过程中逐渐产生的对高校教学的敬畏感、责任感、使命感、荣誉感和信心，是其教学能力不断提高的切身体验。但是，在教师人数不足的情况下，会出现比较多的课程教学权利，有些青年教师是“赶鸭子上架式”被安排上课，课堂上出现教师极度依赖 PPT，不与学生交流，学生不认真听课，做小动作等情况，不少教师的教学尊严荡然无存。加之，一些学校“用”教师远远重于“管理”教师。一些教师处在摸索中上课，有些教学的显性知识，没有人告诉他们。比如，上好课的前提是备好课，备课怎样做到依据标准，教学要精心设计，教学设计、课件设计的制约因素有哪些，课程资源的教育性选择与安排指的是什么，教学方法选用的准则有哪些，课堂提问与解答的要领在哪里，作业布置与批改的基本要求是什么，教学辅导有哪些形式以及注意事项，等等。由于没有得到及时有效的指导，一些青年教师的成长可能因此走入歧途。况且，教学不仅是知识，还是技术，更是艺术。而教学技艺是需要“手把手”传授的，如果技艺习得过程缺少师徒式的“传、帮、带”，缺少在师傅身边的耳濡目染，青年教师便很难领悟导入、概念教学、案例教学、沟通对话、课堂讨论、反馈强化等知识层面的技艺。

4. 通识性知识

正如舒尔曼所言，课堂教学也许是人类所从事的活动中，最复杂的、最具有挑战性的、要求最为苛刻和多元的、极为微妙、差异性极为细致、最令人忧心的活动。教师要胜任这项工作必须要有广博的知识作后盾，常言道：教师要给学生一杯水，自己就要有一桶水，甚至是一条河。这就是说，教师应该有通才意识，主动利用新媒体阅览教学资源库，经常利用学校或社区图书馆获取教育教学资料，争取“国培计划”①和“省培计划”②机会学习专业内外的知识，文史哲、理化生、音体美，广收并蓄，向拥有多样化的学科专业结构、较高学术水准、深厚的文化底蕴的方向努力。

①“中小学教师国家级培训计划”，简称“国培计划”，由教育部、财政部于 2010 年开始全面实施。“国培计划”是贯彻落实《教育规划纲要》启动的教育发展重大项目，是加强幼儿园、中小学教师队伍建设的一项重大举措。“国培计划”其宗旨是示范引领、雪中送炭和促进改革，以农村教师为重点，通过对幼儿园、中小学教师的专项培训，提高广大教师的教育教学能力和专业化水平，示范带动各地教师全员培训工作的开展，大幅度提高教师队伍整体素质，为促进学前教育普及、义务教育均衡发展和提高基础教育质量提供师资保障。“国培计划”包括“中小学教师示范性培训项目”“中西部农村骨干教师培训项目”和“幼儿园教师国家级培训计划”三项内容。

②“省培计划”是各省教育部门组织实施的教师培训计划。

5. 教师知识

教师知识是教育学知识、学科教学知识的重要组成部分,其构成及其形成却有自己的特点。它更多地来自实践经验的积累和升华,是解决教育教学实际问题类知识,属于教育智慧范畴,其研究成果汇聚成教师知识构成理论①。

学界对教师的研究经历了一个从对教师行为研究到教师认知研究的过程,而对教师认知的研究也经历了一个从对教师角色、情感和思维等的研究转向对教师注释研究的过程。哲学领域中的隐性知识理论和管理学领域中的知识转化理论分别对教师个体实践知识理论和教师知识转化理论的形成和发展产生了很大的影响,其他领域中的知识理论给对教师知识的研究奠定了深厚的理论基础。国内外教师知识理论大致由五部分构成,即教师知识的构成理论、教师个体实践知识理论、教师知识的生成理论、教师知识影响因素理论和教师知识的转化理论。

教师知识的构成理论主要包括教师知识的结构理论、学科教学知识理论和学科教学知识的批评理论。西方学者将之区分为教师的内容知识理论(舒尔曼称之分为学科知识,即具体学科的概念、规则和内容等;格罗斯曼将之区分为学科内容本身和外在的学科教学法的知识)、教师的教学法知识(舒尔曼将之分为一般教学法知识,即来自于教育心理学取向的,如教学设计、管理课堂和激发学生学习动机等;学科教学法知识,即教师将学科内容转化和表征为有教学意义的形式、适合于不同能力和背景学生的能力的知识)和其他教师知识结构理论(如学生及其学习特点的知识、教育情境的知识、教育目的及其价值的知识等);国内学者将之区分为功能取向的教师知识结构研究(2005 年林崇德将之区分为本体性知识、文化知识、实践知识和条件性知识)、学科取向的教师知识结构研究(1990 年台湾学者单文经将之分为一般的教育专业知识和学科知识两部分,一般的教育专业知识是指与教学内容无直接关系的知识,包括一般的教学知识、教育目的的知识、学生身心发展的知识和其他相关教育的知识;学科知识是指教师教学时需要处理的与教学内容相关的知识,包括教材内容的知识、教材教法的知识和课程知识)、实践取向的教师知识结构研究(2003 年陈向明将之区分为教师的教育信念、自我知识、人际知识、情境知识、批判反思知识和策略性知识)和复合取向的教师知识结构研

①朱旭东. 教师专业发展理论研究[M]. 北京:北京师范大学出版社,2011:62 - 84.

究(2001 年叶澜认为教师的知识结构是多层次复合的,主要有三层:最基础层面是有关当代科学和人文两方面的基本知识,以及工具学科的扎实基础和熟练运用的技能技巧;第二层是具备 1 ~2 门学科的专门知识与技能,是教师胜任鉴赏工作的基础性知识;第三层是教育学学科知识,由教师帮助认识教育对象、教育教学活动和展开教育研究的专门知识构成)。

教师个体实践知识理论主要包括:教师个体实践知识的特征理论——经验型特征理论,情境性特征理论;教师个体实践知识的功能理论——行为导向功能理论,知识更新功能理论。

教师知识的生成理论,即认为教师的个体实践知识在行动中产生。教师应该从知识的消费者变为知识生产者,在行动中生成属于个体自己的正式知识和实践知识,从而决定使用什么样的学科理论知识或实践教学法知识,最终转化为自身、学校、社会和生活理论。

教师知识影响因素理论。达菲(Duffee)和艾肯黑德(Aikenhead)从以下层面理解教师的实践知识,把实践知识的内涵与影响因素统一为整体。第一层面是教师过去的经验,如受教育的经验、生活形态、家庭因素、朋友及信仰等。第二层面是教师目前的教学状况,如现有法规、课程内容、教学器材供应、外界物理环境、社区环境、行政上的各种措施、学生的主要特征和同事等因素的影响。

教师知识的转化理论主要包括:①教师知识外显化理论提倡,一是建立习得性、发展性和交流性的学习三位一体的教师专业发展模式,为隐性知识显性化提供可能和空间;二是利用课后小结与札记,积累教育教学经验教训,为专业知识显性化留下素材;三是开展教师专业生活史研究,通过教师对专业成长的回顾,发现自己的人格、认知特征、知识结构,对自己成长的决定性影响、自己的常有教学方法、成功案例和诀窍等进行编码,甲乙格式化,既可供自己所有,也可与同事共享。②教师知识可接受化理论认为,学科知识(CK)向学科教学知识(PCK)的转换主要包括解释、表征和适应三个阶段。通过解释阶段,教师对所教授的学科内容进行归类与解释,把学科内容知识中的重要原理、概念和技巧方法区分出优先层次。通过表征阶段,教师借助隐喻、类比、图解、活动和距离等手段对学科知识进行表达和呈现,以建立教师对知识的理解与学生需求的联系。通过适应阶段,教师基于对学生的先前知识、能力、学习材料和学生需求等的理解对教学作出调整。

这五种理论，尤其是教师注释的构成理论和教师个体实践知识理论都已有了大量的研究。其中，作为区分教师和其他领域专家以及一个学科教师和另一学科教师的关键，舒尔曼提出的学科教学知识也被认为是在个体行动中产生的。因此，学者们将大量的精力放在对在职教师知识的研究上。然而，职前教师教育也是教师知识获得和发展的一个重要途径，同样值得我们重视并加以研究。

(三)中学教师的专业能力及其形成

专业能力是教师专业发展的重要内容，是教师顺利开展教育教学、促进自我发展的根本保证，增强教师胜任力是素质教育改革对教师的基本要求。教师只有从“是什么”“为什么”“怎么做”等角度，理解并掌握教育教学能力(教学设计能力、教学实施能力、班级管理与教育活动能力、教育评价能力)、交往与沟通能力和自我发展能力，才能成为一名高素质、专业化的中学教师。

1. 教学设计能力

教学设计能力主要体现在教学目标设计能力和教学过程设计能力上。

(1)教学目标设计能力

教学目标是预期的教学结果。教学目标在指引教学方向、指导教学策略的选择和运用、指导教学结果的测量与评价等方面发挥着重要的作用，科学的教学目标设计能指引、激励学生的学习。科学的教学目标设计，应当具有正确性、具体化、多样化、集中性和联系性等特征。教学目标设计能力的要求主要有：能够以课程目标为依据来设计教学目标，能够从学生的设计水平和学习规律出发来设计教学目标，能够设计出重点突出、层次清晰的教学目标，能够确保各章节教学目标相互协调。

(2)教学过程设计能力

教学过程设计的核心是合理利用教学资源和方法。教学过程设计能力就是教师在教学之前就教学的流程、内容、方法等进行精心策划和科学安排使教学过程趋向最优化的能力。教学过程设计能力的内涵非常丰富，它至少包括这样几个方面的能力要求：研读处理教材和正确使用教学参考书的能力、正确选择及合理运用适当的教学方法的能力、创造性的进行教具设计以及制作的能力和根据实际情况进行合理的教案编写的能力等。

2. **教学实施能力**

教学实施能力主要体现教学情境创设能力、教学应变能力和现代教育技术应用能力上。

(1)教学情境创设能力

《专业标准》对教师们提出了这方面的能力要求,即能“营造良好的学习环境与氛围,激发与保护中学生的学习兴趣”。教学情境究其广义来理解,是指作用于学习主体,产生一定的情感反应的客观环境;从狭义上来讲,是指在课堂教学环境中,作用于学生而引起积极学习情感反应的环境。教学情境的设计是以创建面向真实的或仿真的学习情境为重点,要针对自主学习、合作学习、探究学习等多样化的需要设置不同的学习情境。教学情境创设能力的要求主要有:能够使教学情境具有明确的目标指向,并最终实现学科教学的预期目标;能够使教学情境触及学生的情绪和意志领域;能够在教学情境中落实学生的主体地位。

(2)教学应变能力

教学过程中出现突发情况是不可避免的,即使经验丰富的教师所涉及的教学方案也会因此而受到干扰。这就要求教师能做到《专业标准》中要求的“有效调控教学过程,合理处理课堂偶发事件”。教学应变能力,是指教师面对突变的教学情境所表现的及时、准确、果断、恰当地处理问题的一种教学艺术。它既包括教师处理课堂偶发事件的能力,还包括教师灵活选择教学方法、进行教学调控的能力。中学教师教学应变能力的要求主要有:善于观察学生的情绪反应,灵活调控教学;能够灵活调控教学手段及教学内容;能够运用教育机智有效处理课堂教学突发事件。课堂教学过程中随时都有可能出现诸如违反纪律等类似的突发事件。遇到这样的情况,教师要善于运用自己的教育机智,保持冷静,克制住自己的情绪,耐心帮助学生,以理服人,发脾气、体罚学生都只能适得其反。如果发生紧急事件,本着“生命安全第一”的原则,教师应果断对当事人采取保护或救助措施,同时,稳定住其他学生。如果自己一个人难以解决,应立即指派学生请其他老师来协助解决。

(3)现代教育技术应用能力

现代教育技术应用能力即指教师运用现代教育理论和现代信息技术,通过对教与学过程和教学资源的开发、设计、利用、评价、管理,以实现教学的最优化。它主要包括以下三方面内容:一是现代教育技术的应用是现代教育过程中所用到的各种手段。从最基本的黑板、粉笔、文字教材到现在经常被使用的教具、投影仪、电视机、有线与无线扩音系统、视频展示台再到多媒体计算机、CAW 闭路电视教学网络系统、计算机双向传输交互网络系统以及 MOOC 平台等。二是现代教育技术的应用是一个精心选择和合理组织学习教材的过程。这些学习教材应当满足社会和学生个人学习的需要,必须符合认知规律,适合于学生的学习,促进学生的全面发展和个性化发展。三是现代教育技术的应用还是设计、实施和评价教育教学过程的方法。现代教育技术应用能力的要求主要有:能够熟练操作计算机和使用网络,并能够将它们应用于自己的教学与科研活动;能够对各种信息进行甄别、评价和选择;能够将现代教育技术与学科教学进行有机整合。

3. **班级管理与教育活动能力**

(1)班级管理能力

班级管理是一种有目的、有计划、有步骤的社会活动,这一活动的根本目的是实现教育目标,使学生得到充分的、全面的发展。其内涵有:班级管理的对象是班级中的各种资源,而其主要对象是学生;班级管理活动主要包括计划、组织、协调和控制等;班级活动是一种组织活动过程,它体现了教师和学生之间的双向活动,是一种互动的关系。参与者是教师与学生双方,教师对学生的管理和学生的自主管理共同构成了完整意义上的班级管理。班级管理的基本要求和发展方向有三方面。一是能够科学设计班级的教育教学环境。它具体包括:第一,班级物理环境设计能力,包含班级卫生与物品摆放、桌椅与座位排列、窗帘和条幅等的颜色选择以及光线与照明处理等能力。第二,班级人际环境创设能力,包含构建民主、和谐的师生关系、生生关系,促进文明班风的形成。第三,班级舆论环境设计能力,能够利用墙报、班级报纸、条幅等形式,在班级营造积极向上、团结友爱、开拓进取的舆论环境。二是能够有效地建立班级管理组织。通过有效地选拔、培养学生干部来建立班级管理组织是班主任应当具备的能力之一。在选拔学生干部时,要本着民主原则,把具有责任心、有威信、有合作能力、有实际能力的学生选拔出来。同时,还要学会合理使用学生干部,做到人尽其才,发挥特长。此外,还要能够科学地指导班级学生干部开展工作。三是能够组织班级活动的能力。这包括能够科学地确定活动内容,使之体现教育性、知识性、娱乐性、实践性等活动主题;能够周密地安排活动计划;能够有效指导活动实施;能够有效地评价活动结果并及时地反馈给学生。

(2)教育活动能力

狭义的学校教育活动能力,主要指教师开展课堂教学活动之外的一些专项教育活动能力。包括能够对学生进行青春期教育和心理健康教育,在开展青春期教育、心理健康教育、挫折教育、恋爱观教育和性教育活动时,教师既要能够向学生有效传递相关知识,还能够培养学生的实际能力,帮助学生克服成长过程中的种种焦虑和不安情绪,实现健康、和谐的发展目标;能够对学生进行防火、防盗、防溺水、防骗等安全教育,让学生掌握地震、火灾等常见自然灾害的逃生技能;能够为学生提供学习、生活、人际关系、情感等咨询和辅导;能够引导学生进行生涯规划;能够组织学生开展丰富多彩的社会实践活动;能够有计划性地开展切实有效的主题道德教育活动。

4. 教育教学评价能力

(1)综合评价学生的能力

教师综合评价学生的能力至少包括两方面内容:一是对学生的学习前和学习过程的状况的诊断评价能力,二是对学生的学习与发展结果进行全面、科学评价的能力。无论是过程性评价,还是结果性评价,都要对学生的德、智、体、美以及情感与心理发展等诸多方面进行综合评价。综合评价学生的能力要求能够利用多种手段多渠道收集评价信息。教师要善于从学生作业、课堂表现、交谈、课外活动、集体劳动、测验成绩等方面收集信息;能够客观、公正地评价学生,发挥评价的诊断功能;能够落实学生评价的标准、导向和激励作用;能够利用多种评价工具和多元评价方法,对学生发展进行多视角、全过程评价。教师不仅要能够运用定量、定性评价方法,还要能够利用档案袋等评价工具评价学生。在评价过程中贯彻发展性评价原则,把学生自评和他评结合起来,把过程性评价与结果性评价结合起来。

(2)教师自我评价与改进能力

《专业标准》提出,教师应该能够达到"自我评价教育教学效果,及时调整和改进教育教学工作"的要求。

从心理学方面来讲,自我评价与改进是自我意识的一种形式,是主体对自己思想、愿望、行为和个性特点的判断和评价。因此,教师的自我评价与改进是指一种教师通过认识自我,分析自我,从而达到自我素质提高和专业自主发展的内在机制。教师自我评价与改进能力的要求主要有:能够找到自己教育教学中的不足;能够循序渐进地对自己进行认识、批判、反思、提高;能够在自我评价中不断求得专业发展;能够制订出可操作的自我评价指标体系;能够通过多途径收集信息,并能够对它们进行综合分析;能够正确地利用评价结果来改进自己的教学。

信息窗 4-6

课堂教学评价框架表

<table>
<tr><th>本质特征</th><th>关系维度</th><th>指标要素</th><th>表现描述</th></tr>
<tr><td rowspan="5">活动——实践性</td><td rowspan="3">教师·课程</td><td>目标确定</td><td>明确、具体、可测</td></tr>
<tr><td>内容设计</td><td>主题、结构、呈现</td></tr>
<tr><td>技术运用</td><td>关联性、新颖性、多样性</td></tr>
<tr><td rowspan="2">学生·课程</td><td>学习方式</td><td>自主、合作、质疑、探究</td></tr>
<tr><td>学习效果</td><td>学会、学好</td></tr>
<tr><td rowspan="4">社会——交往性</td><td rowspan="3">教师·学生</td><td>提问应答</td><td>启发性、挑战性、全体性</td></tr>
<tr><td>活动引导</td><td>任务、责任、路径、时效</td></tr>
<tr><td>评价反馈</td><td>客观、及时、正向</td></tr>
<tr><td>学生·学生</td><td>合作研讨</td><td>团结、互助、共享</td></tr>
<tr><td rowspan="4">文化——价值性</td><td rowspan="2">教师·课堂文化</td><td>气氛营造</td><td>活跃、轻松、和谐</td></tr>
<tr><td>秩序调节</td><td>规范、灵活、机智</td></tr>
<tr><td rowspan="2">学生·课堂文化</td><td>学习状态</td><td>有动力、有精力、有活力</td></tr>
<tr><td>学习体验</td><td>感悟、愉悦</td></tr>
</table>

注:本框架旨在构建一个超越具体学科特征和教师个体因素的课堂教学质量评价标准。

[资料来源]郝志军.中小学课堂教学评价的反思与建构[J].教育研究,2015(2):110-116.

5. 沟通与合作能力

《专业标准》将沟通与合作作为一个独立的维度，对广大中学教师的能力发展提出了四个方面的基本要求："了解中学生，平等地与中学生进行沟通交流""与同事合作交流，分享经验和资源，共同发展""与家长进行有效沟通合作，共同促进中学生发展""协助中学与社区建立合作互助的良好关系"。依据教师进行沟通与合作的不同对象，可以将上述四个方面的要求概括为三种能力：师生对话能力，同事合作能力，家校合作能力。

①师生对话能力，即教师运用适当的语言与学生进行平等交流与沟通，从而实现师生共同建构知识、分享情感经验、共同发展的能力。"对话"与"独白"相对，对话具有民主性、语言性、开放性和创造性等特点。师生对话能力要求赋予每一位学生平等的对话权力和机会，善于创设宽松的对话氛围，掌握师生对话的技巧。

②同事合作能力，即教师们为了追求专业发展和改善学校教育实践，就共同感兴趣的问题，共同探讨解决的办法，从而形成的一种合作性、批判性互动关系。同事合作能力的要求主要有：善于倾听和交流，通过同事合作取长补短，获得自我发展；能够积极主动地帮助同事，带动他人发展，比如在参与集体备课，相互听课、评课、议课、师徒结对等活动时，要敢于讲真话，在找准对方的优点和问题的基础上提出中肯的、建设性的反馈信息和改进建议；能够利用多种方式与同事展开合作，例如充分利用合作研究、同伴教学指导、相互观摩教学、工作坊、"影子教师"、集体备课、同行评价、师徒制等开展实质性合作，借助网络平台和其他新媒体虚拟交往群传递工作信息和教学方法，等等。

③家校合作能力，即教师联合家庭、社区和学校的力量，对学生教学教育的能力。家校合作能力的要求主要有：能够正确定位教师和家长的教育角色——家长是学校教育平等的合作者；能够尊重家长的想法和意见，平等交流——求同存异是处理家长意见的基本原则；能够利用多种方式和渠道，与家长进行合作——召开家长会，家访、开放日、公开课，手机短信平台、电子邮件、网络平台等都是有效的沟通方式和渠道；能够科学设计家校合作活动，不断提高家校合作的质量。

6. 反思与发展能力

《专业标准》将反思与发展能力作为一个独立的维度，对广大中学教师的能力发展提出了三个方面的基本要求："主动收集分析相关信息，不断进行反思，改进教育教学工作""针对教育教学工作中的现实需要与问题，进行探索和研究""制定专业发展规划，积极参加专业培训，不断提高自身专业素质"。这里可以将它们概括为两个方面的能力：反思能力与职业生涯规划能力。

①反思能力，即教师在教学过程中，将自我和整个教学活动本身作为意识的对象，不断地对教学进行积极主动地计划、检查、评价、反馈、控制和调节的过程。教学作为一种极其复杂的实践活动，一定要受到价值理论的引导或指导。一个好的教师要通过终身学习，通过自己的科学研究或教学学术实践，从"自身学科—专业—课程体系—教学内容"出发，在研究当代学生多方面需求的基础上，领悟并内化专业理论知识和教育理论知识，确立教学改革的方向，保证课堂教学的质量。当出现教学不能令自己、学生以及同行满意时，能够自觉地运用改进策略优化教学，保证教学的高质量。反思能力的要求主要有：能够对自己的教育教学活动进行自我诊断；能够广泛地收集和深入分析关于自己教育教学活动的信息；能够自我提出教学改进策略，并能够在实践中加以验证；能够综合运用多种反思方法。

信息窗 4－7

教师发展的反思与非反思路径

教育研究中，"反思"通常被界定为："教师以自己的教育教学活动为思考对象，对自己的教育观念、教育行为、教育决策以及由此所产生的教育结果进行审视和分析的过程，是一种通过提高自我觉察水平来促进专业能力发展的过程，是进行创造性劳动和超越自我的过程。"教师发展的反思路径是教师在将教育教学活动对象化、课题化和教育认识显性化、公共化的前提下，通过理性方式谋求发展。其假设是：如果教师拉开自我与活动的距离，如果教师表达出默会知识并接受批判，教育就能改善，教师就能发展。其公式是：成长＝经验×反思。

教师发展的非反思路径是教师在未将教育教学对象化、课题化和教育认识显性化、公共化的前提下，以非理性方式谋求发展。其假设是：即使教师的自我与活动未被拉开距离，即使教师的默会知识未被表达与批判，教育仍能改善，教师仍能发展。非反思路径的形态包括：默会怀疑（教师的默会知识通过非显性化方式得以改进的发展形态，比如，教师上平行班的课，课越上越顺，渐入佳境）、内隐学习（教师以无意识或无法表达的方式获得教育观念的发展形态，内隐学习的典型案例是学徒观察）、悟性思维（基于我国传统哲学提出的强调思维过程直觉性与跳跃性的教师发展形态，“捉虫”与“喔”效应即为典型案例）和以心识心（教师用“心”体认而非“脑”思考教育与学生的发展形态，比如，教师从心开始，懂得学生的心，与学生心心相印，学生就会感到“与我心有戚戚焉”）等。

[资料来源] 王加强. 教师发展的非反思路径[J]. 华东师范大学学报（教育科学版），2014，32(4)：40－46.

②职业生涯规划能力，即教师从自身的特点和优势出发，综合考虑时代、社会的要求以及所在学校的发展目标，对自己的专业发展进行预期性、系统性的设计与安排的能力，它是教师完成专业发展规划的能力条件。职业生涯规划能力的要求主要有：能够根据专业发展规律准确地判断自己所处的专业发展阶段及其发展重点；能够制定适切的个人专业发展规划；能够督促自己完成计划和任务；能够利用多种途径提高自身专业素质，比如，研究学生学习中的具体问题，攻读学位，校外培训与进修、校本培训、与同事或专家进行合作研究等。

问题思考与讨论

1. 简述教师专业发展、教师专业发展规划、教师专业知识、教师专业能力等概念。
2. 简述教师专业发展的基本阶段及主要特点。
3. 简述中学教师的专业知识领域及其基本要求。
4. 了解教师发展形成能力期、热情与成长期以及稳定期存在的主要问题与问题解决的策略。
5. 根据《中学教师专业标准》的基本特点，谈谈如何做一名合格的中学教师？
6. 结合中学教师某个专业能力领域的基本要求，设计自己的能力提升方案。
7. 有人说，“育人没有终点，也没有一成不变的路径可搬用，育人永远在路上。

换种说法，好的教育就是启迪学生的智慧，但同时它也是对教师智慧的极大挑战，好老师的头脑是属于学生的，好老师的智慧一刻不停地处于激荡之中。好教师首先要学会琢磨育人之事，动用身边的知识和个人的智慧，设法弄清楚所教之事，所育之人，以及转化、提升受教育者思想境界的方式方法，做一个随时随地能够帮助学生成长成才的人。”对此，你是怎么看的？

8. 通过调查走访，在中学教师指导下制订一份专业发展三年规划。

9. 结合所学知识，试分析刘老师的专业发展规划。

教师专业发展规划案例

姓名：刘老师　任教科目：初中政治　职称：中教一级　教龄：16 年

填表时间：2015 年 10 月 20 日

<table>
<tr><th>项目</th><th>分析点</th><th>内容</th></tr>
<tr><td rowspan="2">自我专业发展需求分析</td><td>现状估计</td><td>优势：
1. 教学理念：敢于打破常规，大胆探索；把学生当做课堂主人，积极引导学生合作、探究。
2. 教学经验：16 年的教学积累，已经形成自己“平和、幽默、生动”的教学风格，深得学生喜欢。
3. 教科研：近三年连续担任暑期初中思想品德课教师继续教育主讲教师；是安徽省“国培计划”受聘专家；多次参加全省中考研讨，多次负责全市思想品德学科期末考试命题。
4. 相关知识：有较好的计算机基础，较强的组织沟通能力，有较强的语言表达能力。
劣势：
1. 专业理论知识有待加强，不善于从经验中总结提升。
2. 缺乏与校际、市际兄弟学校同行的交流合作。
3. 学校职务较多，不能集中精力对专业发展作更好的规划。
4. 只注重埋头做事，不注意获得领导的支持。</td></tr>
<tr><td>面临的发展问题</td><td>1. 优化课堂教学，提高学生的自主学习能力，开拓学生视野和实践能力。
2. 加强教科研理论学习。
3. 整理教学资源，开发校本教材。
4. 加强与社会的联系，为学生提供社会实践的平台。</td></tr>
</table>

续表

<table>
<tr><th>项目</th><th>分析点</th><th colspan="3">内容</th></tr>
<tr><td>环境分析</td><td>领导、同行的压力以及学生及其家长的期望</td><td colspan="3">有利因素：
1. 省内有一定知名度，是中考命题专家成员，有较好的发展基础。
2. 学生、家长比较认可我的课堂教学风格。
3. 学校工作环境比较优越。
不利因素：
1. 自我期望高，压力比较大。
2. 教科研时间不足，氛围不浓。</td></tr>
<tr><td>专业发展目标</td><td>两个目标</td><td colspan="3">总体目标：成为权威型、学者型教师。
具体目标：1. 课堂教学和心理教育、社会实践的结合。
2. 课堂教学的趣味性和时效性结合。
3. 突破研究瓶颈，多看、多写。</td></tr>
<tr><td rowspan="3">具体行动方案</td><td>“两步走”规划</td><td>策略与行动</td><td>所需支持</td><td>预期结果</td></tr>
<tr><td>2016—2018 年</td><td>1. 继续做好基础教学工作，创设生动高效的课堂。
2. 总结教学经验，形成独特的课堂教学模式。
3. 整理初中思想品德教学设计和课件，形成较完备的教学资源。
4. 加强教育理论的学习。</td><td>需要本校同行的支持和帮助。</td><td>完成初中思想品德课教案和课件的整理，整理出应对中考思想品德教学的方法技巧。</td></tr>
<tr><td>2019—2021 年</td><td>1. 对教学中的经验、感悟提炼升华为理论，形成文字性材料，以发挥引领作用，推进学科建设。
2. 努力把教学实践和理论相结合，积极申报课题，形成教、研、实践一体的教学模式，在学科建设上有所突破。</td><td>需要专家和学校的支持和帮助。</td><td>发表课堂教学和思想品德学科研究论文，主持和参加省级课题研究。</td></tr>
</table>

阅读指南

[1]教育部教师工作司组.中学教师专业标准(试行)解读[M]. 北京:北京师范大学出版社,2013.

[2]朱旭东.教师专业发展理论研究[M]. 北京:北京师范大学出版社,2011.

[3]叶澜,白益民,王枬,等.教师角色与教师发展新探[M].北京:教育科学出版社,2001.

[4]阮成武. 主体性教师学[M].合肥:安徽大学出版社,2005.

[5]马克斯·范梅南.教学机智——教育智慧的意蕴[M].李树英,译.北京:教育科学出版社,2015.

[6]傅道春.教师的成长与发展[M].北京:教育科学出版社,2001.

网络导航

1. 中华人民共和国教育部网站:http://www.moe.gov.cn/
2. 中小学教师考试网:http://www.ntce.cn/

第五章　教育研究方法

学习目标

了解教育研究的基本概念及其不同的分类方式，明确教育研究的信度和效度问题；理解教育研究问题的发现与课题的选择，掌握教育研究假设的提出与表述，了解教育研究方案的基本构成；认识中小学流行的多种研究方法，尤其要掌握设计调查问卷的方法、教育行动研究的基本过程和课例研究的操作模式。

一、教育研究概述

（一）教育研究的含义

教育研究，与所有科学研究一样，由三个基本要素组成：客观事实、科学理论和方法技术，执行着解释、预测和控制的功能。教育研究以发现或发展科学知识体系为导向，通过对教育对象的解释、预测和控制，以促进一般化原理、原则的发展。教育研究作为科学研究的一种形式，它的突出特点是富有创造性。它具有很强的目的性和计划性，其宗旨是为了解决一定的教育科学问题。教育研究的过程是以教育现象为对象、以科学方法为手段，遵循一定的研究程序，以获得教育科学规律性知识为目标的一整套系统研究过程。

教育研究与一般的经验总结、消息报道有区别，也不同于权威专断。大量事实说明，仅依靠经验和权威作为知识来源具有很大的局限性。因此，教育科学的研究方法具有一般研究方法的特点：

①研究的目的在于探索教育规律，以解决重要的教育理论与实践问题为导向。无论是以发现或发展一定的原理、原则、方法或理论为目的的探索性研究，还是以寻求解决现实问题答案的对策性研究，都要求做出理论的说明和进行逻辑的论证，不是简单的资料收集或言论的罗列。

②要有科学假设相对研究问题的陈述，研究的问题有明确的目标和可供检查的指标。

③要有科学的研究设计，准确系统的观察记录和分析，及可靠的资料数据。也就是说，要以充分的科学事实和一定的数据作为依据形成结论。

④强调方法的科学性。

⑤创造性。对原有理论体系、思维方式及研究方法有所突破，这是研究最重要的特点。教育科学研究还有其区别于自然科学、思维科学的独特特点。

（二）教育研究的分类

教育研究的合理分类，对于提高研究的科学水平是十分重要的。如何进行相对科学的分类，学者们进行了各种尝试。

1. 按研究目的、功能、作用划分

（1）基础研究

基础研究的主要目的在于发展和完善理论。通过研究，寻找新的事实，阐明新的理论或重新评价原有理论，它回答的是“为什么”的问题，与建立教育科学的一般原理有关。例如：关于教育本质、教学过程规律（揭示内在一系列关系）、德育过程、教育目的论等的研究，宗旨在于如何建立具有中国特色的现代教育科学理论体系。

（2）应用研究

用于应用或检验理论，评价它在解决教育实际问题中的作用。应用研究具有直接的实际应用价值，解决某些特定的实际问题或提供直接有用的知识，回答“是什么”的问题。目前绝大多数教育研究是应用性研究。例如：当前我国关于教育体制改革的研究，中小学生流失状况的分析，独生子女家庭教育现状的研究，中小学生道德认识、道德情感、道德意志发展状况的研究，等等。

基础研究与应用研究的划分有时是相对的，常常互为补充。基础研究提供解决教育问题的理论，应用研究提供事实材料去支持和完善理论，或促进新理论的

产生。在应用研究过程中,往往需要基础理论研究补充现有知识的缺陷。如果应用研究只限于解决当前具体问题,而不企图从基础研究角度探究其根本原理,则所得到的结果,可能只会解决局部问题,而不能得到广泛应用。

(3)发展研究

发展研究的主要目的在于发展用于学校的有效的策略,回答的问题是“如何改进”。例如:教育法问题,教育发展战略规划问题,教育经费问题,教师培训问题,教材建设问题,教学管理问题,社会力量办学问题,贫困地区义务教育实施策略问题,等等。

(4)评价研究

评价研究是通过收集和分析资料数据,对一定教育目标和美育活动的相关价值作出判断的过程,回答的问题是“怎么样”。如:对中小学课程改革实验成效的评价,两种教学方法的对比研究,一项具体计划的价值判断,等等。

(5)预测研究

预测研究的主要目的在于分析事物未来发展的前景和趋势,回答“将会怎么样”的问题。例如:关于面向21世纪教育的若干思考,未来的学习化社会与当今的师范教育改革,21世纪的教育目标,未来十年教育教学改革政策的展望,等等。

2. 按研究方法划分

不同类型的教育研究由于回答问题的不同而产生不同方法和不同的研究策略。大致有以下几种:

(1)历史研究

历史研究涉及对过去发生事件的了解和解释。历史研究的目的在于通过对以往事件的原因、结果或趋向的研究,帮助解释目前事件和预测未来事件。例如:对我国古代教育家教育思想进行评述研究来分析对今天教育观的影响,传统文化的消极因素对当前教育思想的影响,健康人格教育思想与重建中国文化精神,杜威教育思想对我国20世纪20年代教育改革的影响,从我国古代的科举考试制度考察教育评价的历史,等等。

(2)描述研究

描述研究是通过问卷、调查、访谈、观察以及测验等手段搜集资料以验证假设或回答有关现实研究的问题。例如二年级教师如何支配他们的教学时间？通过一段时期的观察、调查,得出这样的结论:60%时间用于讲授,20%时间回答问题,

15%时间学生练习,5%时间用于执行管理职责(如通知有关事项、维持纪律等)。又如独生子女家庭教育现状调查,大学生学习动机兴趣调查,城市市区中小学生源高峰对策问题,等等。

(3)相关与比较研究

相关研究是对两个或更多数量的变量间是否存在相关以及相关程度进行判定,研究目的在于建立相关或用于预测。例如:关于中小学生学习兴趣与学习成绩之间关系的研究。比较研究是按一定标准对彼此有联系的事物加以对照分析,以确定它们的共同点及差异点,共同规律和特殊本质,从而得出符合客观实际的结论。例如:集中识字与分散识字的比较研究,探究学习与接受学习的比较研究,不同教材编排体系的比较研究,自学辅导教学与常规教学在解应用题中的分析能力的比较研究,不同国家或东西方教育制度、社区文化等比较研究,等等。

(4)实验研究

实验研究主要目的是根据一定的假设在教育活动中创造能验证实验假设的系统和环境,主动控制研究对象,排除无关因素的干扰,从而探索事物的因果联系。例如:上海育才学校着眼于学生“学”,改革教法的实验;马芯兰的改进知识结构,加强能力培养的小学数学教材教法改革实验;上海青浦县的尝试指导,效果回授的数学教改实验;上海师大教科所的中小学教育体系整体改革实验(探索常态儿童超常发展的途径);卢仲衡的中学数学自学辅导实验;赵宋光的综合构建教育体系的实验;等等。

(5)理论研究

理论研究是对复杂的教育问题的性质和相互关系从理论上加以分析和综合、抽象和概括,以发现其内在规律或一般性结论。关于教育研究方法的分类问题,有两点必须明确:一是如何对方法进行分类,二是分类标准要有助于我们对研究方法的理解应用。

(三)教育研究的信度和效度

不管哪种范式的研究,其在研究过程中,都需要认真对待研究的信度和效度问题。

所谓研究的信度,是指研究所依赖的数据(资料)是否符合实际情况,它说明的是研究对象的可靠程度。研究的效度是指研究的结论在揭示研究内容的本质或其发展规律方面的准确、客观、科学程度。我们可以通俗地把信度理解为研究对象(数据或论据)的真实性问题,而把效度理解为研究对象之间(关系或论证)的有效性解释和解决的问题。比如在"资金短缺是该校校门一直没有得到维修的原因"这个判断中,如果"资金短缺""校门一直没有得到维修"不符合事实,那就是研究的信度出了问题;如果不是"资金短缺",而是其他原因导致了"校门一直没有得到维修",那就是研究的效度出了问题。

研究的信度可以分为"内在信度"和"外在信度"。内在信度是指在给定的同等条件下,资料收集、分析和解释能在多大程度上保持一致。外在信度涉及的是研究者能否在相同或相似的背景下重复同样的研究,如果能的话,那么结果是否总能够保持一致。

效度也可以用两个概念来说明,即内部效度和外部效度。研究的内部效度是指在研究的自变量与因变量之间存在一定关系的明确程度。外在效度是指研究结果的代表性或普遍性。具体说来,就是指研究结果是否可以推广到类似情景中去的程度。

信度和效度也是相对于某项具体研究而言的。在此研究中是一个信度问题,可能在彼研究中是一个效度的问题。如某小朋友升入中班的第一天,就不与原先小班的老师打招呼,该研究者将这种现象解释为小孩对新环境(中班教师和同学)的过度忠诚。那么在此研究中,时间上是否是第一天、是否是与原先所在的小班教师不打招呼等事实就属于信度问题,而对中班的过度忠诚是不是该小孩不与小班教师打招呼的根本原因则属于效度问题。而如果某实践研究以此为个案讨论幼儿园教师如何引导小朋友保持适度的忠诚,在后一研究中,前研究的效度则演化为该研究的信度。"如何引导"则需要拷问其策略的有效性。

在一项研究中,信度对于效度是必要条件,但不是充分条件,有信度不能保证一定有效度,一个可靠的研究程序并不证明内容一定有效,而一个有效度的研究一定是一个有信度的研究。效度是信度的目的,信度是为效度服务;信度是效度的基础,效度不能脱离信度单独存在。

二、选题及研究设计

（一）选择研究课题

选题是对研究问题（现象、对象）和研究方向（目标）的选择与确定。

任何研究都是从研究问题开始的。教育研究就是一个不断地提出问题和解决问题的过程。在这个过程中，提出问题往往是研究的出发点，解决问题则是研究的终点。选择课题就是选择要研究的对象，选择要研究的问题。

1. 研究问题的来源

从事教育研究，选择研究课题，无外乎两个主要的来源：一是来源于其他信息的启发，如来源于各教育主管部门的课题指南、相关刊物的征稿和名著的思维启示等；二是来源于教育实践中的突出问题，如果教育管理、教育教学和测评考试等中发现的需要解决的问题。

①从教育主管部门（如国家教育部、省教育厅、市教育局、市教研室等）所拟定的研究课题中，筛选出符合自己教学实际和研究专长的典型问题作为论题，加以研究。

②根据刊物征稿和发表论文的热点。各级各类刊物、杂志的征稿（文）启示应成为老师们关注的重点。只有了解各类杂志的特点与要求，才能做到“投其所需”，提高投稿的命中率。

③有目的地关注名家的著作，从中得到灵感，得到启发，因为著作给人的影响较深刻。通常从阅读有关理论、文献出发，从相关理论中推演出某种假设、理念、原则，然后再作为问题进行研究，不少研究成果就是这样产生的。

④以时代（年度）热门话题作为选题来源。研究的选题不仅仅是来自别人的启发，有时是来自自己发现的问题。时代究竟赋予我们这些做研究的人哪些时代话题？这需要有敏锐的问题意识，如两会政府工作报告中所强调的问题应该是当前中国教育的热门话题。

⑤教育管理中的问题。在你（你校）的工作中哪些问题是急需解决的？是学校的教学常规管理问题？是学校课堂教学质量不尽如人意？还是学生的学习效

果不理想？像这样一些问题往往就是你要找的课题。

⑥以教材研究、教法研究和学生学法的研究作为选题来源。研究教材、教法是教师教学工作的核心内容。虽说“教无定法”，但“教学有法”。因此，这里有大量的文章可做。学生是教师最具体、最活跃的研究对象。学生的想法也许是幼稚的，但其中常常蕴含着创造的火花；学生的解题思路也许是笨拙的，但这往往是聪慧的起点；学生的提问有节外生枝的地方，但往往能弥补教师思维上的疏忽；就连学生解题中的错误，也有一定的研究价值。

⑦以复习、考试、竞赛、命题或以解题思想、方法与策略作为选题来源。如“倡导探索鼓励研究——2015 年中考语文探索型试题的新特点”“中考几何题探源分析”“高考命题改革趋势之我见”“影响数学考试成绩的十种心理”“注重高考应试技巧防止答题隐性失分”等。

2. 选择问题的原则

一个好的研究问题应该同时具有价值性、创新性和研究的可能性。

(1)价值性原则

很多开题报告(课题申请书)的表格中要求填写的选题缘由(理论和现实意义)实际上指的就是选题价值。所选问题的价值表现在方向性、普遍性和针对性三个方面。

第一，方向性。选题要符合教育教学的基本规律和发展方向，符合人类发展的基本规律和基本价值，符合国家的政策法规。

第二，针对性。选择的课题要切合实际情况，针对教育教学研究或教育改革发展过程中的不良倾向、薄弱环节和突出矛盾。选择针对性强的课题进行研究，才有满足事业需求的现实意义和实际价值。

如“大学校园中本科生不文明行为的研究”，选题中被研究主体是“本科生”。本科生的不文明行为与校园里其他群体的不文明行为相比，并不显得现象更普遍或问题更突出。所以，类似的选题缺乏现实的针对性。还有些选题乐于做古人或国外教育思想对当今教育改革的启示研究。这类研究必须具备两个前提：所研究的思想在当今教育改革中没有体现出来；当今教育改革中的突出问题迫切需要寻求理论上的突破。如果不具备这两个前提，这样的选题就变成了思想介绍，而不是真正的研究。

第三，普遍性。选择的课题要考虑其研究成果是否具有客观规律性和推广的普遍性。普遍性愈强，课题的社会价值就愈大。针对性更多是对选题本身而言，选题普遍性更多是对选题的目的和结果而言。当然，普遍性也是一个相对的概念，也有些研究是某个部门、某个单位为解决某个实际问题而做出的，普遍性的要求就不会太高。

(2)创造性原则

教育科研的目的是要认识前人没有认识或没有充分认识的教育规律，解决他人虽然认识但还没有解决或没有完全解决的教育问题。这种问题，要么是别人没认识到，要么是别人认识错了，要么是别人认识得不深入。由于实际情况不同，课题的创新要求一般可分三个层次：

第一，观点创新：提出新观点，主要来源于对现实问题的洞察和对别人观点的批判。

观点创新是创新的最高层次，就是提出一个与别人截然不同的观点，但注意不要为了提出观点而提出观点，而是真的发现自己与别人对此问题的认识差异，切实提出新的观点。比如，研究底线道德，首先将关于底线道德研究的所有成果都搜索、整理、陈列出来，发现大家的观点都是肯定它，都认为要提倡底线道德。而你凭直觉认为，底线道德是一个虚假而危险的命题。那么，如果你能详细且有力地证明其虚假和危险，就属于观点创新。

第二，方法创新：运用新方法，主要源于思维的开拓和研究方法的模仿。

方法创新可以通过逻辑思维训练，多阅读哲学书籍，模仿别人的思维，以致最后形成自己独特的思维方式。如前人关于此问题的研究主要采用的是文献资料法。若你和他们的观点基本相同，但你觉得他的研究有所欠缺，比方说，他缺乏现实的调查和数据，你就可以进行调查研究、访谈研究等，寻找现实根据。这便是在方法上创新。

第三，材料创新：运用新材料，主要源于生活的积累和广泛阅读。

如果你研究的问题与别人的观点和方法都相同，这时你能做的就是研究材料的创新了。别人如果是全国性的抽样研究，而你就可以选取典型省份和地区进行抽样研究，这样获得的数据就可能与别人不同。这样的创新就属于资料的创新。

为保证研究的创新性，选题论证（报告）必须认真做好文献综述工作。我们做文献综述，目的不是为了找别人的资料而找别人的资料，而是通过综述别人的观点、方法(过程)和结论,以此观测研究的可能创新点。

(3)可能性原则

有些题目是有价值的,研究起来有可能也有创新性,但是它却不一定适合研究,因为它不具备可能性。选题的可能性原则就是要选择具备一定条件通过主观努力可以进行研究,并有成功可能的合适课题。研究的可能性主要从两方面得到体现:

第一,研究者主客观条件是否具备。

主观条件是指研究者的知识结构、智力层次、研究能力、思想水平、科学品格、心理素质、专业特长和兴趣爱好等。客观条件是指课题研究所必需的资金设备、文献资料、研究基地、协作条件及领导的关注、家庭成员的支持、相关学科的影响和社会环境等。而一般课题申请书中要求申请者填写的已取得相关研究成果的社会评价,如引用、转载、获奖及被采纳情况,主要参考文献;课题负责人的主要学术经历;主要参加者的学术背景和研究经验、组成结构,如职务、专业、年龄等;完成课题的保障条件,如研究资料、实验仪器设备、配套经费、研究时间及所在单位条件等;其目的是考查申请者研究此问题的可能性是否具备。

信息窗5-1

试分析,下列选题是否遵循了教育选题的"可能性原则"?

选题:民国时期教育研究史

论证:(1)从历史角度反思教育研究,开展教育研究史研究无论在国外还是在国内都还比较少。(2)民国时期教育名家辈出,教育思想繁多,在中国教育思想史上绽放出耀眼的光芒。对这一时期教育学术思想的研究,可选资料丰富,可供研究的视角也多。(3)此项研究可为教育研究者提供一种全新的思考教育研究问题的视角——学科自身历史。

分析:如果创造条件,该选题符合可能性原则。关于民国时期的教育研究需要很翔实的历史文献资料,这些文献可以到南京的中国第二历史档案馆中寻找得到。但对于一个刚入学的研究生来讲,是否具备研究民国时期的教育研究史的知识结构值得商榷。

第二,课题的难易程度是否合适。

小而容易的课题研究顺利,成功率高;反之,大而难的课题多会遇阻受挫,成功率低。就一般规律而言,选题应从易到难,从小到大。题目大小,主要是由研究所牵涉的变量决定的。变量多,则选题大,变量少,则选题小。有时候,研究问题的大小并非能从课题名称上直接判断。有时候课题名称看起来是一个变量的词汇,但因为其中必然蕴含着很多变量,或者可以分解为几个变量。这样看起来是个小的选题,实际上却是个很大的选题。所以,我们不能从题目,而要从研究假设和研究目的来看选题的大小。有些初学者不懂得这个规则,以为大题目就是比较简约化的题目,而小题目就是有很多限定词的题目。情况可能恰恰相反。一大堆限定词,不仅提示研究问题本身应该具有的特殊性和多变量,也可能让研究者无病呻吟,以为自己在做一个具有特殊性的研究,但研究过程与结论往往“放之四海而皆准”。

(二)形成研究假设

选定研究课题后,研究者对于研究问题的性质、研究的范围与重点会有比较明确的认识。这时研究者心目中大体有了研究问题、问题的意义以及可能性,应该从哪个方向、采用何种方法来设计研究的框架。为了实施具体的课题研究,研究者还必须进一步确定研究目的或主题范围,形成基本的研究假设。

1. 研究假设的提出

研究假设是研究者根据经验事实和科学理论,对所研究的问题预先赋予的有待验证的暂时性答案,是对研究结果的预测,是对课题涉及的主要变量之间相互关系的设想。在有假设的研究中,整个研究过程实际上就是围绕着验证假设展开的。当然验证的结果并非总是假设被证实,也有被证伪的可能性,但是不管最终结果如何,假设就像大海中的航标,为研究指明方向,使研究不偏离航向。

假设的提出方式主要有两种,即归纳假设和演绎假设。归纳假设来自于研究者对行为的观察,研究者凭自身的经验和知识去构建假设。如:采用讨论式的教学方法的效果要优于讲授式的教学方法的效果。用归纳法来推论前提和结论:前提是一些个别事物或现象,而结论则是关于事物或现象的普遍性判断。因此,归纳法是从个别到一般的推理过程。如人们根据经验发现“张三会死、李四会死、王五会死”等个别现象,最后归纳出“凡人必死”的命题。演绎假设来自理论,因此更易于检验理论和推广应用。用演绎法来推论涉及逻辑三段论,形成研究假设的过程如下:大前提,凡生物必死(普遍原理);小前提,人是生物;结论,凡人必死(个别结论)。

2. 研究假设的特征

研究假设在整个研究过程中应该起到定向和统领的作用。一个好的假设既便于研究者把握研究的主攻方向,又易于别人理解课题内容。为此,研究假设应该做到:

(1)一个研究假设只能涉及两个变量

研究假设必须提示两个变量之间的关系。如果涉及多个变量之间的关系,可将变量一一对应地分成几组。例如要研究教师的文化程度和教学经验与学生的学业成绩的相互关系,这里涉及三个变量:教师的文化程度、教师的教学经验、学生的学业成绩。我们不要将假设表述为,“教师的文化程度和教学经验与学生的学业成绩呈正相关”。因为教师的文化程度和教学经验这两个变量混在一起,研究难以验证学生的学业成绩究竟是教师的文化程度起决定作用,还是教师的教学经验起决定作用,或是教师的文化程度与教师的教学经验组合后产生的作用。我们应该将三个变量分为两组假设分别进行验证:教师的文化程度与学生的学业成绩呈正相关,教师的教学经验与学生的学业成绩呈正相关。

(2)研究假设要设想两个变量之间的期望关系

研究假设涉及两个变量之间的关系,在一个假设中必须就两个变量的关系明确提出某种设想。有些假设虽然也描述了两个变量,但没有表明彼此之间的可能关联,没有反映两个变量间可能的变化形式,这样的研究假设就不符合规范。如:“小学生的语文学业成绩和数学学业成绩都好”,这个假设仅提及“语文学业成绩”和“数学学业成绩”两个变量,未说明两者之间关联情形,因此不能算作研究假设。我们可以这样来表述假设:“小学生的语文学业成绩和数学学业成绩呈正相关”“学习策略对语言能力的提高有重要影响”。

自变量和因变量的关系是真实存在的,而不是想当然的关系。

信息窗5－2

"自变量"与"因变量"关系的真实性分析

"课程改革背景下的课堂教学如何更有效地组织和实施"(教师如何进行有效课堂教学)

"基础教育课程改革中的教学评价"。

"新课改下小学语文课本中反面角色的道德教育"。

试分析,上述选题中,哪些变量之间的关系是真实存在的,哪些关系是想当然的?

分析:第一个假设是真实存在关系的两个变量,课程改革影响老师的课堂教学;第二个假设也是真实存在关系的两个变量,教学评价的改革是基础教育改革的一部分;第三个假设就有些想当然,不论课改不课改,反面角色的道德教育都是一个同样存在的问题,不存在因果关联。

(3)用陈述句形式简洁明确地描述

研究假设不要用疑问句形式,因为假设是研究者对研究结果预先赋予的答案,是一种可能的解释和说明,而不是问题,不要把问题转问他人。像"学生的学业成绩与教师的文化程度有没有关系"这种假设是没有意义的,因为研究者没有对这个问题的结果进行推测,这个问题原该研究者回答的,而不是研究者去问别人。

另外,假设的表述应尽可能明确具体,概念要简单,语义要清楚,要直截了当,不要隐含在文字描述之中。研究假设的结构要规范,假设命题本身要符合逻辑,一般一个假设用一句话来表述。假设中尽可能避免用含义模糊的形容词。请看下面这个假设:"聪明的学生对学校的态度好"。在这里"聪明""态度""好"这些词太宽泛、太笼统,不能明确表示研究中的具体问题,人们会继续追问:怎样的学生是"聪明"的?"态度"具体指哪些方面?"好"的具体指标有哪些?这些问题不解决,研究假设就无法检验。如果我们用以下的假设表述就比较具体明确:"学业成绩排列前十名的学生比学业成绩最后十名的学生更喜欢学校生活","智力测验分数与态度测验分数呈正相关"。

当我们难以用完全肯定或完全否定的句式来表述时,可以用条件肯定或条件否定的句式表述，如：在小学阶段，教师的教学经验与学生的学业成绩呈正相关；在中学阶段，教师的文化水平与学生的学业成绩呈正相关。

(4) 变量之间的关系应当是可检验的

研究假设必须是可以验证的，无法验证的假设是不能作为研究假设的，因为人们无法检验假设的有效性。假设必须指示变量之间的关系和变量的测量方法来作为检验假设及判断事实的基础。

(三)确定研究变量

研究者在提出研究课题和研究假设之后，大致的研究目的、范围以及重点内容就基本确定了。为了合理地进行研究设计，便于实证资料的收集，还需要进一步明确所要研究的主要变量，以及有关变量的性质、形式、数量、操纵方式和控制方法。在这一环节中，自变量的确定和操纵与因变量测量指标的选择是研究设计的基本要求，而无关变量的控制则是研究有没有价值的基本保证①。

1. 什么是研究变量

变量指在质或量上可以变化的概念或属性，是随条件变化而变化的因素或因个体不同而有差异的因素。研究变量则是研究者感兴趣的，所要研究与测量的，随条件变化而变化的因素。简单地说，变量就是会变化的、有差异的因素。如学生的语言水平随学习时间的推移而有所变化、每个学生在语言水平上也会体现出个体差异，因此我们把语言水平看做是一个变量。

变量的划分方式很多，按变量间的关系划分，可以分为自变量、因变量、无关变量、调节变量、中介变量等。在教育研究中，变量的分类体系很多，其中最重要的，应用最广泛的变量是自变量、因变量和无关变量。

(1) 自变量

自变量又称刺激变量，是引起或产生变化的原因，是研究者操纵的假定的原因变量。当两个变量存在某种联系，其中一个变量对另一个变量具有影响作用，我们称那个具有影响作用的变量为自变量。自变量的变化水平完全取决于研究者的操纵与设计。例如，研究学生智力与学业成绩的关系，学生“智力”的高低影

①需要说明的是，如果不是纯粹的实验研究，研究者很少会在研究报告中醒目地呈现该研究所牵涉的各种变量。但这并不表明任何一项研究不可以用变量的方式来表述和构思。实际上，即使是纯粹的质的研究，有时候将研究中牵涉的问题用变量的方式来进行反思，也未尝不是提高研究效度的有效方法。

响“学业成绩”，那么“智力”就是该项研究的自变量，是研究者要操纵的原因变量。

（2）因变量

因变量又称反应变量，也称依变量，是受自变量变化影响的变量，是自变量作用于被试后产生的效应，是研究者要测定的假定的结果变量。因变量的变化不受研究者的控制，它的变化是由自变量的变化所产生。当两个变量存在某种联系，其中一个变量对另一个变量具有影响作用，我们称那个被影响的变量为因变量。在一项研究中自变量好比是原因，因变量好比是结果。例如，我们想研究噪声对学习效果的影响，“噪声”就是自变量，研究者可通过改变噪声的时间或强度等来操纵这个变量。而“学习效果”则是因变量，它是“噪声”这个自变量作用于被试后产生的效应，是研究者要测量的结果变量。

（3）无关变量

无关变量有时也称控制变量，是指与特定研究目标无关的非研究变量，即除了研究者操纵的自变量和需要测定的因变量之外的一切变量，是研究者不想研究，但会影响研究进程的，需要加以控制的变量。例如，研究两种不同的教学方法对学生学业成绩的影响，在这里“教学方法”是自变量，“学业成绩”是因变量，除此以外其他各种因素都是无关变量。无关变量在这项研究中，可能会有教学时间、教学环境、学生的智力、原有的知识基础、家教辅导等各种因素，这些因素会干扰自变量和因变量的对应关系。当这些因素与自变量（教学方法）的作用混杂在一起时，往往导致人们难以确定两种教学方法效果的优劣，无法判断最终的研究结果（因变量）是来自教学方法（自变量），还是来自教学时间、教学环境、学生的智力、原有的知识基础、家教辅导等其他因素（无关变量）。如果研究者能有效地控制这些无关变量，研究结果就会比较明确可靠。

2. 界定研究变量

界定研究变量是研究从“概念化”至“操作化”的桥梁，是实施研究行动的起点，在整个研究过程中具有重要作用。如何根据已经确定的研究课题来选择合适的研究类型，是研究是否可能、目的能否达到的关键。变量是研究的基本单位，也是资料收集与分析的依据。在科学研究中，变量的功能各不相同；同一个变量在不同的设计中的作用也不相同。因此在定义研究变量前，要确定研究变量的类型，明了变量的不同种类和它们在一项研究中的关系，是研究者关心的重要问题。

为了便于提高研究的可操作性和可能性，我们要对研究问题中涉及的某些词语或术语作出精确的说明，还有必要对有关变量涉及的词语或术语下操作性定义。给变量下抽象性定义和操作性定义是研究科学性的体现，也是研究者必须具备的基本素质。

在研究设计过程中，我们常常会遇到教育领域中的一些变量(概念)，如教学、素质、教学目标、创造性等。对这些变量，不同的人由于经验、认识、所处地位、理解角度等的差异，可能会作出不同的解释。为了使其他人能在共同理解的基础上探讨问题，为了使研究结论准确可靠，研究者必须厘清概念的含义，在厘清概念的基础上，确定测量方法或操作性定义。厘清概念通常是给概念下抽象性定义(概念性定义)，规定测量指标则是给概念下操作性定义。

教育的语言一般有四种，即规定性定义、描述性定义、纲领性定义和操作性定义。

规定性定义实际上是作者自己所下的定义，要求这个被界说的术语在后面的讨论中，始终表示这种规定的定义，也就是说“不管其他人所用的是什么意思，我所用的就是这个意思”。

描述性定义是适当地描述被界说的对象或者所使用该术语的方法。没有任何逻辑要求或规定，论述的质量完全取决于下定义者的主观意图和知识水平。而且，即使是同一概念，如果使用者在不同的语境中需要赋予其不同的含义，也可以通过对该概念的重新描述而得到新的定义。

纲领性定义总是明确或隐晦地告诉我们“事物应当是什么”。与“描述性定义”明显不同，与“规定性定义”所说的“我暂且对此作出这样的界定”也不同。它包含着“是”和“应当”两种成分，是描述性定义和规定性定义的综合。

操作性定义不仅在教育研究中是必需的，在许多测量中都也必须掌握操作性定义的方法。在教育研究中，好的操作性定义有以下特征：

①操作性定义应该是可观测的、可重复的、可直接操作的。

②操作性定义所提示的测量或操作必须可行。

③操作性定义的指标成分应分解到能直接观测为止。

④操作性定义最好能把变量转化成数据形式，凡是能计数或计量的内容都是可以直接观测的。

⑤用多种方法形成操作性定义，既可以从操作入手，又可以从测量入手。

实际上界定研究变量是研究从“概念化”过渡到“操作化”的桥梁，是研究设计的关键。下操作性定义实际上是一个将抽象概念具体化的过程，在整个研究过程中具有重要作用。

（四）撰写研究计划[①]

课题一旦确定，接下来就要全面规划整个研究过程，合理安排研究中的各项工作，制订切实可行的研究计划。

1. 研究计划的基本要素

研究计划的基本要求可以概括为以下四个问题：

（1）研究什么

人们阅读一份研究计划时的第一个反应可能是：这个课题要研究什么？因此，研究者必须明确地回答这个问题，让别人了解，要研究的是什么内容。要回答这个问题：第一，要有合适的标题，标题最好能涉及研究的范围、对象、内容、方法；第二，要明确提出研究问题，让别人了解研究问题的性质；第三，要有文献综述，使人了解研究领域的基本状况；第四，要列举研究的待答问题或研究假设，让别人了解研究的重点；第五，要界定研究的变量及重要的名词、概念，让别人了解研究的范围。

（2）为什么研究

在解决了“研究什么”的问题之后，人们很自然会继续发问：为什么要从事这项研究？因此，研究者必须在研究计划中解释从事这项研究的理由。要回答这个问题：第一，要说明研究的动机；第二，要提示研究的重要性和必要性，揭示研究的意义和价值；第三，要列举研究的具体目标。

（3）如何研究

当了解研究的动机之后，人们顺理成章地想知道研究将如何进行。要回答这个问题：第一，要说明研究的方法和实施程序，包括研究对象及其取样、研究的方法与步骤、研究工具的选择与编制、收集资料的程序、资料分析的方法等；第二，对研究资源的合理配置，包括研究人员的组织、研究进度的安排、研究经费的预算等。

①陶保平. 研究设计指导[M]. 北京：教育科学出版社，2004：267－288.

(4)有何成效

研究的价值体现在研究结果对现实世界和精神世界的贡献上。因此,人们最后总会问:研究最终会获得什么样的研究成果? 要回答这个问题:第一,研究者必须在研究计划中具体说明研究的预期成效;第二,要有成果达到的水平和表现形式。无论采用什么格式撰写研究计划,以上四个问题是必须要具体回答的。把握了这四个基本要求,研究计划中才不会遗漏必要的信息和内容,研究计划才可能得到更多的外部支持。当研究计划完成后,我们也可以按是否清楚地回答了这四个问题来评价研究计划的优劣。

2. 研究课题的申报

课题的申报与研究计划有密切的联系。研究计划是课题申报的基础,申报课题立项后,研究计划便列入科研部门的管理,并可以获得经费的资助以及其他方面的支持。课题申报需要填写"研究项目申请书",项目申请书大致有以下内容:

①课题名称包括所属学科、研究类型等。

②课题负责人情况包括性别、年龄、工作单位、职称、职务等。

③课题组主要成员情况包括性别、年龄、职称、工作单位、专长、外语程度、分工情况等。

④课题负责人及课题组成员近期取得的与本课题有关的研究成果,包括成果名称、作者、成果形式、发表刊物或出版单位、出版时间等。

⑤课题组成员正在担任的其他研究课题,包括课题名称、课题类型、实施时间、批准单位、资助金额等。

⑥课题论证包括课题研究的目的、性质、立论依据,国内外有关研究概况、水平、发展趋势,研究的实际意义和理论意义,以及应用前景等,通常还要求附主要参考文献。

⑦研究方案包括研究目标、研究内容、研究方法、研究过程、本项目拟解决的关键问题和特色创新之处等。

⑧完成研究的条件分析包括现有的研究工作基础、研究的外部条件、课题组人员结构、资料准备情况、研究设备等。

⑨成果形式包括主要研究阶段、最终完成时间、最终成果形式、成果的预计走向及使用范围等。

⑩经费预算包括课题经费估算、申请经费资助的数额、开支项目及年度预

算等。

⑪推荐人意见。不具有高级专业技术职务的申请人，须由同专业两名具有高级专业技术职务的专家作出书面推荐。推荐人主要介绍课题负责人和课题组成员的业务水平、科研能力、科研态度、科研条件以及完成课题的可能性。

⑫课题负责人所在单位领导意见和信誉保证。基层领导就申请书内容是否属实，课题负责人的科研素质、能力水平是否适合承担该课题，单位是否能提供完成课题所必需的时间和条件等签署意见。

由于课题立项评审主要根据研究项目申请书的各项内容来考虑是否给予课题立项，因此填写研究项目申请书至关重要，一定要实事求是，充分论证。

研究计划是行动的纲领。课题计划考虑得越周密、越充分，研究就越能顺利达到预想的目标。当然，研究计划并非是一成不变的，研究计划毕竟是在研究过程开始阶段所进行的预想，在实际研究过程中可能会遇到意想不到的情况。因此，研究计划的实施不应该是机械地贯彻落实，有时需要根据实际情况作出必要的调整、修改、补充。

（五）文献检索和文献综述的撰写

1. 文献检索

（1）文献的内涵和分类

文献的现代定义为“已发表过的、虽未发表但已被整理、报道过的那些记录有知识的一切载体”。“一切载体”，不仅包括图书、期刊、学位论文、科学报告、档案等常见的纸质印刷品，也包括有实物形态在内的各种材料。教育研究文献的内容多种多样，按其性质和用途大致可分为零次文献、一次文献、二次文献和三次文献。

零次文献即曾经历过特别事件或行为的人撰写的目击描述或使用其他方式的实况纪录，是未经发表和有意识处理的最原始的资料，也可视为第一手文献，这类教育研究文献包括个人的日记、信函、手稿和单位团体的会议记录、备忘录、卷宗等。由于这类文献是以事件或成果的直接目击者身份或以第一见证人身份出现，因此具有较高的参考价值。

一次文献是研究者在教育教学实践中直接产生的原创文献，是离事实最近的文献，是为科学研究宝库添砖加瓦的文献。一次文献的形式主要有：调查报告、实验报告、科学论文、学位论文、专著、会议文献、专利、档案等。

二次文献又称检索性文献，指对一次文献加工、整理、提炼、压缩后得到的文献，是关于文献的文献。二次文献的形式主要有：辞典、年鉴、参考书、目录、索引、文摘、题录等。二次文献是一种派生的文献，它本身不直接产生新知识、新技术，它的目的是使原始文献简明、浓缩，并系统化、条理化，为方便查找一次文献提供线索。

三次文献又称参考性文献，指在对一次文献、二次文献的加工、整理、分析、概括后撰写的文献，是研究者对原始资料综合加工后产生的文献。三次文献的形式主要有：研究动态、研究综述、专题评述、进展报告、数据手册等。三次文献也是一种派生的文献，它覆盖面广，浓缩度高，信息量大，便于研究人员在较短的时间里了解某一研究领域最重要的原始文献和研究概况。此类文献不同于一次文献的原始性，也不同于二次文献的客观性，但具有主观综合的性质。

文献性质（零次文献和一次文献）的差别是针对具体的某项研究而言的。如果研究对象是孔子的教育思想，那《论语》是重要的零次文献，学者们有关孔子教育思想的相关论文和著作是一次文献。但如果是以"学者们是如何研究孔子教育思想"作为研究对象，那学者们有关孔子教育思想的相关论文和著作就成零次文献了。

（2）文献的检索、选择与整理

文献检索就是根据研究目的查找所需文献的过程。就文献检索的实际操作来说，主要有常规检索法和跟踪检索法。常规检索法指利用题录、索引、文摘等检索工具查找所需文献的方法，它可以采用按时间顺序由远及近地进行检索，也可以逆着时间顺序由近及远地进行检索。顺查法适用于主题复杂、范围较大、时间较长的课题研究。逆查法适用于检索最新的课题。

跟踪检索法是以著作和论文最后的参考文献或参考书目为线索，跟踪查找有关主题文献的方法。这种方法不需要检索工具，针对性较强，能以滚雪球的方式扩大检索范围，获取文献方便迅速。

从检索工具的角度看，文献检索可分为两大类，手工检索和计算机检索。

手工检索主要是利用目录、索引、文摘等检索工具来查找和获取所需文献的方法。手工检索是文献检索基础，检索工具则是检索的必备条件。检索工具本身也有存储文献的功能。下面对常用的检索工具作基本介绍。

①目录。图书馆里收藏的文献资料非常丰富,研究者要在浩如烟海的图书中尽快查找到所需文献,就应熟悉图书分类体系,了解检索文献的分类代码。在我国,中文图书分类法主要有:“中国图书馆图书分类法”“中国科学院图书馆图书分类法”,应用最广泛、最常用的图书分类体系是前者。

②索引。索引是将图书、报刊资料中具有检索意义的特征(如词语、人名、书名、刊名、篇名、主题等)分别摘录或加以注释、标明出处页码,按字顺或分类排列,附在书后或单独编辑成册,是检索文献内容或文献资料的一种工具。索引按文献类型可分为期刊索引、报纸索引、书籍索引、论文索引等;按取材范围和编制方法可分为书刊篇目索引、专著主题索引、人名索引、字句索引等;按文献排检方式可分为字顺索引、分类索引、主题索引。

③参考工具书。参考工具书是以特定的编排方式,从众多的书籍中搜集编辑有关内容并写成条目,专门供读者查找各种语词、事实、数据、人物等而用的文献。参考工具书大致可分为:字典、词典(辞典)、百科全书、统计资料、年鉴、手册、大事记、传记等。

④国内外期刊。专业期刊更受研究人员的青睐,这是因为期刊出版周期短,信息量大,反映研究成果较新、较快。

随着计算机网络的迅速发展,从因特网(Internet)上获取资料变得快捷,信息的交流可以超越时空的限制。网上的资料丰富多彩,它是一本永远没有最后一页的杂志。学会在网上通讯、查阅资料、传递文件,以获取最新的信息是一项重要的技能。

电子资源文献检索的基本途径和方法有以下几个方面:

网上浏览。因特网上有成千上万网站,内容包罗万象。通过计算机人们可以随时进入国内外著名大学、研究机构、图书馆的信息系统获取资料,并且所得的资料几乎都是最新的。

电子邮件。电子邮件的特点是提供信息交换的通讯方式,加速信息的交流和数据的传递。不仅用于信件的传送,而且可用来传递文件、图像、声像等信息。

电子公告板。电子公告板是计算机网络上建立的电子论坛,人们可以在布告板上张贴寻求帮助或提供帮助的便条,可以自由地发表自己的见解,也可以和远在异国他乡的朋友互相交流文献资料,分享信息。

随着科学技术的飞速发展,计算机检索已成为一种新的文献检索方式。计算机检索具有速度快、信息量大、准确性高、价格低廉等特点，正在逐步取代书本式检索工具、卡片目录等传统的手工检索方式。一般大型的综合性图书馆都逐步建立起计算机文献检索系统，并提供信息服务。研究者只要在计算机上输入检索要求，计算机即刻就会列出有关的书目、篇名及其出处。计算机检索的输入要求可以是作者、书名或篇名、关键词等，其中用关键词检索是最方便、最常用的检索方式。计算机检索的途径有以下几种：

联机检索。其顾名思义就是将计算机互相联系起来进行文献检索。即将用户检索终端与计算机数据库系统相连，运用一定的指令和检索策略进行“人机对话”，从而检索出所需文献。美国的DIALOG系统是最常用、规模最大的综合性国际联机检索系统，该系统存贮约500个数据库，收录的文献类型有书报、期刊论文、学位论文、研究报告、专利文献、统计数据等。教育类的数据库有ERIC（教育资源信息中心），我国的《中国知识资源总库》（CNKI）是大家最熟悉的联机文献检索系统。

网上检索。即通过计算机上网来检索所需文献。随着网络的飞速发展，上网检索将成为最简便的检索方式，因为研究者可以坐在家里直接打开计算机共享各处的文献资源。网上寻找资料的途径主要有两种：一是分类目录链接，分类目录链接是按树形结构组织，从点击主页的根目录链开始，一级一级深入，一直到达所需的网页。这种分层搜索易于控制，适合于浏览性地查找，但会因层次太多导致检索速度慢；二是关键词（Keyword）查询，即在搜索框中输入选定的关键词进行快速查找。当然，利用搜索引擎查找文献并不只是输入关键词就行。

在选择文献的过程中需要注意以下几点：

①需要以重要作者、重要文献来源、重要（特别）观点作为选择依据。但文献选择同时又是一个熟能生巧的事务。研究者长期的文献阅读和综述训练，能够训练出特有的文献敏感。

②从文献选择的内容上讲，应该全面地反映本研究的范围。

如做教学策略的研究综述，不能变成“地理合作学习研究综述”。

③从文献选择的时间上讲，应综述最近的研究成果，特别是最近5年的研究成果。

文献的整理包括对文献的阅读、记录、鉴别、分类处理和制订文献综述，主要有两种方法：

①主题分类法(观点分类法)。以一个观点为统领,把与这个观点有牵连的论点、论据、论证方法和手段等材料汇总,组成一个材料系列。

②项目分类法。把材料按其属性分项归类,整理材料可以采取纵横两种系列。纵系列即按照研究进程分成几个项目整理,横系列即按照材料的种类分成几个项目整理。

2. 文献综述的撰写

(1)文献综述的功能

文献综述是文献综合与评述的简称,指在全面搜索、阅读大量有关研究文献的基础上,经过归纳整理、分析鉴别,对所研究的问题在一定时期内已取得的研究成果、存在的问题以及新的发展趋势等进行系统、全面地叙述与评论。"综"是收集百家之言,综合分析整理;"述"是结合作者的观点和实践经验,对文献的观点、结论进行叙述和评论。文献综述的主要功能有:

①帮助研究者熟悉和了解本领域中已有的研究成果,寻找自身的位置。一篇优秀的文献综述其实就是一幅学术谱系图。写文献综述不仅是为了陈述以往的相关研究,也不仅仅是为了表示对前辈、同行或知识产权的尊重,更是为了"认祖归宗",对自己的研究进行定位。有时候一篇文献的重要性,并不仅仅在于文本本身,而只有把它放到一个学术史的脉络中去,放到一个学术传统中去,我们才能真正理解这个文本:作者为什么要做这项研究,试图与谁对话。我们在开始一项研究时也同样需要问自己这些问题,除了要有问题意识,也要有对话意识,不能自说自话。对话的前提自然是倾听,如果连别人说了什么都不知道,如何进行对话?正是在倾听的过程中,我们发现了"问题"才需要与对方进行讨论,否则便无话可说。通过综述的写作,我们就会知道:别人贡献了什么,我能够贡献什么,我是否在重复劳动。从这个意义上讲,撰写文献综述首先是为了尊重并真正进入一个学术传统,其次才是利他主义功能——为他人提供文献检索的路线图。

综述性文章往往具有一定的导向性和前瞻性,除了要总结现有研究,还需要高屋建瓴,指出现状的不足及其根源所在,为这一领域甚至整个学科的发展方向提出建议。写综述性文章就好比修族谱,由德高望重、造诣深厚的学术权威领衔也就理所当然了。

②为研究者提供一些可供参考的研究思路和方法,有助于论证选题的可能性。研究设计的安排,研究方法的运用,关系到课题研究的质量和成败。通过对

研究文献的阅览，可以从别人的研究设计和方法中得到启发和提示，可以在模仿或改造中培养自己的创意，可以为自己的研究提供构思框架和参考内容，避免重蹈覆辙。

③可以澄清研究问题并界定变量。一个研究问题可能会涉及许多可供探讨的变量，但不是所有的变量都值得研究。如果研究者广泛阅览有关文献，就能从理论或实践的角度，审视各个变量的价值，从而作出取舍。文献检索可以了解问题的分歧所在，进一步确定研究问题的性质和研究范围。检索阅览文献除了可以借鉴他人的研究成果，获得研究问题的背景，还可以在有关文献中找到研究变量的参考定义，发现变量之间的联系，澄清研究问题。

（2）文献综述的特点

文献综述是对一次文献的再创造。从逻辑上讲，文献综述首先要体现综述者的分析能力。它要求将各类一次文献按照主题、观点或阶段等特征进行分类。大类中又能分出小类，争取能为每篇代表性的文献找到其独特的存在空间。文献综述其次要体现的是作者的综合能力。它要求综述者不仅能将观点、主题等相近的文献提炼出其相同点，还能归纳出不同观点和主题文献的某些共同特征。这样，因为展示了相同，读者能很快把握该领域的共同特征；因为展示了不同，读者又能区分对待不同文献的学术价值。从综述的内容来说，文献综述又具有如下特点：

①内容的综合。这是文献综述最基本的特点，包含两方面的含义。一方面，文献综述首先表现出对大量文献的综合描述。各种类型的综述，其基础都是综合叙述。另一方面，它综述广泛时空范围内的发展和情况，既有纵向描述，又有横向覆盖。

②语言的概括。文献综述是将文献中有用的理论、观点和方法用最精练的语言加以概括描述，提炼出数据，同时舍弃原始文献中的论证、计算、推导过程等细节。文献综述不同于文摘，不是将原文献的中心内容摘录出来；也不同于节录，不必完全按照原文节选下来。

③信息的浓缩。文献综述集中反映一定时期内一批文献的内容，浓缩大量信息。一篇综述可以反映几十至上百篇的原始文献，信息密度大。

④评述的客观。综述性文献的客观性有两方面，一方面叙述和列举各种理论、观点、方法、技术及数据要客观，必须如实地反映原文献的内容，不得随意歪曲，或是断章取义，不顾上下文，同时还要避免因理解不同而出现的误解；另一方面，在分析、比较、评论各种理论、观点、方法时要有一种客观的态度，应基于客观

进行分析、评价，不能出于个人的喜好、倾向进行评论，更不能出于个人的感情有意偏袒或攻击。另外，在做出预测时，要以事实、数据为依据，以科学的推导方法为手段，力求客观，而不是凭空想象，出于主观愿望盲目提出。

(3) 文献综述的结构

①标题。

②前言。

文献综述的前言应该设计选择这一专题的目的和动机、应用价值和实践意义。同时，还应该介绍问题的历史、现状和发展动态、有关概念和定义等。

常用句式有：

……是……的重要研究内容；

过去研究主要集中在……；

(深度上)……；

(广度上)……；

(有争论的问题)……；

鉴于……的工作将对今后……研究意义以及……的现实应用意义；

作者就……的关键问题进行了系统的分析和综述。

③主体。

综述主体部分的篇幅范围较大，短者 5000 字左右，长者可达几万字，其叙述方式灵活多样，没有必须遵循的固定模式，常由作者根据综述的内容，自行设计创造。一般可根据主体部分的内容分成几个大部分，每部分标上简短而醒目的小标题。各部分的区分标准也多种多样，有的按年代，有的按问题，有的按论点，有的按发展阶段。然而，不管采用何种方式，都应该包括历史发展、现状评述和发展前景预测三方面的内容。

历史发展：按时间顺序，简述该主题的发展概况及各阶段的研究水平。写历史背景一般采用纵式写法，围绕某一专题，按时间先后顺序或专题本身发展层次，对其历史演变、目前状况、趋向预测作纵向描述。

现状评述：重点是论述当前国内外的研究现状，着重评述哪些问题已经解决，哪些问题还没有解决，提出可能的解决途径；目前存在的争论焦点，比较各种观点的异同并作出理论解释，亮明作者的观点；详细介绍有创造性和发展前途的理论和假说，并引出论据，指出可能的发展趋势。写目前状况一般采用横式写法，对某一专题在国际和国内的各个方面，如各派观点、各家之言、各种方法、各自成就等加以描述和比较。通过横向对比，既可以分辨出各种观点、见解、方法、成果的优劣利弊，又可以看出国际水平、国内水平和本单位水平，从而找出差距。

发展前景预测：通过纵横对比，肯定该主题的研究水平，指出存在的问题，提出可能的发展趋势，指明研究方向，提示研究的捷径。

需要注意的是，文献综述的是研究状况，而非研究对象的状况。同时，研究对象本身的历史不等于研究历史，文献综述需要综述研究历史，而不是综述研究对象本身的历史。还有，文献综述需要评述的也是研究的状况，而非研究对象的状况。

综述主体部分常用句式：

了解……的成因及其影响因素对认识……有重要的意义；

……的特征可用……来描述，其中常用的有……；

由于……受……等多种因素的影响，所以研究者通过……来描述各因素对……的影响；

影响……的因素很多，下面就……进行论述；

……不仅取决于……，而且受到……的制约；

……与……有关；

……是……的重要影响因素之一；

……对……的影响主要表现在……；

研究表明……；

产生……的原因有……。

④总结。

对研究过程中的核心观点、材料来源、主要方法等展开评论，以确认本课题有待进一步研究的问题。

⑤注释。

文献综述需要对观点来源进行注释，但切忌在文章中进行人物、文献名或发表地（刊）等的介绍。除非，该人物、文献或发表地（刊）对综述对象起着关键性的作用。

（4）文献综述的写作要求

①文献综述应包括综合提炼和分析评论双重含义。

在撰写文献综述的过程中应注重从数量庞大、涉及范围广的文献中综合提炼百家观点，并对其作出适当的分类，应避免做“国内、国外”等形式化分类。在文献的分类中也应注意逻辑性。此外，文献综述的不仅是对某一领域内研究状况的介绍，还应包括研究者本人对其他学者观点的分析和评论。

②文献综述文字应简洁，要善于从原始文献中得出一般性结论。

文献综述中对各家观点的介绍应该以“摘其精华”为主，所用文字应当简洁，切忌大段引用文献原文，或者简单罗列不同研究者的原文，导致达不到真正综合内容的目的，不符合文献综述语言概括与信息浓缩的要求。如仅仅将某一或某些研究观点进行全局摘录，便无法到达“综”各家之言的目的。研究者应当善于从原始的文献中得出一般性结论。

③文献综述不是资料库，要紧紧围绕课题研究的“问题”。

文献综述的资料尽管来源于大量已有的研究资料，但并不意味着文献综述以“资料库”的形式呈现，应该避免资料的堆砌。尤其应该分辨收集到的资料与课题研究的“问题”的相关性，否则文献综述可能没有价值。

④文献综述要全面、准确、客观。

文献综述的另一要求是要全面、准确、客观地概括和探讨文献，切忌选择性地探讨文献。有些研究者不系统化地回顾现有的研究文献，找适合研究的问题或可预测的假设，却宣称某种研究缺乏文献，从而自认他们的研究是探索性研究，这是要不得的。我们要在全面、准确、客观的基础上综述文献，避免使其成为研究者主观愿望的反映。

（六）研究成果的表述

在对教育研究数据资料进行整理分析的基础上，写出研究报告并对研究成果进行评价，这是教育研究工作的最后阶段。也就是说，研究者在进行一项教育研究时，最后要对整个研究过程及研究结果进行认真的分析总结，并选择适当的形式将研究结果明确地、有说服力地表述出来，通过科学的评价使之得以推广运用。这是教育科学研究程序中的一个重要环节。

在教育科学研究活动中，科研成果的表现形式是多种多样的。不同形式的教育研究成果，其结构也有所不同。下面分别就研究成果的主要表现形式进行简要讨论。

1. 教育调查报告

一般来说，调查报告从提出问题、分析问题到解决问题由题目、前言、正文、总结及附录五部分组成。

（1）题目

用一句话点题，反映主要研究问题。可加副标题，副标题是对主标题的补充，用来说明在什么范围内基于什么问题的调查。

（2）前言

调查报告前言必须开宗明义地交代调查目的、意义、任务和方法。第一，简要说明调查的是什么问题，调查此问题的缘由和背景，调查的筹备过程，主要调查的内容，国内外对同一课题的研究概况以及此次调查的意义和价值。第二，要说明调查的基本情况：概述调查的时间、地点、对象、范围、取样及调查的方式方法。第三，对此次调查的有利因素和不利因素作简要分析。

（3）正文

正文部分即调查内容。通过叙述、调查图表、统计数字及有关文献资料，用纲目、项或篇、章、节的形式把主体内容有条理地、准确地揭示出来。调查报告正文部分写法多种多样，一般有两种不同写法。一种是把教育调查的基本情况按种类分成并列的几个部分或方面来写。如对一个地区教育状况的调查，分为该地区经济发展水平、文化水平、学校教育发展现状等几个方面，学校教育又可分为学校规模、教育经费、课程设置、教学设备、师资队伍等不同项目，将有关的材料分别加以组合，使问题的论述相对集中，形成专题。另一种是将调查的基本情况按照事物发展的逻辑演变过程加以排列，分成互相衔接的几个部分，层层深入地写。也就是说，按所调查的教育现象产生、发展、变化的过程来写，如总结先进典型。有的是对调查问题一个个说明，以反映问题。在观点和材料处理上，可以先列出材料，然后进行分析和推论；也可以先摆明观点，然后用调查得来的事实材料分析说明。

（4）总结

在对整个调查内容进行总体定性、定量分析的基础上，概括出事物的内在联系和规律，并提出新的见解、新的理论和参考意见。无论是验证已有的理论，还是为寻求新理论，还是为实用目的而寻找解决问题的办法，向实际工作部门提供参考意见、改革方案，其结论都必须客观、真实。提出的观点、建议要谨慎、严肃，观点要从事实中引出，同时要考虑其他社会因素的影响，要全面衡量理论或建议的合理性和可行性，不要轻率地下结论、提建议。

（5）附录

必要时要把调查工具或部分原始材料附在报告后面。这不仅是使正文内容集中，更主要的是为读者提供可供分析的原始资料，以便让人分析鉴定搜集调查材料的方法是否科学，材料是否可靠，并供其他的研究人员参考。附录包括各种调查表格、原始数据、研究记录等。附录的编制要防止杂乱和过于简单。

2. 教育实验研究报告

实验研究报告是对整个教育实验研究的全面总结。通过实验报告，使人们对该实验有全面系统了解，为他们评判、接受或应用这一实验研究成果提供依据。因此实验研究报告的撰写对该实验的总结与推广起着重要作用。实验研究报告的基本框架包括题目、前言、方法、结果、讨论、参考文献和附录等部分。

（1）题目

题目是研究报告的主题思想，必须能准确、清楚地呈现出研究的主要问题。因此，实验报告的标题应简练具体，常常直接采用研究课题的名称，指明所研究的主要变量，使人对所研究问题一目了然。

（2）前言

前言也称引言、导语，是研究报告的正文开头部分。主要内容包括：提出问题，表明研究的目的；通过对有关文献的考察，说明选题的依据，课题的价值和意义及目前国内外在这一方面的研究成果、现状、问题和趋势；该项研究所要解决的问题以及研究的理论框架。前言部分应提纲挈领地显示该项研究的直接目的、针对性，在教育理论与实践中的价值以及在国内外同类研究中所处的学术地位。文字要简洁明了，字数不宜太多，表述要具体清楚。

（3）方法

该部分要阐明实验研究所使用的方法，要便于他人对整个研究过程的科学性、客观性加以评价鉴定。该部分基本内容包括：研究课题中出现的主要概念的定义和阐述；被试的条件、数量、取样方法；实验的设计，实验组与控制组情况，研究的自变量因素的实施及条件控制等；实验的程序，通常涉及实验步骤的具体安排，研究时间的选择；资料数据的搜集和分析处理，实验结果的检验方式。结构应周密，条理要清楚，用词要准确明白。

（4）结果

这是研究报告的主要部分，要求简要地说明每个假设的关系，将研究结果作为客观事实呈现给读者。基本内容包括：对研究中所搜集的原始数据、典型案例、观察资料等用统计表、曲线图结合文字进行初步整理、分析。其中既有对定性资料的归纳,又有对定量资料的统计分析等。在对资料进行初步整理分析基础上,采用一些逻辑的或统计的技术手段,得出研究的最终结果或结论。

(5)讨论

讨论是对研究结果的含义和意义进行评价。研究者根据研究的客观事实和结论,结合自己的认识与了解,通过分析思考,讨论与实验结果有关的问题,对当前教育理论或实践的发展提出自己的认识、建议和设想。

(6)参考文献和附录

报告的末尾,应注明研究报告中所直接提到的或引用的资料的来源。参考文献的排列:在期刊的参考项目中,包括作者的姓名、文章标题、期刊刊名和期号;在书籍的参考项目中,包括作者姓名、书名、出版社名、出版时间及页数。

3. 教育研究论文

学术论文是科学研究成果的文字表述。在教育科学研究领域,无论是应用研究、发展研究还是基础研究,只要对所研究的教育问题提出了新的见解或新观点,或采用了新材料,或运用了新的研究方法,或得出了新的结论,或站在新的高度对原有理论作出新的解释和论证,将获得的科学研究新成果写成的文章就是有学术价值的教育研究论文。它展示的是一个新的论点及理论体系的形成,是一个创造性的认识活动过程。

学术论文有不同的基本类型。由于学科特点不同,学术论文的写法多种多样,彼此无严格界限。但从总体上看,任何形式的学术论文总要遵循科学研究的发展方向和途径对研究课题加以论证分析并得出结论。

规范性学术论文的框架结构,一般包括六个主要部分:

(1)标题

标题是对论文内容的高度概括,可以向读者说明研究的问题及意义。标题形式可以多种多样,可以是明确点明题意,也可以不点明题意,仅指出研究的问题范围,也可用提出问题的方式。一个好的学术论文题目,一般应符合三个方面要求:准确概括论文内容,能反映研究方向、范围和深度;文字简练,具有新颖性;便于分类。

(2)内容摘要

正式发表的学术论文,一般应写出论文的摘要。摘要是研究的主要内容与结构的简介,并略加评论,它不是整个论文的段落大意。其作用在于使读者通过这段简洁的文字,了解全文主题及主要内容,由此决定是否值得读全文。为期刊文章或研究报告写的简短摘要，字数一般为二百字左右。学术论文的长摘要，往往五百至一千字为宜，独立成篇，要求准确简练，结构严谨，逻辑性强。

（3）序言

序言（引言、前言、绪论）写在正文之前，用于说明写作的目的、意图及研究方法。序言的具体内容一般包括三个方面：一是阐明研究的背景和动机，提出自己所要研究的问题。对该研究课题已有研究理论的完备性及研究方法科学性的评判分析，指出已取得的研究成果和尚待进一步研究的问题，说明自己选择该课题研究的目的、实际原因以及探讨研究的重点，预计将会取得哪方面新进展。二是简介研究方法和有关研究手段。三是概述研究成果的理论意义和现实意义。序言部分的写作要求开宗明义，条理清楚，据理分析。切忌空泛、含糊其辞或言过其实。

（4）正文（本论）

正文是学术论文的主体部分，包括论点、论据、论证，是作者研究成果的表现，因此在整个论文中占极重要地位。教育研究论文属于社会科学研究论文，更着重于讨论取得研究成果所用的论证手段及所建构的理论观点或体系，观点与材料相结合，通过由表及里、由此及彼的推理论证，显示研究结论的正确性。无论哪种类型的论文，都要注意事实材料的可靠性，理论的运用和逻辑推理的论据要丰富充实，论证要遵循一定逻辑思维的要求，注意主次，抓住本质，分出层次，条理清楚，以体现教育研究的力量。

（5）结论

结论是围绕正文（本论）所作的结语，将研究成果进行更高层次的精确概括。对于社会科学研究来说，结论是论题被充分证明后得出的结果，作者将自己的观点鲜明地铺垫出来，并引出新的思考。因此，结论的措辞要严谨，逻辑要严密。

（6）引文注释与参考文献

科学研究总是在前人或他人已有研究成果的基础上进行的，或理论观点的启迪，或研究方法的借鉴。论文中应列出直接提到的或利用的资料的来源。一是帮助读者了解有关本课题的研究历史和已有成就，作为进一步研究的依据；二是尊重他人的研究成果，同时体现作者治学的严谨；三是为别人提供查证的线索，避免由于马虎，转引他人研究观点而产生的误解或不同的理解。注释与参考文献，不仅便于读者了解该领域的研究情况，而且参考文献的多少与质量，反映了作者对本课题的历史和现实研究水平以及作者的科学态度和求实精神。

引文注释分为页末注(脚注),文末注(段落或篇后注),文内注(行内夹注)以及书后注。无论采用哪种类型注释,引用文字一定要注明出处,包括作者姓名、书刊名称、文献篇名、卷数、期数、页码、出版单位和时间等。如果是转引,一定要说明是“转引自”或“参见”,要说明是采用了别人的某理论观点或事实材料。文后所列的参考文献,应有完整准确的出处,以便于读者查找。参考文献的呈现应按规范的格式。一般是作者姓名,文献标题(加书名号),书刊名称或出版单位,卷数、册数或期数,出版版本的年代日期,页码。参考文献可按时间顺序,或按内容重要程度,或作者姓名标以序号。未公开发表的资料不要直接引用。

在较大型的研究论文中常有“附录”。附录一般包括详细的原始数据、实验观察记录、图表、问卷、测试题或其他不宜放入正文中的资料,以资查证。

三、中小学流行的研究方法

(一)问卷调查研究

问卷法是社会调查研究中最常用的收集资料的方法之一,它是调查者运用统一设计的问卷向被选取的调查对象了解情况或征询意见的调查方法。从形式上讲,问卷一般能获得总体的分布状态、不同样本之间的差异状态和相关状态。

1. 问卷法的利弊

(1)问卷法的主要优势

第一,省时、省力、省钱。问卷法可以在很短的时间内,同时调查到很多人的情况,比传统的调查方法效率更高。特别是可以采用邮寄的方法,不受地域的限制,使调查的空间得以拓宽。

第二,增强研究的信度。当被调查者面临社会现象、个人隐私、社会禁忌等敏感性问题时,往往难以与陌生人交谈。而问卷法无需被调查者署名,也不易受他人影响,这样就使得回答的隐秘性和真实性更强。问卷调查中,每一个被调查者所得到都是完全相同的问卷,问题的表达、题目的次序、答案的类型和回答的方式都是一样的。也就是说每个被调查者受到了相同的刺激。而访谈法由于访谈员的本身差异,比如性别、年龄、态度等,访谈的方式的差异等往往会影响被调查者的回答。问卷法可以更好地避免人为的各种误差，更加真实地反映出被调查者的情况。

第三，便于研究结果分析。问卷调查所得到原始资料很容易转换成数字，特别便于电子计算机进行处理和定量分析。由于当前社会研究向定量发展的趋势，问卷法作为调查资料的主要收集方法便显得尤为重要。研究者将预期研究的问题，通过问卷的形式得到可以量化的结果。

（2）问卷法的劣势

第一，调查问卷设计难。调查问卷主体内容设计的好坏，将直接影响整个专项调查的价值。问卷的问题既需要问题覆盖的广泛性、逻辑的严密性，又需要具有现实的针对性。没有比较丰富的调研经验和比较深入的问题分析，是很难设计出好的问卷出来的。

第二，有时回收率难以保证。问卷法依赖于被调查者的合作程度。如果被调查者对所调查的内容兴趣不大，或者态度不积极，责任心不强，或遇到一些突发事件无法完成问卷时，回收上来的问卷数量自然会受影响。

第三，问卷结果有时并不可靠。有时，问卷是在调查人员不在场的情况下填答的，所以答题环境无法控制。有时被调查者并非亲自作答，他们可能与别人商量着做，也可能与其他人共同完成。对问题理解不清时，他们也无法向调查人员询问，各种错答、误答、缺答的情况难以避免。这样可能导致问卷调查的质量比较差，可信度不高。此外，问卷法的调查结果往往广而不深。问卷调查是一种用文字进行对话的方法，如果问题太多，被访者会产生厌烦情绪。因此，一般的问卷都比较简短，也就不可能深入探讨某一问题及其原因。

2. 问卷的编制

（1）问卷的编制步骤

问卷调查从确定问卷调查目的开始，到问卷正式实施后撰写问卷调查报告，主要包括问卷编制、实施和结果报告三个步骤。一般说来，问卷的编制包括如下步骤：前期准备、概念操作化、编制初稿、试用、修订与定稿。

第一，前期准备阶段。

①明确问卷调查的目标。总体研究目标是什么？问卷中涉及的核心概念是什么？这些概念与总体研究目标的关系如何？

②了解问卷调查样本属性。性别构成，年龄（年级）分布，民族，受教育程度

(学历结构),专业背景,职业构成,经济状况分布,价值观(宗教信仰),风俗习惯,生活方式,心理与人格特点,区域分布,等等。

③明确问卷的类型和形式。结构型,无结构型;集中发放,分散发放。

④确定问卷结果的统计方式。主要有描述性统计、参数检验、非参数检验等。

第二,概念操作化阶段。教育课题的研究中使用的概念一般都是人们通过对感性认识的抽象和概括而得到的,所以开始往往是模糊的或含义不清的,并且概念一般都具有综合性,由一些低层次的亚概念、子概念组合而成。一个概念越抽象,它所包含的信息就越多,也就越难把握。如果不对它们确切定义和具体化,就无法对社会现象和事物进行观察和度量。概念操作化的使命有三:第一,在于使概念或命题具体化,使教育调查研究得以进行;第二,在于使概念或命题量化,避免了教育问题分析的片面性;第三,使定性分析即结论能建立在客观化的基础上,而不是一种主观的臆断。

信息窗 5－3

安徽省普通高中学生道德现状调查问卷的内容设计

普通高中学生道德现状的概念分解和指标确定:

道德知觉:对相貌、对尊老爱幼、对老师、对心态、对性别交往、对国家宣传、对信仰的认识等。

道德判断:对公正或不公正待遇、对不公正的处理、对捐款、对不理解的制度或道德的情境性难题、帮助同学与竞争的关系、对老师和家长的冲突、对知行不一的理解等。

道德的生活相关性:群际冲突问题,不同人群对生活的态度和选择等。

道德影响因素:家庭、社会、学校、互联网、榜样等。

道德的来源与依据:为什么要道德,评价依据来源与外界,还是自己,道德动力来源于外界还是自己;道德目标是道德自身还是其他。

对道德教育的理解:学生对学校道德教育目标、内容、方式、效果的理解,对道德行为和道德效果的理解,道德行为是直觉、习惯、文化传统,还是思考的结果。

第三,编制问卷初稿阶段。经过探索性工作,在对所要询问的各种问题及其可能的答案有了初步印象之后,就可以动手设计问卷初稿了。有两种具体的设计方法,一种称为卡片法,另一种称为框图法。

卡片法的工作顺序是"问题—部分—总体"。第一步是根据探索性工作所得到的印象和认识,把每一个问题和答案写在一张卡片上;第二步是根据卡片上问题的主题内容,将卡片分成若干堆,即把询问相同事物的问题卡片放在一起;第三步是在每一堆中,按合适的询问顺序将卡片进行排序;第四步是根据问卷整体的逻辑结构排出各堆的前后顺序,使卡片成为一个整体;第五步是根据回答者阅读和填答问题是否方便、是否会形成心理压力等角度,反复检查问题前后顺序及连贯性,对不当之处逐一调整和补充。最后把调整好的问题卡片依次写在纸上,形成问卷初稿。

框图法的操作过程正好与此相反。第一步是根据研究假设和所需资料的内容,在纸上画出整个问卷的各个部分及前后顺序的框图;第二步是具体地写出每一个部分中的问题及答案,并安排好这些问题相互间的顺序;第三步是根据回答者阅读和填答问卷是否方便等,对所有问题进行检查、调整和补充。最后将调整的结果重新写在另一张纸上,形成问卷初稿。

这两种方法的差别在于前者是从具体问题开始,然后到部分,最后到整体;而后者相反,先从总体结构开始,然后到部分,最后到具体问题。

第四,问卷试用阶段。试用这一步在问卷设计过程中至关重要,这是因为问卷设计中所出现的任何一点不足或缺陷,都将在调查所得到的问卷资料中留下印记,有时甚至造成难以弥补的损失。

试用问卷初稿具体方法有两种:一种叫做客观检验法,另一种叫做主观评价法。

主观评价法的具体做法是,将设计好的问卷初稿复印若干份(3 ~ 10 份),分别送给该研究领域的专家、研究人员以及典型的被调查者,请他们试做或分析问卷初稿,并根据他们的经验和认识对问卷进行评论,指出不妥之处。

客观检验法的具体做法是,将问卷初稿打印若干份(一般在 30 ~ 100 份左右),然后在正式调查的总体中抽取(随机或不随机均可)一个小样本,用这些问卷初稿对他们进行调查。最后认真检查和分析试调查的结果,特别是关注题目的回答率、区分度和相关性,从中发现问题和缺陷并进行修改。

问卷试用阶段一般可以发现问卷中可能存在的问题：

①选项。选择率极低的选项（选择率在5%以下），过度集中的选项，存在错误的选项；选项排列顺序不当。

②题目。与问卷调查目标不一致的题目，与概念不一致的题目，区分度为负值或比较低的题目，存在错误选项或答案的题目，多数被调查者没有回答的题目，提法有误的题目。

③问卷设计。卷首语不完整，指导语解释不清，多数被调查者的问卷回答不全，问卷各部分排列顺序不当，问题排列顺序不当，文字错误，排版、印刷错误。

④问卷实施。问卷实施的时间和场合不当，问卷实施的方式不当。

第五，修订与定稿阶段。

经试用发现和检查出来的问题需要进行修订。问卷修订应包括三个方面内容：修改删除或替换不适用的题目，对问卷的整体结构和版面作适当调整，对问卷的实施方案作出必要修改。

（2）问卷的内容结构

问卷虽然都包含一组问题，但仅仅有一组问题并不能成为一份问卷。一般来说，问卷由以下几个部分构成。

开头语：我是谁，要调查什么，为什么要进行调查，为什么找你，调查有什么用，不会有损被调查者的利益，感谢辞。

指导语：限定回答范围，指导回答方法，指导回答过程，规定或解释概念和问题的含义。

问题：特征问题，行为问题，态度问题。

结束语：再次感谢，调查者的联系方式。

（3）问卷问题的编写

第一，问题的形式。

①单项选择题：从所列出的选项中选择一个合适的答案。

②多项选择题：从所给出的选项中选择两个或者两个以上合适的答案。

③排列式选择题（权重）：每个问题后列有许多答案，要求被试者依其重要性评定等次，所以排列式也叫编序式、评判式，是用数字表示几种答案应排列的顺序。

④矩阵式问题：将同一类型的若干问题集中在一起，构成一个问题的表达式。

⑤后续式问题:问卷就一个问题的回答设置不同的情况,被试者依照自己的情况进入不同的问题。

⑥问答题:提出问题不列可能答案,由被试者自由陈述。

第二,问题的内容。

①问题指向应明确。问题指向明确指问题前后涉及的相关关系、概念等应清晰、明确,易于理解。例如,在对现代青少年心目中的传统道德调查问卷中,多道笔答题都包含抽象概念和专业术语,而且概念表达也不清晰、明了,不利于被调查者理解和作答。

②问题中不应包含双重问题,应具有独立性。问题应具有独立性是指在一个问题中只能涉及一个维度的调查,不应涉及两个或更多的问题。例如,在某中学学生道德成长家长调查问卷中,第一题是问家长是否收到家书,只有两个回答"是"和"否",可是在选项中又出现"请谈谈您对这次活动的评价",显然是包含双重问题。

③问题范围应清晰。问题范围清晰是指问题中所涵盖的范围表述清楚、明晰。例如,在现代青少年心目中的传统道德调查问卷中"写出你和父母关于道德问题的冲突",道德问题的冲突,这一概念首先是理解很难,其次,道德问题的冲突这一范围太大,表述也不清晰。

④问题不应带有倾向性和引导性。问题不应带有倾向性和引导性是指问题的提出不应引导被调查者做出某种回答或使被调查者易于产生某种调查者所需要的答案。例如,在某中学学生道德成长家长调查问卷中"您的孩子是否携带通讯工具上学,带进校园在学习上没有任何用处、学校不允许学生在校园使用通讯工具",我觉得这道题带有明显的倾向性和引导性,既然问题中说了那么多携带通讯工具的弊端以及学校的禁令,那么家长如果支持携带岂不是不配合学校的工作和管理,才能为什么要家长填写手机号码呢?

⑤问题应具备普遍性。问题具有普遍性指的是所提的问题对所有被调查者都适应,并不是只对一部分被调查者适用,比如:"您的儿子平均每天上多长时间网?"这个问题只适用于有儿子的父母,所以不具有普遍性。

⑥问题难度应适宜。问题难度适宜是指问题难度不应过难,要针对被调查者的实际情况,进行设计。例如,在现代青少年心目中的传统道德调查问卷中引出众多传统道德观念、传统道德行为、现代传统道德观和现代道德行为,这个难度相

对更大,这些概念本来就比较复杂且难以区分,无疑增加了问卷的难度。

⑦敏感问题应使用正确的方法提出。敏感问题即所提出的问题对于被调查者来说,可能涉及被调查者的隐私或者被调查者不愿意为人所知的事情。总之,涉及被调查者个人问题,而且可能使被调查者产生逆反心理的问题,应使用正确的方法提出,如可以使用投射法、假设法、从众法、合理情绪法、登门槛法等。例如,在现代青少年心目中的传统道德调查问卷中"请填写你的家庭收入情况,父母分别按不同职业在相应的空格内填写",这一题涉及了收入状况和父母职业属于敏感问题,在这设计者可以采用适当的方法去表述。

⑧应设置防伪题。防伪题即用于检验被调查者的诚实度,通过问卷前后设置类似的题目去检验被调查者有没有隐瞒自己内心的真实想法。

⑨应适当使用敬意语。

敬意语是指在进行问题设计中,必须相应地使用一些表示敬意的词语,而不应该直接提出问题。例如,在某中学学生道德成长家长调查问卷中"寒假前,你是否收到了孩子情真意切的家书",在这个问题中提到"你",而应该用"您",总之,适当地使用敬意语,可以使被调查者更好地配合,从而可以提高问卷调查的质量。

第三,选项的编写。

①维度要单一,指的是各选项应当属于同一范畴,也就是划分的标准要统一。

例:选出你对待传统道德的态度(如有不同意见,请补充)

(1)全盘否定　(2)全盘接受　(3)批判接受　(4)与时俱进　(5)发扬光大　(6)不屑一顾

在这里,选项中"不屑一顾"与"全盘否定"难以区分,"发扬光大"与"全盘接受"不易区别;另外"与时俱进"是关于传统道德的发展问题,而其他选项则是关于对传统道德本身的评价问题,维度不同。

②选项要独立,指的是选项之间没有包含,相互之间界限明确。

例:您的月收入是

(1)1000 以下　(2)1000 ~ 2000　(3)2000 ~ 3000　(3)3000 以上

在这里,相互选项之间的上限与下限是重合的,因而选项之间没有做到完全独立。

③代表性与覆盖面,指的是问卷作答者都能够在选项中找到符合自己的情况以便进行选择。

例：传统道德是什么时期的道德（如有不同意见，请补充）

（1）孔孟 （2）朱熹 （3）中华人民共和国 （4）从封建社会到改革开放

在这里，在孔孟到朱熹之间出现了空当，朱熹到中华人民共和国之间出现了空当，因而没有完全覆盖整个历史时期。

④选项区间合理，指的是选项自然生成的内涵范围大小基本一致，不要人为造成某个选项过为集中。

例：对一所学校教师的年龄进行统计，您的年龄是

（1）20～25（不含） （2）25～30（不含） （3）30～35（不含） （4）35及以上

显然选项（4）的范围相对于其他三个来说过于宽泛，不合理。

⑤避免使用不当的程度副词或形容词，指的是不要让一些形容词或副词对答卷者有提示作用或使得对某个选项有歧视的倾向。另外，要避免一些形容词或副词使用混乱，使得选项表达的含义不清晰。

例：你知道什么是传统道德（如有不同意见，请补充）

（1）不清楚 （2）不太清楚 （3）只可意会，不可言传 （4）很清楚

选项（1）与（2）的区别就在于“太”和“不太”，两者间的分别不好界定，因而会造成作答者的混乱。

3. 问卷的发放与回收

特点 \ 发送方式	当面发送	邮寄发送	报刊发送	网上发送
调查范围	比较窄	比较广	比较广	比较广
影响力	很大	比较小	很小	很小
样本代表性	很高	比较高	比较低	比较低
控制力	很大	比较小	很小	很小
回收率	很高	比较低	很低	比较高
有效性	很高	比较高	比较低	比较低
反馈时间	很快	比较慢	比较慢	很快
经济成本	很高	比较高	比较低	很低
人力成本	很高	比较低	很低	很低

回收问卷工作包括：检查无效问卷；统计有效文件的回收率，70% 以上的回收率才能作为研究结论的依据。

（二）教育行动研究

教育行动研究是 20 世纪 40 年代在美国的社会科学研究中兴起的一种研究方式，人们一般认为美国社会心理学家科特·勒温是行动研究的开创者。教育行动研究既是一种比较独特的教育研究方式，也是一种具有鲜明个性的研究理念。它突破传统教育研究所秉持的“理念”与“实践”决然分立的观念，不以“产出理论”为旨趣，而以“改善教育实践”为目的①。

1. 教育行动研究的特点

行动研究不是相对于“调查法”“实验法”“观察法”等具体方法，而是相对于原有的“研究—开发—推广”的教育研究模式。它的创新之处和价值在于它对教育实践、教育研究以及研究者与实践者的关系有了全新的认识。

第一，为行动而研究。行动研究的根本旨趣不是为了理论上的产出，而是为了实践本身的改进。行动研究的精髓在于，它是这样一种革新的过程，这个过程的目的在于某个人或某团体自己的、而不是其他人的实践之改善。行动研究本身就包含了“启蒙过程”，实践者不但直接参与研究过程，而且在这个过程中，他是“科学共同体”中平等的一员，而不是某种权威教诲的聆听者。

第二，行动者与研究者协同工作。行动研究鼓励研究者积极反思研究，要求研究者与行动者结合，倡导行动者与研究者协作。实际工作者完全应该而且有可能身兼行动者和研究者两种角色，使工作在自我反省和研究的基础上不断改进。

第三，实际情境与自然条件下的研究。行动研究是一种在实际社会生活环境中、在自然状态下进行的研究，问题总是在千变万化的实际情景中发生，问题的解决也总是在实际情景中的问题的解决。

2. 行动研究的过程与实例

行动研究是由若干个螺旋形行动研究循环圈构成。每一个圈中又都由相互联系并具有内在反馈机制的四个环节构成。这四个环节分别是计划、实施行动、观察和反思。

---

①杨小微. 教育研究的原理与方法[M]. 2 版. 上海：华东师范大学出版，2010：244 －261.

（1）计划

计划的制订既包括行动的"总体计划"，又要包括每一个具体行动步骤的计划方案，尤其是第一、第二步行动的方案。同时，计划本身也会因为某些突发因素的介入而必须修正。在这个意义上说，计划只是暂时的、开放的、允许修正的。

（2）实施

实施计划就是按照目标和计划做出行动。实施行动不只是"行为"，而应该是行动者在获得了关于背景及行动本身的信息后，经过思考建立在理解基础上的有目的、负责任、按计划采取的实际步骤。这样的行动具有观测计划和逼近解决问题之目标的计划。实施计划的行动又是在自然状况中进行的，因此必须重视实际情况变化，重视实施者对行动及背景逐步加深的认识，重视其他研究者、参与者的监督观察和评价建议，行动是通过反省和反思不断调整的。

（3）观察

行动研究中，观察既可以是行动者本人借助于各种有效的现代手段对本人行动的记录观察，又可以是其他合作者的观察，而且多视角的观察更有利于全面认识行动的过程和特性。观察的内容主要指对行动过程、结果、背景以及行动者特点的观察。

（4）反思

反思在行动研究中既是一个螺旋圈的终结，又是过渡到另一个螺旋圈的中介。在反思这个环节中行动研究者至少要做两件事：第一，整理和描述工作，即对已经观察和感受到的，与制订计划和实施计划有关的各种现象进行归纳整理，描述出本螺旋循环圈的过程和结果，勾画出多侧面的、生动的行动案例。第二，评价和解释工作，对行动过程和结果做出判断，对有关现象和原因做出分析解释，找出计划与结果不一致的症结，从而形成是否需要修正基本设想、总体计划和下一步行动的判断和构想，提出怎样修正，怎样实施下一步行动的建议。

3. 行动研究对我国教育研究的意义

20 世纪 80 年代以来，我国中小学校开展了大量的教育改革与实验，研究成果丰硕，但我国教师所从事的教育研究工作仍然存在一些问题。第一，研究目的。尽管我国教师所从事的大部分研究确是来自实践中的问题，然而一些这类研究的目的确是为了理论上的建树，而行动研究为此带来了新的挑战。第二，研究的形式问题。教师的研究再系统，它在根本上也只是意味着教师对自己实践的一种

“省察”与“反思”，它最大的现实意义在于它可以让教师“理解”在他的实践中有着内在联系的各种要素的含义，从而使他的实践更具一种“理性”的特征。这意味着，教师的研究工作将具有与专业理论研究很不同的一个特征，那就是一种始自现实的“反思”或“评价”，这也意味着，教师的研究工作将不可能有一个凝固的“成果”，而必将是一个不间断的“过程”。

（三）课例研究

1. 课例研究的含义

“课例研究”通常意义上是关于一节课的研究，即以一节课的全程或片段作为案例进行解剖分析，找到成功之处或是不足之处，或者说是对课堂教学实践活动中特定教学问题的深刻反思及寻找解决这些问题的方法和技巧的过程。例如：如何处理教材、设计教学方案才体现新课标教学理念？课堂探究活动如何组织才有效？各种类型的课如何上效果最佳？不同类型特征的教学班课堂教学如何组织？

课例研究起源于案例研究。案例研究最早产生于医学领域，后来哈佛商学院将案例研究引入教学领域来培养和教育学生，并获得巨大成功，且为其他领域所借鉴。中小学教育教学也是借鉴案例的模式而形成今天的“课例研究”。

2. 课例研究的操作模式

（1）基本操作模式：问题—设计—实践—反思—总结

问题。课例研究的问题产生于教育工作者的教学活动，包括教学任务的落实、教学活动的开展、学生的学习状态、教师的指导与点评等产生的困惑与疑问。问题通常就是进行课例研究的主题。

设计。简单而言就是备课、写教案，即根据已有的实践经验和学习掌握的新教学理念，围绕需要解决的问题设计出具体详细的上课教学方案。一般有两种方式：首先由一位教师进行设计，然后在小组会上介绍教学设想与意图，大家讨论研究，对设计方案进行修改和补充，完善教学设计；二是先进行小组集体讨论（集体备课），确定教学方案的框架结构和具体的教学处理细节，然后由上课教师写出教学实施方案。

总结。对研究的问题、解决的方法及其过程进行全面反思，并撰写出课例研究报告。课例研究不仅着眼于简单地改进某一节课的活动，而且是一种以教师为主导的教学循环,是提升教师专业水平的重要方式。

(2)常用操作模式

上述是课例研究的基本程序,实际操作中的活动形式通常有以下四种:

第一,一位教师围绕主题,针对同一教学课题连续上多次研究课。适宜学科有:中学政治、历史、地理、物理、化学、生物、体育、美术、音乐等学科;小学英语、社会、体育、美术、音乐等学科。

第二,几位教师围绕同一主题,针对同一教学课题按先后顺次上多次研究课。适宜学科有:中学语文、数学、英语等学科;小学语文、数学等学科。

第三,几位教师围绕同一主题,针对不同教学课题先后顺次上多轮研究课。主要适宜于同年级教学班少的学科或者进行专题式研究,如小学教学点中辅助线作法、古诗文教学、阅读课教学、片段写作、试卷讲评方法、基本概念的复习等。

第四,一个教师围绕主题,就不同教学课题连续上多次研究课。课例研究就是教师在同事或研究人员的支持下,运用观察、记录、分析、反思等手段,通过选题、选课、设计、实施与记录、课后讨论、撰写课例研究报告的过程对课堂教学进行研究的活动。

与其他研究方式相比,课例研究的优势在于:克服了以往教研课的盲目性,以主题为中心,围绕课题进行研讨;课例研究为教研活动提供了一个展示研讨过程的平台,教师共同探讨,交流分享,得到大量的信息,共同感受成功与困惑,整个过程就是教师积极参与的一种互助互学过程。

问题思考与讨论

1. 教育研究可以从哪些维度分类,有哪些基本类型?

2. 与医学、法学等社会科学研究相比,教育研究有哪些特性?

3. 选择一个你认为有价值的教育问题,将其转换为一个课题,界定这一课题的研究假设和主要变量,并拟订一份研究方案。

4. 比较以下同一研究假设的两种表述,哪一种更符合研究要求?为什么?

①聪明的孩子对学校的态度好,②韦氏量表测试所得智商在140分以上的在校就读学生能提早到校、推迟离校。

5. 结合教育实践中的一个热点问题,设计一份小型调查问卷。

6. 问卷调查研究、教育行动研究、课例研究三者有何异同？各有何优缺点？

7. 找出某位教师教育、教学中存在的问题，并为其设计一个解决这一问题、改进教育实践的“行动”研究方案。

阅读指南

[1]叶澜. 教育研究方法论初探[M]. 上海：上海教育出版社，2014.

[2]裴娣娜. 教育研究方法导论[M]. 合肥：安徽教育出版社，1995.

[3]陈向明. 质的研究方法与社会科学研究[M]. 北京：教育科学出版社，2000.

[4]威廉·维尔斯马，等. 教育研究方法导论[M]. 9 版. 袁振国，译. 北京：教育科学出版社，2010.

[5]陈桂生. 到中小学去研究教育——“教育行动研究”的尝试[M]. 上海：华东师范大学出版社，2003.

[6]杨小微. 教育研究的原理与方法[M]. 2 版. 上海：华东师范大学出版社，2010.

网络导航

1. 教育学-中国社会科学网：http://edu.cssn.cn/

2. 中小学安全网：http://www.zxxaqw.com/